HAFFMANS KRIMINALROMANE
BEI HEYNE

D1574084

JOHN LUTZ

Familienbande

KRIMINALROMAN

AUS DEM AMERIKANISCHEN
VON
RENATE GOTTHARDT

WILHELM HEYNE VERLAG
MÜNCHEN

HAFFMANS KRIMINALROMANE BEI HEYNE
Herausgegeben von Gerd Haffmans und Bernhard Matt
Nr. 05/74. Im August 1994.

Die Originalausgabe
»Thicker than Blood«
erschien 1993 bei St. Martin's Press, New York.
Copyright © 1993 by John Lutz

*Mit einem Dankeschön an
Don Koch*

Deutsche Erstausgabe

Alle deutschsprachigen Rechte vorbehalten
Copyright © 1994 by
Wilhelm Heyne Verlag GmbH & Co. KG, München
Printed in Germany 1994
Konzeption und Gestaltung: Urs Jakob
Umschlagillustration: Nikolaus Heidelbach
Umschlaggestaltung: Atelier Ingrid Schütz, München
Gesamtherstellung: Ebner Ulm

ISBN 3-453-07884-5

Fuhrn über einen kristallhellen Bach
Hinaus auf ein Tautropfenmeer.

– Eugene Field, *Winken, Blynken and Nod*

1. Kapitel

Nudger hatte Schuldgefühle.

Hatte auch allen Grund dazu.

Die fünf MunchaBunch-Doughnuts, die er vor zehn Minuten gegessen hatte, lagen ihm zwar immer noch schwer im Magen, aber sie wogen nicht so schwer wie der einzige Dunker Delite, den sein Freund Danny Evers von Danny's Donuts ihm zum Frühstück aufdrängen wollte.

Danny war gerade mit dem morgendlichen Backen fertig geworden, und im Doughnutladen war es heiß. Bei der Hitze, dem Backgeruch nach Zucker und Fett und schon beim bloßen Anblick des Dunker Delites drehte sich Nudgers empfindlicher Magen um. Er mochte ein Verräter sein, aber er würde Danny nicht verletzen, indem er ihm sagte, daß er ein Faible – nein, ehrlich gesagt, eine Sucht – für die köstlichen Mini-Doughnuts entwickelt hatte, die es ein paar Häuser weiter unten an der Straße bei Dannys kürzlich eröffneter Konkurrenz MunchaBunch-Doughnuts zu kaufen gab.

Hinter der Theke legte Danny, der einen normal großen Doughnut in der Hand hielt, sein Basset-Gesicht mit den traurigen Augen in sorgenvolle Falten. »Du hast in letzter Zeit ganz schön oft das Frühstück ausfallen lassen, Nudge. Ich mach mir schon Sorgen, ob du vielleicht krank bist.«

»Mir geht's gut, Danny«, log Nudger. »Ich nehme momentan oft noch spätabends einen Imbiß und habe dann morgens keinen allzu großen Hunger.«

»Spätabends, so? Kannst du nicht richtig schlafen?«

»Klar kann ich schlafen.« Er wechselte schnell das

Thema. »Hat jemand nach mir gefragt?« Sein Büro lag direkt über dem Doughnutladen, und wenn er nicht da war, verwies das Schild an seiner Tür mögliche Klienten an das Geschäft, in dem Danny als eine Art mehrfach gesättigter Sekretär fungierte.

»Ach ja!« Danny schlug sich an die Stirn. »Oben wartet eine Frau auf dich.« Er ließ den Dunker Delite wieder auf das Tablett in der Auslage fallen, wo er wie eine nicht explodierte Scud-Rakete liegenblieb.

»Hat sie gesagt, was sie will?«

»Sie will einen Detektiv anheuern, hat sie gesagt. Ich hab ihr gesagt, daß sie hier an der richtigen Adresse ist. Hab ihr einen Doughnut gegeben und sie dann raufgeschickt. Das war vor etwa einer halben Stunde, aber ich hab sie nicht wieder runterkommen hören. Also wird sie noch immer oben im Vorzimmer warten. Ich hab deine Klimaanlage eingeschaltet, damit sie nicht allzu sehr schwitzt.«

»Wie immer ganz Gentleman«, meinte Nudger. »Sieht sie so aus, als wollte sie mir eine Vorladung zustellen?«

»Nein. Aber solche Leute sehen nie so aus.«

Da hatte Danny nicht ganz unrecht. In letzter Zeit hatte Nudger ein unheilvolles Grollen von seiner Ex-Frau Eileen vernommen. Oder genauer gesagt, von ihrem Anwalt Henry Mercato, mit dem sie momentan schlief. Die beiden wollten noch mehr von Nudgers Geld.

Sie wollten immer noch mehr von Nudgers Geld. Eileens Jahreseinkommen aus ihrem kaum legalen Haushaltswaren-Verkaufspyramidenschwindel war doppelt so hoch wie Nudgers, aber es machte ihr Spaß, ihn ab und zu wieder vor Gericht zu zerren, um noch mehr Geld aus ihm herauszupressen. Das verlieh ihrem Leben einen Sinn. Sie hatte einmal angedeutet, was immer er ihr zahle, fließe in einen Rechtsfonds, der dazu benutzt werde, ständig noch mehr Geld aus ihm herauszuholen; etwa so, als investiere man seine Gewinne wieder in sein Geschäft. »Schau dir mal dein Geld genau an«, hatte sie nicht lange nach der Scheidung zu ihm gesagt, »und dann wirst du auf jedem Schein mein Bild sehen.«

Es war ja nicht dasselbe, wie wenn sie Kinder gehabt hätten. Für ein Kind hätte er ja liebend gern Alimente gezahlt, und zwar pünktlich. Aber Alimente für seine Ex-Frau? Wie viele Frauen erhielten denn heutzutage schon Alimente? Nudger war sich sicher, daß Eileen jemanden im Rechtssystem bestochen hatte, den Richter zu beeinflussen. Und vielleicht lief die Bestechungsgeschichte immer noch. Nudger befürchtete, sie könnte dafür sorgen, daß er gestreckt und geviertelt werde, falls es ihr gelänge, ihn je wieder vor Gericht zu bringen. Andererseits ginge ihr das vielleicht viel zu schnell. Die Frau war ungeheuer rachsüchtig.

»Sie hat gesagt, sie heiße Norvella«, sagte Danny und riß Nudger aus seinen düsteren Gedanken. »Sie hörte sich so an, als komme sie vom Land.« Danny hielt einen großen Styroporbecher unter den Zapfhahn einer riesigen Edelstahlkaffeemaschine. Nach dem Zischen, Gluckkern und Blubbern floß eine dunkle Brühe in den Becher. »Mit ›Land‹ hab ich natürlich nicht dieses Land gemeint. Was ich damit sagen wollte, war, daß sie einen Akzent hat, als wäre sie auf dem Land aufgewachsen. Ich meine – «

»Ich hab dich schon verstanden«, unterbrach ihn Nudger.

»Ich wollte eine Dame nicht einen Hinterwäldler nennen«, sagte Danny.

Nudger nickte. »Es ist immer besser, politisch korrekt zu sein.«

»Dann trink wenigstens eine Tasse Kaffee, Nudge.« Danny drehte sich um und stellte den Becher vor Nudger auf die Edelstahltheke. »Du bist doch nicht etwa zu stolz, dir eine Tasse Kaffee spendieren zu lassen, oder?«

Nudger verneinte. Er nahm den Becher und trank einen obligatorischen Schluck, ohne dabei das Gesicht zu verziehen. »Danke, Danny.«

Er nahm den Styroporbecher und ging aus dem Doughnutladen in die morgendliche Hitze hinaus, machte scharf kehrt und ging durch eine andere Tür, die in ein enges Treppenhaus führte, durch das man zu seiner Bürotür kam. Im Winter war das Treppenhaus jämmerlich kalt. »Jahreszeitgemäß«, hatte der Vermieter das genannt, als hätten die Architekten sich sorgfältig um diesen Effekt bemüht.

Sie stand auf, als Nudger hereinkam. Sie sah tatsächlich so aus, als komme sie vom Land. Rote Haare, Sommersprossen, Jeans und eine ärmellose Bluse, die eine gute, wenn auch leicht knochige Figur zur Geltung brachten. Sie hatte gerade, leicht hervorstehende Zähne, ein fliehendes Kinn und einen sehr langen Hals. Obwohl sie etwas Abgehärmtes an sich hatte, wirkte sie sehr jung. Sie war attraktiv, auch wenn Nudger nicht genau sagen konnte, warum. Wahrscheinlich die Art, wie alles zusammenpaßte. Er sah in ihren Augenwinkeln Ansätze von Krähenfüßen und schätzte, daß sie etwa dreißig Jahre alt war. Gut und gern dreißig Jahre.

Sie lächelte ihn schüchtern an und zog dabei die Nase kraus, was ihm sehr gefiel. »Ich bin Norvella Beane«, sagte sie. »Mit einem ›e‹. Aber kein Mensch nennt mich Norvella. Ich werde immer Norva gerufen.«

»Nudger«, sagte Nudger. »Ich werde immer Nudger gerufen.«

»Haben Sie denn keinen Vornamen?«

»Keinen, auf den ich stolz sein könnte.«

Er geleitete sie vom Vorzimmer in sein Büro, entschuldigte sich für einen Augenblick, ging kurz in das winzige Klo und schüttete den Kaffee in den Ausguß. Dann kam er wieder zurück und setzte sich hinter seinen Schreibtisch. Der fürsorgliche Danny hatte auch hier die Klimaanlage am Fenster eingeschaltet, und die kühle Luft ließ den Schweiß auf Nudgers Kragen verdunsten, so daß er am Hals fror, obwohl ihm überall sonst elend heiß war. Ohne hinzusehen, griff er nach hinten und verstellte die Plastikflügel am Gebläse so, daß der kalte Luftzug von ihm wegblies. Als er sich wieder aufrichtete und sich vorbeugte, quietschte der Drehstuhl, und Norva Beane mit einem »e« schluckte heftig, wobei ihr Adamsapfel den langen Hals auf- und abhüpfte.

Sie sagte: »Ich hab ein Problem, Mr. Nudger.« An ihrem Dialekt, einem monotonen Ozark-Singsang, merkte er, daß sie aus dem Südwesten Missouris stammte.

»Geht es dabei um einen Mann oder um Geld?« wollte Nudger wissen.

Sie grinste ihn an, als sei sie von seinem Scharfsinn beeindruckt. Sie wurde ihm immer sympathischer. »Es hat wohl mit einem Mann angefangen. Jetzt geht es um Geld.« Sie hob die rauhen, überdimensional großen und doch seltsam femininen Hände hoch, wie ein Kind, das Backe-Backe-Kuchen spielen will »Nicht, daß ich für Ihre Dienste nicht zahlen könnte. Sie werden Ihr Geld mit Sicherheit bekommen. Machen Sie sich darüber bloß keine Gedanken.«

»Sie haben mich noch nicht engagiert«, sagte Nudger. »Ich weiß nicht einmal, was Sie wollen.«

»Ich will, daß Sie jemanden beschatten.«

Ah, nun wurde die Sache allmählich klar; es war die alte Geschichte. Das Herz und der Unterleib hielten Nudger im Geschäft. »Macht Ihr Mann Ihnen Probleme?«

»Mein Börsenmakler«, sagte sie. Sie steckte voller Überraschungen. »Haben Sie jemals von einem gewissen Fred McMahon gehört?«

Nudger bejahte. McMahon hatte kürzlich für Schlagzeilen gesorgt, da McMahon Investments, seine Anlageberatungsfirma, Bankrott gemacht hatte, nachdem herausgekommen war, daß er das Geld seiner Kunden für seine eigenen Investitionen benutzt hatte. Er war gegen Kaution auf freiem Fuß und wartete auf seinen Prozeß, während seine Anwälte einen Antrag auf Verweisung gestellt hatten, damit er ein faires Verfahren bekommen könnte. Vielleicht irgendwo dort, wo die Wirtschaft noch auf Tauschhandel und nicht auf Geld basierte. McMahon hatte zwar einflußreiche Freunde, aber Nudger glaubte nicht, daß er diesmal am Kittchen vorbeikommen könnte.

»Wirtschaftsverbrechen«, sagte Norva angeekelt. »Ich wette, es wird nicht mal ein Jahr dauern, und dann is er wieder aus dem Knast raus und betrügt wieder die Leute.«

»Warum möchten Sie, daß ich ihn beschatte?« fragte Nudger.

»Das möchte ich ja gar nicht. Er hat mir ja nix getan. Mir geht es um dieses Schwein Rand, das ich beschattet haben will. Ich möchte sehen, wie er an seinen Eiern – «

»Wer ist Rand?« fragte Nudger.

»Dale Rand. Das ist ein Börsenmakler, der mich um meine Lebensersparnisse betrogen hat, bloß kann ich das nicht beweisen. Er hat mich beschwatzt, Junk bonds von Firmen zu kaufen, die ein paar Monate, nachdem ich mein Geld hingeblättert hatte, Bankrott gemacht haben. Ich meine, das ging alles viel zu schnell und war viel zu vorteilhaft für ihn, als daß es dabei mit rechten Dingen zugegangen sein könnte.«

»Wie meinen Sie das?« Nudger beugte sich auf seinem Stuhl vor. *Quietsch!* Er stützte die Ellbogen auf den Schreibtisch und betrachtete Norva prüfend.

»Ich glaube, er hat mein Geld überhaupt nicht angelegt, sondern es selber eingesteckt und mir bloß erzählt, daß er Junk bonds gekauft hätte, von denen er von Anfang an wußte, daß sie ihren Wert verlieren würden. Und als sie dann tatsächlich wertlos wurden, hat er mein Geld behalten und mir gesagt, ich hätt' eben Verluste erlitten.«

»Haben Sie denn keine Ausführungsanzeigen? Daten, Zahlen?«

»Nichts, was er nicht hätte fälschen können. Und noch was: Ich bin mir sicher, daß ich mal gehört hab, wie er mit diesem Fred McMahon telefoniert hat. Jetzt möcht ich nur, daß Sie Rand beschatten und herausfinden, ob er mit McMahon Kontakt aufnimmt. Wenn er es tut, is das der Beweis dafür, daß er ein Betrüger is.«

»Aber nicht vor Gericht.«

»Mir geht's nicht so sehr ums Gericht als darum, meine Neugier zu befriedigen. Und Rand zumindest wissen zu lassen, daß ich Bescheid weiß. Bloß weil ich aus Possum Run bin –«

»Von wo?«

»Das ist ein kleines Kaff in den Ozarks, nahe der Grenze zu Arkansas. Ich habe ein bißchen Geld geerbt, und als ich letztes Jahr nach St. Louis gezogen bin und mir aus dem Telefonbuch einen Makler ausgesucht hab, bin ich bei Rand gelandet. Ich weiß jetzt, daß er mich für einen dummen Bauerntrampel gehalten und es von Anfang an darauf abgesehen hat, mich übers Ohr zu hauen. Das paßt mir nicht, Mr. Nudger. Ich kann die Sache nich auf sich beruhen lassen. Verstehen Sie das denn nich?«

Nudger verstand es zwar, dennoch mußte er sie warnen. »Wenn Ihr Geld futsch ist und Rand formal nichts Illegales getan hat, werden Sie hinterher genau dort sein, wo Sie vorher waren. Abgesehen davon, daß Sie dann auch noch mein Honorar zahlen müssen.«

»Das is mir klar. Aber ich scheiss auf das Geld, Mr. Nudger. Mir geht es nur um meine Genugtuung. Wir Leute vom Land sind nicht alles Deppen, die man übers Ohr hauen kann, aber ich fürchte, genau dafür hat Dale Rand mich gehalten. Hält er mich wohl immer noch. Aber wenn er mich für einen blöden Bauerntrampel hält, der nicht den Mumm hat, sich das Geld zurückzuholen, das er geklaut hat, dann hat er sich mächtig geschnitten.« Zorn und Entschlossenheit blitzten eine Sekunde lang in ihren grünen Augen auf, als schlügen Feuersteine aufeinander. Dann wurde sie rot. »Entschuldigen Sie. Ich werd manchmal wütend, und dann gehen die Pferde mit mir durch.«

Sie richtete ihre grünen Augen auf ihn; sie war eine zähe kleine Person, wenn es darauf ankam. Dale Rand hatte wahrscheinlich einen Fehler gemacht, falls er sie tatsächlich um ihr ererbtes Geld betrogen hatte. Sie sagte: »Ergreifen Sie nun meine Partei oder die von Rand?«

Nudger dachte, was ist das hier, der Bürgerkrieg? Er sagte: »Sie sind die Partei, die mich bezahlen will.«

Norva schenkte ihm ein zaghaftes Lächeln, bei dem sie wieder die Nase kraus zog, und holte ihr Scheckheft aus der überdimensionalen Kunstlederhandtasche. »Dann sind wir uns ja einig.« Ihr Blick gab ihm zu verstehen, daß sie vielleicht ein einfaches Mädel vom Land sein mochte, daß aber ein ländlicher Dialekt nichts ausmachte, wenn es um Geld ging.

Sie und Eileen hatten nichts und alles gemeinsam.

2. Kapitel

Nudger erledigte ein paar liegengebliebene Sachen und begann dann am nächsten Morgen, für Norvella Beane zu arbeiten.

Dale Rand war kinderleicht zu finden. Seine Adresse stand im Telefonbuch. Nudger freute sich immer, wenn die Ermittlungen so leicht waren. Das gab einem die Illusion, daß alles im Leben ein Kinderspiel sein könnte. Hah!

Rand wohnte in einer Luxusvilla in Ladue, einem Vorort von St. Louis, in dem die Neureichen mitunter unbehaglich neben dem alten Geldadel lebten. Rands Villa sah neureich aus, was vor allem an ihren Alufensterrahmen und den großen Fensterscheiben lag, die im heißen, strahlenden Sonnenlicht funkelten. Das moderne einstöckige Haus war groß genug, um in einem kleinen Flughafen als Terminal zu dienen. Das Dach bestand aus roten Ziegeln, und die meisten Fenster des oberen Stocks waren aus dunkel getöntem Glas, in dem sich die Wipfel der Bäume spiegelten, die die kreisförmige Zufahrt säumten. Hie und da waren im Mauerwerk winklige, rohe Holzbalken zu sehen; ein unpassender Versuch, das Haus ländlich wirken zu lassen. Ein gutes Stück hinter dem Haus sah Nudger eine viertorige Garage, die offenbar erst vor kurzem gebaut worden war. Ihr Mauerwerk war heller, und der Mörtel sah fast weiß aus. Auf dem Garagendach befand sich eine kleine Kuppel, auf der eine moderne schwarze Skulptur prangte, ein Minimal-art-Vogel, der als Wetterfahne diente. So weit war es also mit dem Hahn gekommen. Eine Garagentür war hochgeschoben, so daß der Kofferraum und hintere Kotflügel eines glänzenden schwarzen Cadillacs zu sehen war.

Nudger fuhr rückwärts aus der Einfahrt heraus und tat dabei so, als sei er ein Autofahrer, der sich verfahren hatte und nur hineingefahren war, um dort zu wenden. Dann suchte er sich weiter unten in der Straße ein schattiges Plätzchen, wo er parken und das Haus im Auge behalten konnte.

Er wußte, daß er nicht lange dort bleiben konnte. Die Polizei von Ladue würde seinen verrosteten fünfzehn Jahre alten Ford Granada vielleicht als Abfall betrachten. Und Nudger vielleicht auch. Sie würde ihn vielleicht aufs Revier mitnehmen und mit Gummihandschuhen einer Leibesvisitation unterziehen. In Ladue gab es möglicherweise ein Gesetz gegen das Tragen von J.-C.-Penney-Unterwäsche. Man könnte ihn in eine Zelle stecken und den Schlüssel in die sorgfältig geschnittenen Sträucher werfen.

Er mußte nicht lange warten. Knapp zehn Minuten später bog der schwarze Caddy langsam aus der Zufahrt der Rands und fuhr die baumbestandene Straße entlang zur Ladue Road.

Es war ein neuer Cadillac. Man baute sie neuerdings wieder so groß, daß sie leicht zu beschatten waren. Nudger folgte im Kielwasser des Straßenkreuzers, als dieser nach Süden auf die Hanley und dann nach Osten auf den Highway 40 bog. Sie fuhren Richtung Innenstadt. Rand schaute zwar kein einziges Mal in den Rückspiegel, doch Nudger ließ sich trotzdem drei Autos hinter ihn zurückfallen. Da er sich sicher war, Rands Ziel zu kennen, gab es keinen Grund, dicht an ihm dranzubleiben.

Rand bog an der Seventh Street vom Highway ab und fuhr nach Norden in die Innenstadt. In der Chestnut bog er scharf nach links in die Tiefgarage des Medwick Buildings, einer dieser hellen Glas- und Beton-Wolkenkratzer, die wie aufeinandergestapelte Eiswürfelschalen aussahen. Das war die Art von Maximum-Profit-Architektur, die in der Reagan-Ära ihre Blütezeit erlebt hatte.

Nudger fand in der Chestnut einen Parkplatz, warf einen Vierteldollar in die Parkuhr und rannte über die Straße. Er ging nicht ins Haus, sondern in die Garage und gesellte sich zu zwei Frauen in Geschäftskostümen, die vor dem Aufzug warteten. Rand hatte den Caddy geparkt und kam auf sie zu. Nudger hoffte, der Aufzug werde nicht kommen, ehe Rand so nah herangekommen war, daß er ihn noch erreichen konnte.

Rand trug einen eleganten grauen Anzug und war größer, als er hinter dem Steuer gewirkt hatte, vermutlich knapp eins fünfundachtzig. Er war schlank und hatte rotblonde Haare, die er in einem Seitenscheitel trug, um seinen zurückweichenden Haaransatz zu vertuschen. Sein Gesicht mit dem länglichen Kinn und der Adlernase hätte man früher aristokratisch genannt. Blaue Augen schauten hinter einer überdimensionalen Goldrandbrille hervor. Sein Teint war blaß und glatt wie der einer Frau, auch wenn er ganz und gar nicht feminin wirkte. Er schaute Nudger kurz an, als sei er sein Eigentum, das er zu verkaufen gedachte. Dann stellte er sich bequem hin, um geduldig auf den Aufzug zu warten, und seine rechte Hand umfaßte dabei den Griff eines teuren, schwarzen Lederaktenkoffers, der so schmal war wie die Bügelfalten seiner maßgeschneiderten Hose.

Norva Beane hatte Nudger gesagt, wo Rand arbeitete, aber er wollte sich vergewissern, daß das auch stimmte. Wollte zumindest sichergehen, daß der Mann, auf den Rands Personenbeschreibung zutraf und der aus Rands

Haus gekommen war und zu dem Gebäude gefahren war, in dem sich Rands Büro befand, tatsächlich Dale Rand war. Nudger hatte sich früher schon einmal in der Identität einer Person geirrt und war dabei in eine undurchsichtige Mord-und-Selbstmord-Affäre verwickelt worden. Jetzt war er vorsichtig. Aber schließlich war er bei den meisten Dingen vorsichtig. Und trotzdem wurde er immer wieder vom Leben überrascht. Das machte ihn noch vorsichtiger.

Der Aufzug kam, und alle stiegen ein. Die Gespräche verstummten, als sich alle auf die Fahrstuhletikette besannen. Nudger drückte auf 30, auf den obersten Knopf, lehnte sich an die Rückwand und starrte wie alle anderen geradeaus auf einen Punkt leicht über Augenhöhe, als warte er darauf, daß auf den geschlossenen Türen gleich ein Film zu sehen wäre.

Im Foyer drängte eine Handvoll weiterer Managertypen herein. Irgend jemandes Magen knurrte laut. Nudger war sich sicher, daß es nicht seiner gewesen war. Jedenfalls ziemlich sicher. Ein Mann in einem Nadelstreifenanzug summte leise *When the Saints Go Marchin' In*.

Im 17. Stock stiegen die beiden Frauen aus. Einer der Männer stieg im 19. Stock aus.

»Tschuldigung«, murmelte Rand, als die Türen im 24. Stock aufglitten, schob sich zwischen zwei Menschen hindurch und trat in den Korridor hinaus. Nudger zögerte ein paar Sekunden und folgte ihm erst, als die Aufzugtüren schon wieder zuglitten. Er wandte sich in die entgegengesetzte Richtung, blieb stehen und starrte auf seine Handfläche, als studiere er auf einem Zettel eine Wegbeschreibung. Aus den Augenwinkeln sah er, wie Rand am Ende des Korridors eine Tür öffnete. Nudger drehte sich abrupt um und ging auf die Tür zu. Die Tür bestand aus stark gemaserter, polierter Eiche und trug in Messingbuchstaben die Aufschrift »Kearn-Wisdom Brokerage«. Nudger packte den glänzenden Messinggriff und schob die Tür auf. Ah! Das lief ja alles prima. Kearn-Wisdom war eine jener Maklerfirmen, die den Kunden, die täglich an der Börse spekulierten, in einem Großraumbüro Stühle zur Verfügung stellten, so daß sie bequem die »Echtzeit«-Kursnotierungen beobachten konnten, die langsam über einen erleuchteten Monitor flimmerten. Hinter einer hüfthohen Eichentrennwand standen sechs Schreibtische, an denen Makler vor Computern saßen. Nudger sah gerade noch, wie Rand an den Schreibtischen vorbeiging und in einer der drei Türen verschwand, die vermutlich zu den Büros führten.

Die Börse hatte zwar erst seit einer knappen Stunde geöffnet, doch bereits jetzt saß schon eine Handvoll Spekulanten auf den Stühlen und schaute gebannt auf die vorbeigleitenden Kursnotierungen. Nudger tat so, als gehöre er hierher, ging zu einem leeren Stuhl, setzte sich dazu, starrte auf den Monitor und erkannte ab und zu sogar, für welche Firmen die Symbole standen. Beispielsweise General Motors, Anheuser Busch. Und IBM war auch einfach. Vielleicht war diese Sache mit der Aktienspekulation gar nicht so schwer.

Nach ungefähr fünf Minuten tat Nudger nur noch so, als beobachte er die Symbole und Zahlen auf dem Monitor, während er in Wirklichkeit die Bürotür beobachtete, durch die Rand verschwunden war.

Eine Stunde verging, ohne daß sich bei Kearn-Wisdom allzuviel tat, abgesehen von den Maklern, die vor ihren Computern an den Schreibtischen saßen und telefonische Aufträge entgegennahmen. Ab und zu stand einer der Spekulanten, die neben Nudger saßen, auf und gab einem Makler einen Auftrag. Ein alter Mann neben

Nudger, der einen nach Mottenkugeln stinkenden dik-ken blauen Anzug trug, stieß ihn in die Rippen und sagte: »Die Facile Industries haben ein wahnsinnig tolles KGV. Gestern habe ich die leerverkauft, und heute sind sie bereits zweieinhalb Punkte gefallen.«

»Hm«, machte Nudger.

»Scheiß-Hausse!« sagte der Alte. »Hier wimmeln so viele Haussiers herum, daß ich auf Baisse spekulieren muß.« Er schien wütend zu sein. »Sind Sie ein Antizykler?«

»Presbyterianer«, sagte Nudger. Das sagte er meistens, wenn er nach seiner Religion gefragt wurde. Aber in Wirklichkeit ging er gar nicht in die Kirche.

Der Alte sagte »Oh!« und richtete seine Aufmerksamkeit wieder auf die leuchtenden Zahlen. Schließlich fiel Nudger ein, daß seine Parkuhr abgelaufen sein mußte. Hier tat sich nichts, und er hatte es satt, den Gestank von Mottenkugeln zu riechen und sich gelegentlich Kommentare anzuhören, die er nicht verstand. (Was waren »Bullen«? Und wieso hatten die Feministinnen den Ausdruck noch nicht durch ein geschlechtsunspezifisches Wort ersetzt?) Er beschloß, seine Taktik zu ändern. Niemand beobachtete ihn, als er aufstand und hinausging.

Die Parkuhr war zwar gerade erst abgelaufen, doch unter den Scheibenwischern des Granadas steckte bereits ein Papierknöllchen. Nudger seufzte. Eigentlich war er nicht überrascht. Murphys Gesetz. Er wünschte nur, er könnte Murphy zu fassen kriegen. Ihn umbringen. Aber die Polizei hatte den Wagen nicht abschleppen lassen. Ein bißchen Dusel hatte er wenigstens.

Er wartete, bis ein Parkplatz frei wurde, von dem aus er sowohl den Eingang des Medwick Buildings als auch dessen Garage im Auge behalten konnte. Dann fädelte er sich mit dem Granada so schnell in den Verkehr ein, daß er den Zorn einer großmütterlichen Frau in einem Lieferwagen erregte, und parkte ein. Die Frau schaute ihn wütend an, machte eine obszöne Geste und fuhr dann weiter. Nudger hatte nicht einmal geahnt, daß sie den Parkplatz haben wollte. Er stieg aus dem Auto, zog das Papierknöllchen unter dem Scheibenwischer hervor und steckte es in seine Hemdtasche. Dann warf er einen Vierteldollar in die Parkuhr, setzte sich wieder hinter das Lenkrad und machte sich auf eine längere Wartezeit gefaßt. Die Frau im Lieferwagen fuhr wieder vorbei. Sie war anscheinend auf der Suche nach einem Parkplatz einmal ums Karree gefahren. Als sie Nudger noch immer im Auto sitzen sah, drückte sie leicht auf die Hupe und wiederholte ihre obszöne Geste. Sie war regelrecht aggressiv.

Kurz nach halb elf kam Rands Caddy aus der Tiefgarage des Medwick Buildings und fuhr auf der Chestnut nach Westen. Der Granada sprang erst beim dritten Versuch an, und Nudger schwor sich, als er Rand hinterherfuhr, einen Teil des Honorars, das er für diesen Auftrag kassieren würde, dazu zu verwenden, den Vergaser reparieren zu lassen. Er wußte, daß er bei kaltem Wetter die Motorhaube öffnen und einen Schraubenzieher benützen mußte, um den Motor anzulassen, wie er es fast den ganzen vergangenen Winter über hatte tun müssen.

Als er in einem vorsichtigen Abstand dem schwarzen Cadillac hinterherfuhr, schwitzte er so stark, daß er wünschte, die Klimaanlage würde funktionieren.

Nudgers Hoffnungen stiegen, als der Cadillac nach Westen auf den Highway 64 bog, der bei den Bewohnern von St. Louis, die sich allgemein zu lang an die Vergangenheit klammerten, immer noch und für alle Zeit

Highway 40 hieß. Rand fuhr in Richtung eines teuren Bezirks, in dem er höchstwahrscheinlich den berüchtigten McMahon treffen wollte. Wenn Nudger sich recht erinnerte, wohnte McMahon in Clayton, das nur einen Katzensprung entfernt vom Highway 40 lag, der das Stadtgebiet von St. Louis durchschnitt.

Doch Rand fuhr nicht an einen Ort, an dem Nudger leichtes Spiel gehabt hätte. Statt dessen fuhr er über die Vororte hinaus, bog auf den Parkplatz des Chadwood Country Club und holte eine rote Golftasche aus dem Kofferraum des Caddys.

Chadwood, dessen flache Greens und Fairways sich hinter einem im Tudor-Stil errichteten Clubhaus erstreckten, das von hohen Eichen und Fichten umgeben war, war zu exklusiv, als daß Nudger ihm hier hinterhergehen konnte. Schon allein sein Auto würde ihn disqualifizieren oder zumindest zu einem Golfer mit einem Handicap machen.

Er fuhr eine Straße entlang, die am Golfplatz vorbeiführte, bis er eine rote Flagge sah; dann blieb er stehen und sah sich um.

Es war ein sehr abgeschiedener Platz, und das Auto stand im Schatten. Er holte sein Fernglas aus dem Handschuhfach und richtete es auf die Flagge. Er hatte das Fernglas von einem Versandhaus gekauft, das auch aufblasbare Lockenwickler und Elvis-Sammelteller im Katalog aufführte, und hatte Mühe, es scharf einzustellen, doch schließlich gelang es ihm, auf der Flagge eine ›2‹ auszumachen. Da Rand offensichtlich eine Runde Golf spielen wollte, müßte er eigentlich bald in Nudgers Blickfeld auftauchen.

Nudger schaute wieder durchs Fernglas und richtete es auf drei Männer, die gerade aus ihren Golfwagen stiegen und auf das Grün gingen. Er konnte ihre Gesichter deutlich sehen, so daß er keine Schwierigkeiten haben würde, McMahon zu erkennen, falls er einer von Rands Golfpartnern sein sollte.

Eine halbe Stunde und diverse Viergruppen gingen vorbei, ehe Rand und zwei andere Männer auf dem Grün auftauchten. Sie standen beiseite, während der Chip shot eines vierten Mannes drei Meter vom Loch entfernt landete, dann ging der größere der Männer zum Loch und zog den Flaggenstock heraus. Er blieb geduldig auf den Stock gestützt stehen, während der Spieler den Ball mit einem Putt im Loch versenkte. Der Mann konnte wirklich gut golfen. Zumindest prima putten.

Nudger betrachtete aufmerksam jedes Mitglied von Rands Viergruppe, als es auf dem zweiten Grün einen Putt spielte. Rand vermasselte einen leichten Putt, tat so, als wolle er seinen Putter über dem hochgehobenen Knie zerbrechen, und schlug den Ball schließlich nach langer, intensiver Konzentration ins Loch, während die anderen drei Männer mit ernster, höflicher Miene danebenstanden.

Keiner von ihnen war Fred McMahon, dessen Photo Nudger oft genug in den Nachrichtenmedien gesehen hatte.

Dicht bei Nudger sagte jemand: »*Fore!*«

Erschreckt ließ Nudger das Fernglas auf den Schoß fallen und sah aus dem Fenster.

Er starrte in die Mündung einer kleinen, schwarzen Automatik. Nur daß sie ihm überhaupt nicht klein vorkam.

Der Mann mit der Pistole sagte: »*Fore* rufen die Golfer, kurz bevor jemand getroffen wird.«

3. Kapitel

Nudger schluckte seine Angst hinunter und beugte sich auf dem Sitz vor, damit er hochschauen und das Gesicht des Mannes sehen konnte.

Es war ein Schwarzer mit glatten, zurückgekämmten, geölten Haaren und einem kaum erkennbaren Errol-Flynn-Schnurrbart. Er trug dunkle Hosen und ein grünes Hemd mit offenem Kragen, so daß man eine breite Goldkette sehen konnte. An seinem linken Ohr glitzerte ein goldener Ohrring, ein kleines Hakenkreuz, das an einer etwa sieben Zentimeter langen Kette baumelte. Ein nett aussehender Mann, wenn nicht die Pistole und die ausdruckslosen Augen gewesen wären. Solche Augen konnten zusehen, was geschah, wenn ein Abzug durchgedrückt wurde, ohne einen Ausdruck zu zeigen.

»O Gott! Ein Überfall!« sagte Nudger in einem Versuch, das Schicksal zu überzeugen.

Der Pistolenheld lachte. »Schön wär's.« Er beugte sich ein wenig herunter und atmete tief aus. »Wir wissen beide, was das ist, und ein Raubüberfall ist es nicht.«

»Sie müssen mich mit jemandem verwechseln«, sagte Nudger mit einer Stimme, die sich anhörte, als hätte er gerade Helium eingeatmet.

Der Pistolenheld machte »hmmm«, als wäre das durchaus möglich. »Sie sind doch der Mann, der Dale Rand beschattet, oder etwa nicht?«

»Nicht wirklich.«

»Was Sie nicht sagen! Dann wäre es ja tatsächlich möglich, daß ich Sie verwechselt habe. Ich möchte mich bei Ihnen entschuldigen, Sir. Hey, wollen Sie jetzt mich erschießen?«

»Wenigstens haben Sie Sinn für Humor«, sagte Nudger so, als wäre das bei einem Killer ein wünschenswerter Charakterzug. Sein Magen rebellierte, und er fragte sich, ob sein Herz vielleicht so heftig schlug, daß es ihm eine Rippe brechen könnte. »Warum diskutieren wir das nicht in aller Ruhe aus?«

»In meinem Beruf ist Sinn für Humor einfach unerläßlich.« Der Mann trat einen kleinen Schritt zurück, damit Nudger nicht an die Pistole konnte, und schaute dann links und rechts die Straße entlang, um sich zu vergewissern, daß niemand in der Nähe war. Ein schlechtes Zeichen. »Aber für ein Gespräch braucht es immer zwei, und in ein paar Sekunden ist nur noch einer von uns da.«

Er kam dicht an Nudger heran. Nudger stieß der beißende Gestank von Waffenöl in die Nase. Der Schütze pflegte seine Ausrüstung; er war ein Profi, der nicht danebenschießen würde, ein Handwerker, kein Sadist, der den Tod so schmerzhaft wie möglich machen würde. Seltsam, wofür man in einem solchen Moment alles dankbar sein konnte. Und Nudger konnte es sich ohnehin nicht leisten, nur schwer verletzt und zu einem Invaliden gemacht zu werden, da er mit den Prämienzahlungen für seine Blue-Cross-Krankenversicherung im Rückstand war. Noch etwas, was für einen schnellen Tod sprach.

»Geben Sie mir Ihre Brieftasche«, sagte der Mann.

»Häh?«

»Kommen Sie jetzt ja nicht auf die Idee, das sei wirklich bloß ein Überfall. Ich will bei Ihnen keine falschen Hoffnungen wecken. Ich will nur wissen, wer Sie sind – oder besser, waren. Ehe Sie ganz schmutzig werden und man Ihren Führerschein nur noch schwer lesen kann.«

Als Nudger vorsichtig in seine Hosentasche griff,

hörte er ein Geräusch. Dann das Knirschen von Reifen auf dem Kies des Banketts.

Sein Blick huschte zum Rückspiegel. Ein Wagen hatte dicht hinter der Stoßstange des Granadas gehalten. Nudger schaute auf den Pistolenlauf, dann wieder in den Rückspiegel. Der Wagen hinter ihm war groß, ein amerikanisches Luxusmodell, das zu dicht geparkt war, als daß man die Marke hätte erkennen können. Eine ältere Frau saß auf dem Beifahrersitz. Auf der Fahrerseite stieg ein Mann aus.

Der Pistolenheld drehte sich so, daß die Pistole nicht zu sehen war, schob sie dann in seine Hosentasche und ließ die Hand in der Tasche. Er beugte sich dicht zu Nudger herüber und sagte: »Tun Sie jetzt ja nichts Falsches, sonst mach ich den Alten, die Fotze und Sie kalt.«

Der Mann, der aus dem Auto gestiegen war, war groß und trug teure Freizeitkleidung und einen weißen Ledergürtel. Bis auf einen grauen Haarkranz war er kahl. Wahrscheinlich war er Ende Sechzig. Er hätte nicht anhalten dürfen, aber Nudger war ungeheuer dankbar, daß er es getan hatte.

»Probleme, wie?« fragte er, als er auf Nudger und den Pistolenhelden zukam und dabei ein Lächeln aufgesetzt hatte, das ebensogroß war wie der Fehler, den er gerade gemacht hatte. Er sah aus wie ein überschwenglicher Freimaurer, der das tat, was Freimaurer eben taten, wenn sie nicht gerade auf einem Treffen waren. Nudger, der gerade gebetet hatte, daß er lebend aus der Sache herauskommen möge, betete nun darum, daß das wenigstens einem gelänge.

Der Pistolenheld erwiderte das Lächeln des Alten und schaute dann auf Nudger hinunter.

»Oh, eine Autopanne«, sagte Nudger. »Er ist mir

plötzlich verreckt, und da bin ich an den Rand gefahren.«

»Ich habe ihn hier stehen sehen und mir gedacht, ich könnte ihm vielleicht helfen«, sagte der Pistolenheld.

Ohne das große dümmliche Lächeln einzustellen, stemmte der Alte die Fäuste in die Hüften und schaute sich um. »Wo ist denn Ihr Auto?« fragte er den Pistolenhelden.

Der Pistolenheld klopfte seine Hosentaschen ab, als hätte er etwas zu Hause vergessen. »Ich habe es nicht dabei. Ich war spazieren. Auf ärztliche Anweisung.«

»Ein schlechtes Herz?«

»Zu hoher Blutdruck. Irgend etwas in mir verursacht ziemlich viel davon.«

Es war ziemlich unwahrscheinlich, daß ein Schwarzer an diesem Ort einen Spaziergang unternahm, doch dem Alten schien die Erklärung zu genügen. Es blieb ihm auch kaum etwas anderes übrig. »Na, da haben Sie beide aber Glück gehabt«, sagte er. »Ich bin letztes Jahr in den Ruhestand getreten und habe vorher eine Pontiac-Vertretung geleitet. Ich habe schon als Kind Autos repariert.« Er grinste Nudger an. »Machen Sie mal die Motorhaube auf. Ich wette mit Ihnen, daß ich Ihr Auto im Handumdrehen wieder zum Laufen bringe.«

Genau das wollte Nudger ja, laufen. »Ich will es erst noch mal probieren«, sagte er. »In der Batterie ist noch ein bißchen Saft.« Der Pistolenheld starrte ihn streng an, hatte dabei aber ein verkniffenes kleines Lächeln aufgesetzt. Der Ausdruck in seinen Augen – oder besser, der Mangel an Ausdruck – hatte sich nicht verändert. Nudger trat leicht aufs Gas und drehte den Zündschlüssel um.

Der Motor stotterte zwar, wollte aber nicht anspringen. Doch Nudgers Magen sprang und jagte wie eine betrunkene Fledermaus im Zwielicht steil hinauf und hinunter. Das war ja schrecklich – sein Auto steckte mit seinem Killer unter einer Decke. »Vorsicht! Passen Sie auf, daß er Ihnen nicht absäuft«, sagte der Alte unwirsch.

Der Pistolenheld lächelte immer noch. Nudger hielt das zwar nicht unbedingt für ein gutes Zeichen, doch er glaubte nicht, daß der Mann ihn vor zwei Zeugen umbringen würde. Und er würde sicher weggehen und eine geeignete Gelegenheit abwarten, ehe er drei Menschen tötete und dabei die Nachrichtenmedien und die Polizei in Unruhe versetzte. Das wäre nämlich ganz und gar nicht professionell. Das könnte ihn zukünftige Aufträge kosten.

Doch Nudger wußte auch, daß der Pistolenheld kaum eine andere Wahl hatte, als einen dreifachen Mord zu begehen, wenn Nudger den Alten auf die Gefahr aufmerksam machte. Wahrscheinlich würde er ihn, wenn auch widerwillig, begehen, ihn bis zum Abendessen wieder vergessen haben und in der Nacht fest schlafen.

»Machen Sie mal die Motorhaube auf, dann schau ich mir das mal an«, sagte der Alte.

Doch statt dessen drehte Nudger noch einmal den Zündschlüssel herum. Er wollte so schnell wie möglich weg von hier. *Stot, stot, stot . . .* Der Motor schien ihn zu verspotten, er stand auf der Seite des Mannes mit der Pistole und rieb es ihm auch noch unter die Nase.

»Das hört sich so an, als müßte die Zündung neu eingestellt werden«, sagte der Pistolenheld grinsend.

Nudgers Magen verkrampfte sich. Er schwitzte so stark, als hätte er gerade Fieber bekommen.

Der Alte schüttelte den Kopf. »Das läßt sich erst mit Sicherheit sagen, wenn – «

Diesmal sprang der Motor an. Nudger trat fest aufs

Gas, um ihn am Laufen zu halten, und nahm den Fuß dann wieder so weit zurück, daß der Motor im Leerlauf zwar ungleichmäßig, aber schnell ratterte. »Sie hatten recht«, sagte der Alte. »Die Zündung muß neu eingestellt werden.«

»Sie sollten das schleunigst richten lassen«, riet der Pistolenheld Nudger. »Heute ist es für Sie ja noch einmal gut ausgegangen. Aber es könnte wieder passieren und dann nicht mehr so glücklich ausgehen.«

»Ich danke Ihnen beiden!« schrie Nudger, um das Motorengedröhn zu übertönen, und legte den Gang ein.

»Kann ich Sie irgendwohin mitnehmen?« fragte der Alte den Mann mit dem Ohrring und der Pistole.

Nudger konnte einfach nicht anders. Er zwinkerte dem Pistolenhelden zu, als er Vollgas gab. Kies spritzte von den Innenseiten der Kotflügel, als er davonfuhr.

Im Rückspiegel sah er, wie der Alte zu seinem Auto zurückschlenderte.

Der Pistolenheld stand immer noch neben der Straße, hatte eine Hand an die Stirn gelegt, um seine ausdruckslosen Killeraugen vor der Sonne zu schützen, und starrte Nudger nach.

4. Kapitel

Norva ging nicht ans Telefon. Da sie Nudger keine Adresse gegeben hatte, schlug er sie in einem nach Telefonnummern geordneten Adreßverzeichnis nach. Sie wohnte in der Virginia in South St. Louis, einem Viertel, in dem es hauptsächlich billige Wohnungen gab.

Nachdem er in den Doughnutladen gegangen war und Danny gebeten hatte, aufzupassen, ob jemand zu seinem Büro ging, da er eine Weile nicht da sein werde, stieg er in den Granada und fuhr nach South St. Louis. Unterwegs kaute er Antacidtabletten. Das Haus in der Virginia war sogar noch schlimmer, als er erwartet hatte, ein Sechsfamilienhaus aus marmorierten Klinkern mit abplatzenden, grauen Fensterumrandungen und rostigen grünen Metallmarkisen, die von jahrelangen schweren Schneefällen heruntergezogen worden waren. Alles an dem Haus deutete darauf hin, daß es aufgegeben hatte. Nicht einmal eine Luxussanierung konnte es noch retten.

Nudger parkte den Granada gegenüber dem Haus hinter einem zerbeulten Pick-up, auf dessen Ladefläche ein verbeulter, rostiger Heißwasser-Boiler stand. Eine wertvollere Ladung würde in dieser Gegend kein vernünftiger Mensch unbeaufsichtigt herumliegen lassen. Nudger streckte sich unbequem nach hinten, um sein Car Guard vom Boden des Fonds zu holen. Das war eines dieser Dinger, die man am Lenkrad befestigte und mit einem Schlüssel absperrte, so daß sich das Lenkrad nicht mehr drehen ließ. Die Theorie dahinter war, daß kein Mensch ein Auto klauen würde, das sich nicht lenken ließ. In der Werbung wurde behauptet, daß das Car

Guard aus einer neuen Legierung hergestellt werde, die so hart sei, daß sie nur mit einer Diamantsäge durchgesägt werden könne – und die würde ein gewöhnlicher Autodieb wohl kaum dabeihaben.

Nachdem Nudger das Lenkradschloß einrasten lassen hatte, stieg er aus dem Auto und schloß es hinter sich ab. Er ignorierte den feindseligen Blick einer geistig verwirrt aussehenden alten Frau, die auf einer Betonvordertreppe saß, und ging über die Straße und den trockenen, braunen Rasen zu Norvas Hauseingang.

Das graffitiverschmierte Foyer hätte einen frischen grauen Anstrich gebraucht, auch wenn dieser wahrscheinlich den Uringestank nicht gänzlich beseitigen würde. Der Boden bestand aus vergilbten sechseckigen Kacheln, die zwar schmutzig waren, doch an einigen Stellen, dort, wo Crack-Röhrchen unter Absätzen und Sohlen zu Glassplittern zermahlt worden waren, eigenartig schön funkelten. Ein kleines Dreirad, das kein Mensch stehlen würde, lag umgestürzt in einer Ecke in der Nähe der Briefkästen, deren uralte Messingtüren fehlten. Auf einer ungelenk beschrifteten Karte im Schlitz über einem der Briefkästen neben einer Türklingel, die irgendwie überlebt hatte, stand nur: »Beane 2B«. Nudger drückte auf die Klingel, hörte etwas, das wie das leise Brummen eines erzürnten Insekts klang, und stapfte dann die knarzende Holztreppe in den zweiten Stock hinauf.

Die Tür zu 2B stand eine Handbreit offen, und Norva linste hinter einer Sicherheitskette aus angelaufenem Messing hervor. Als sie Nudger sah, schloß sie die Tür, die Kette wurde mit Gerappel abgenommen, und sie machte die Tür wieder auf und lächelte ihn an. »In dieser Gegend kann man gar nicht vorsichtig genug sein«, erklärte sie. Dann nahm ihr hageres Gesicht einen gequälten Ausdruck an, und ihre grünen Augen blickten streng. »Weil dieser Dale Rand mein ganzes Geld geklaut hat, muß ich jetzt in diesem Loch hausen.« Ihr monotoner Singsang ließ ihre Worte irgendwie heftiger wirken. So hatten wahrscheinlich die Hatfields über die McCoys gesprochen.

Sie trat einen Schritt zurück, um Nudger einzulassen. Sie trug ausgebleichte Levi's, die um ihre dürren Beine schlotterten, und ein ärmelloses rotes T-Shirt, auf dessen Brust in ausgewaschenen schwarzen Buchstaben »Go Fish!« stand. Sie trug weder Schuhe noch Socken. Ihre Fußnägel und die gerade geschnittenen Fingernägel waren in einem helleren Farbton als das T-Shirt rot lackiert.

»Spielen Sie gern?« fragte Nudger und starrte dabei auf ihre Brust.

Sie kniff überrascht und mißtrauisch die grünen Augen zusammen. »Ich bin mir nicht sicher, wie ich das verstehen soll, Mr. Nudger.«

Er deutete auf das T-Shirt. »Fish. Das Kartenspiel. Spielen Sie das gern?«

Ihre Miene entspannte sich wieder. »Nein. Ehrlich gesagt, hab ich das T-Shirt für einen Vierteldollar auf dem Flohmarkt gekauft.« Plötzlich wirkte sie verlegen. »Aber setzen Sie sich doch.«

Nudger ging zu einem mit einer blauen Tagesdecke bedeckten Sofa und schaute sich rasch um. Die Wohnung war zwar billig eingerichtet, aber sie war sauber und ordentlich: In einer Ecke stand ein alter Konsolenfernseher, auf einem niedrigen Couchtisch lagen Korkuntersetzer und ein Glasaschenbecher, auf dem verkratzten und gebohnerten Holzboden lag ein ovaler Teppich. An einer Wand befand sich ein Regal aus Holzbrettern und Ziegeln, in dem eine alte Stereoanlage in einem Aluminiumgehäuse stand. Auf dem untersten Regal standen etwa ein Dutzend Alben. Auf dem obersten Regal befanden sich eine Vase mit Plastikrosen und eine Reihe kleiner Stofftiere. Hauptsächlich Bären. Als er sich auf das Sofa setzte, fragte Norva: »Darf ich Ihnen eine Zitronenlimonade anbieten?«

»Gern. Die käme mir gerade recht.«

Sie verschwand in der Küche und rumorte einige Minuten herum. Die heruntergelassene Jalousie, die teilweise das Sonnenlicht aussperrte, machte eine Seite des Zimmers dunkler als die andere. Nudger hörte den auf Hochtouren laufenden Ventilator am zur Straße gelegenen Fenster brummen und rattern. Etwa alle zehn Sekunden vibrierte und klapperte sein Metallgitter. Die Wohnung hatte zwar keine Klimaanlage, doch die Temperatur war angenehm. Der Ventilator genügte völlig.

Norva kam mit einem großen Glas in jeder Hand zurück. Eines reichte sie Nudger und setzte sich dann ihm gegenüber in einen dunkelgrün lackierten Rattansessel.

»Haben Sie etwas herausgefunden?« Ihr Sessel knarzte, als sie sich bequem zurücklehnte.

Er schwieg und trank einen Schluck Zitronenlimonade. Sie war mit Eiswürfeln gekühlt und mit richtigem Zucker gesüßt, der sich zum Teil auf dem Boden des Glases abgelagert hatte, und schmeckte köstlich. Auf den Gläsern waren scheckige Kühe abgebildet; sie hatten früher einmal Streichkäse enthalten, doch davon merkte man jetzt nichts mehr. »Eigentlich bin ich hier, um etwas herauszufinden«, sagte er. Er trank noch einen Schluck, schluckte dabei etwas Fruchtfleisch und einen Zitronenkern, doch das störte ihn nicht. »Kennen Sie einen Schwarzen um die Dreißig, mittelgroß, gutaussehend, schmaler, kleiner Schnurrbart, Goldkettchen mit Hakenkreuz am linken Ohr?«

»Ich kann mich nicht erinnern, ihn je gesehen zu haben, und ich glaub nicht, daß ich so jemanden je vergessen würde. Wer soll das denn sein?«

Nudger erzählte es ihr und sah, wie ihr Gesicht noch ernster und sorgenvoller wurde, irgendwie noch attraktiver. Wie eine dieser Country-&-Western-Sängerinnen, die neben großen Titten und hohen Wangenknochen auch Charakterfalten als Weiblichkeitsideal verkauften. Die Art von Frau, die im Bett phantastisch wäre und der es anschließend nichts ausmachen würde, hinauszugehen und ein bißchen Unkraut zu jäten. Als er zu Ende erzählt hatte, schlug sie die Beine übereinander, wie es Männer taten, Knöchel aufs Knie, und fragte: »Beweist das, was Sie mir da gerade erzählt haben, denn nicht, daß Dale Rand ein Betrüger ist?«

»Nicht direkt.«

»Für mich schon.«

»Das einzig Belastende, was ich bis jetzt bei ihm beobachtet habe, ist, daß er einen leichten Putt vermasselt hat.«

Norva kaute mit ihren leicht hervorstehenden Zähnen auf der Unterlippe. Nudger fragte sich, weshalb das sexy wirkte. Dann wurden ihre grünen Augen düster und schmal, wobei in den Augenwinkeln Fältchen zu sehen waren. Sie sagte: »So!« Als werfe sie Nudger irgend etwas vor.

»So?« fragte Nudger.

»So, jetzt wollen Sie mich also im Stich lassen?« Diesmal war es ein anderes »So«.

»Sie meinen, bloß weil jemand gedroht hat, mich umzulegen?«

Sie wischte sich die Augen, obwohl sie trocken zu sein schienen. »Mein ganzes Leben lang haben mich die Männer immer im Stich gelassen, mich nicht anständig behandelt. Warum sollten Sie anders sein?«

»Weil Sie mich bezahlen.« Weil meine Arbeit alles ist, was ich habe und was ich bin, dachte er. Nicht aufzugeben ist alles, was mir noch geblieben ist, das einzige, was man mir nicht nehmen kann, solange ich das nicht zulasse. Doch das sagte er nicht, weil er bezweifelte, daß sie eine solche Einstellung verstehen würde. Frauen verstanden das nämlich im allgemeinen nicht. Frauen waren vernünftiger.

Norvas Augen strahlten, und das Blut schoß ihr ins Gesicht, wodurch ihre Sommersprossen viel deutlicher hervortraten. »Dann werden Sie Rand auch weiterhin beschatten?«

»Ja.«

Sie schien sich nur mit Mühe zurückhalten zu können, aus dem Sessel zu springen, um ihn zu umarmen. Er war sich nicht sicher, ob er wollte, daß sie sich zurückhielt. Es wäre schön, bei dem Ganzen noch etwas anderes abzubekommen als eine Kugel.

Aber dann gab es da ja auch noch Claudia. Und seine Schuldgefühle.

»Mr. Nudger«, sagte Norva, nun plötzlich ruhiger. »Mir ist klar, was ich da von Ihnen verlange. Ich mein, Geld is schließlich nich alles, und ich will, daß Sie sich auch ganz sicher sind, ob Sie weitermachen wollen. Wenn mich jemand mit einer Pistole bedroht hätte, wäre ich ein genauso großer Angsthase wie Sie.«

»Es ist nicht so, daß ich Angst hätte«, entgegnete er hastig. Er war verlegen, in seiner Männlichkeit gekränkt. Angsthase? »Ich versuche nur, vernünftig zu sein. Sie haben mich für einen Job engagiert, also sollte ich ihn auch erledigen.«

»Geld ist aber kein vernünftiger Grund, sein Leben aufs Spiel zu setzen.«

»Ehrlich gesagt, mache ich das wegen einer Frau.«

Die Sommersprossen traten wieder wie Sterne hervor, eine leuchtende Staubwolke vor einem rötlichen Himmel. »Also, Mr. Nudger – «

»Wegen meiner Ex-Frau Eileen«, sagte Nudger, der das Gespräch wieder in die richtigen Bahnen lenken wollte.

Norva legte den Kopf schief und schaute ihn überrascht an. »Dann sind Sie ja ein Romantiker.«

»Manchmal. Wenn nichts Gutes im Fernsehen kommt.«

»Aber Sie müssen Eileen doch immer noch sehr lieben.«

»Von wegen. Wenn ich nicht die Alimente zahle, die ich ihr schulde, wird sie für mich doppelt so gefährlich werden wie der Typ mit der Knarre.«

»Mit diesem Gerede können Sie mich nicht täuschen.« Norva trank ihre Zitronenlimonade aus und stellte das Glas neben ihren Sessel auf den Rand des ovalen Teppichs, damit es auf dem Holzboden keine Spur hinterließ. Sie wischte sich die feuchte Hand am T-Shirt ab und sagte: »Liebe ist eine der stärksten Mächte auf der Welt.«

Nudger sagte: »Haß auch.«

Sie richtete die Smaragdaugen wie wunderschöne Laser auf ihn. »Die beiden können auch ein und dieselbe Macht sein, Mr. Nudger. Haben Sie das denn nicht gewußt?«

Natürlich hatte er das gewußt. Es gehörte zu den Dingen, die das Leben komplizierten und es zu einer solchen Strapaze machten.

5. Kapitel

»Was für eine Pistole war es denn?« fragte Hammersmith.

Nudger sagte: »So eine, die auf meine Nasenwurzel gerichtet war.« Er warf die Hände hoch. »Woher soll ich denn wissen, was für ein Fabrikat es war? Ich hab bloß die Mündung gesehen. Sie sah so groß aus wie – «

»Ja, ja, ich weiß.«

Sie saßen in Hammersmith' Büro im Revier des Third District in der Tucker, Ecke Lynch. Hammersmith war Lieutenant Jack Hammersmith, der in einer früheren Ära Nudgers Streifenwagenpartner gewesen war. Damals hatte Nudgers nervöser Magen ihn ahnen lassen, daß er den falschen Beruf hatte, und der nun korpulente Hammersmith war immer schlank und rank gewesen und hatte den von ihm bezauberten Prostituierten und Junkies die allergeheimsten Informationen entlocken können. »Die Personenbeschreibung, die du mir gegeben hast«, sagte Hammersmith, »paßt auf Hunderte Leute in dieser Stadt. Wenn du wüßtest, was für eine Pistole er hatte, würde das den Kreis vielleicht etwas einengen. Vorausgesetzt natürlich, daß er ein polizeibekannter Ganove ist.«

»Wenn ich ein bißchen Senf und etwas Brot hätte, könnte ich mir ein Schinkensandwich machen, vorausgesetzt natürlich, daß ich etwas Schinken hätte«, sagte Nudger.

»Ich verstehe, was du meinst. Aber so könntest du tagelang vergeblich Verbrecheralben durchblättern, selbst wenn er tatsächlich ein Vorstrafenregister haben sollte.«

Nudger konnte ihm da kaum widersprechen. Es

wimmelte in der Stadt nur so von durchschnittlich großen Schwarzen mit durchschnittlicher Figur und blei-
stiftdünnen Schnurrbärten. Sie waren . . . na ja, durchschnittlich. »Und was ist mit dem Ohrring?« fragte er.
»Es kann schließlich nicht allzu viele Leute geben, die
mit einem goldenen Hakenkreuz am Ohr herumlaufen.«

»Das sollte man meinen. Aber der läßt sich abnehmen.
Vielleicht trägt er jetzt einen anderen Ohrring.«

»Könnte der Schmuck vielleicht eine Art Erken-
nungszeichen sein? Ich meine, vielleicht gehört er zu
einer Gang.«

»Möglich, aber nicht wahrscheinlich. Ich kenne die
meisten Gangfarben und Tätowierungen und was sonst
noch. Aber ich werde das überprüfen. Ich vermute, dein
Freund wollte damit bloß todschick wirken.«

Nudger schwieg und kaute auf seiner Backe.

»Vielleicht siehst du ihn ja bald wieder, Nudge«, sagte
Hammersmith mit einem unbewegten Gesicht und sadi-
stischem Humor.

Nudger tat ihm nicht den Gefallen, zu reagieren.

»Ich glaube, daß dieser Kerl dich gar nicht wirklich
umbringen wollte. Wenn er das gewollt hätte, wäre er
doch nicht zu dir hinspaziert, um ein Gespräch anzufan-
gen. Er wollte dir Angst einjagen, sonst nichts.«

»Das hat auch prima funktioniert.« Es ärgerte Nudger, daß Hammersmith den Vorfall nicht ernst zu nehmen schien. Er fragte: »Und was gibt's Neues über Fred
McMahon? Wird er wegen Aktienmanipulationen verurteilt werden?«

»Nicht direkt«, sagte Hammersmith. »Es gab keine
Aktien, die er hätte manipulieren können. Er hat Kunden
Freiverkehrsaktien verkauft, die gar nicht existiert haben. Aktien, die zu unbedeutend waren, um in den Zeitungen notiert zu werden. Er hat ihnen sogar gefälschte

Aktienzertifikate gegeben. Hat ihnen falsche Kursnotierungen genannt, wenn sie in seiner Börsenmakler-firma anriefen, um sich zu erkundigen, wie sie sich entwickelten. Sie entwickelten sich immer ganz prima. McMahon wollte schließlich nicht, daß seine Klienten die Aktien wieder abstießen. Es heißt, daß die Anklage genügend Beweismaterial für eine todsichere Verurteilung hat. Der Kuhhandel hat wahrscheinlich bereits begonnen.«

»Habt ihr irgend etwas über Dale Rand?«

»Den Typ, den du beschattet hast?«

Nudger nickte.

»Ich kann das ja mal überprüfen, Nudge. Ich sag dir dann Bescheid.« Hammersmith lehnte sich auf seinem Schreibtischstuhl weit zurück und verschränkte die Hände hinter dem Kopf. Seine glattrasierten, rosa Bakken hingen wie prallgefüllte Wasserballons über seinem Hemdkragen. »Du wirst diesen Fall aufgeben, stimmt's?«

»Nein.«

»Ich dachte, du seist ein Feigling.«

»Ein armer Feigling.«

»Ist Eileen wieder wegen des Kindesunterhalts hinter dir her?«

»Wegen der Alimente«, sagte Nudger gereizt. »Wir hatten keine Kinder.«

»Ist doch egal.«

»Da gibt es aber einen wichtigen Unterschied«, meinte Nudger.

»Nicht, wenn man nicht das zahlt, was man schuldet.« Hammersmith hatte Eileen immer gemocht und gab Nudger die Schuld an der Auflösung der Ehe. »Ich habe gedacht, nur reiche Männer müßten ihren ehemaligen Lebensgefährtinnen Alimente zahlen, Nudge.«

»Die müssen Männer zahlen, deren Ex-Frauen Henry Mercato zum Anwalt haben.« Mercato und Eileen hatten Nudger aller Würde und aller Vermögenswerte beraubt, und jetzt waren sie Lustkomplizen. So war Mercato. So war Eileen. Dennoch wollte Hammersmith das immer noch nicht einsehen. Er mochte Nudgers derzeitige Freundin Claudia Bettencourt sogar noch mehr als Eileen, andernfalls wäre das ein Problem gewesen. Ehe Nudger Claudia kennengelernt hatte, hatte Hammersmith ständig versucht, ihn und Eileen wieder zusammenzubringen. Der alte Kuppler Hammersmith.

»Und während ich schaue, ob wir etwas über Rand wissen«, sagte Hammersmith, »rate ich dir, dich von ihm fernzuhalten. Das sollte dir auch helfen, dem Mann mit der Pistole unbekannten Fabrikats nicht wieder über den Weg zu laufen.«

»Ich werde mich von Rand so gut es geht fernhalten.« Nudger stand auf. »Ich glaube, ich weiß auch schon, wie ich das tun kann.«

Hammersmith schaute ihn nachdenklich an. Als Nudger ging, sagte er: »Nudge, sag mir bitte nicht, was du vorhast.«

»Nicht, wenn ich nicht muß.«

Nudger verabredete sich mit dem Wanzenfritzen. Er hieß Charlie Roache und war ein Experte darin, Wanzen zu installieren und von anderen installierte Wanzen aufzuspüren. Oftmals tat er das aus gesetzwidrigen Motiven. Mitunter war das nicht so gewinnträchtig, wie man vielleicht hätte meinen können. Ab und zu arbeitete er auch für Nudger. Der Wanzenfritze hatte einen flexiblen Honorarrahmen. Als Nudger im Howard-Johnson's-Restaurant in der Lindbergh auf seine Nische zuging, schaute der Wanzenfritze auf und lächelte. Er war ein drahtiges kleines Männchen um die Fünfzig, immer in Bewegung, mit Segelohren und kohlrabenschwarzem Haar, das jeweils ungleichmäßig geschnitten und stark verwuschelt war, als hätte ein Eichhörnchen darin herumgewühlt. Er kaute ständig auf seiner zuckenden Unterlippe, als wollte er sie töten und zum Stillhalten zwingen, und hatte funkelnde kleine dunkle Augen, die leicht wahnsinnig blickten. Er ging äußerst gern Risiken ein, ohne sich dabei erwischen zu lassen.

»Heute gibt es Muscheln«, sagte er, als Nudger in die Nische rutschte und sich ihm gegenüber hinsetzte.

»Häh?«

»Heute gibt's als Tagesmenü Muscheln. Möchtest du welche? Ich habe mir schon welche bestellt.«

Nudger sagte ihm, daß er bereits gegessen hätte, was nicht stimmte. Sein Magen hatte sich immer noch nicht vom Anblick des Pistolenlaufs erholt. Er hatte so groß ausgesehen wie –

»Was darf ich Ihnen bringen?«

Er bestellte bei der Kellnerin, die ihn in seinen Gedanken unterbrach, nur einen Kaffee, lehnte sich zurück und sah zu, wie der Wanzenfritze sich eine Zigarette anzündete. Sie saßen in der Nichtraucherzone. Der Wanzenfritze führte die Zigarette an die Lippen, zog kaum merklich daran und hielt sie dann unter den Tisch, so daß sie nicht zu sehen war. Er schaute Nudger aus zusammengekniffenen Augen an, die wie Onyx waren. »Du hast was von einem Auftrag gesagt?«

Nudger schilderte ihm, was er erledigt haben wollte.

»Das schaff ich schon«, sagte der Wanzenfritze. Er verschluckte etwas Qualm.

Die Kellnerin kam mit dem Kaffee, den Muscheln und einem Glas Eistee zurück. Nachdem sie alles auf den Tisch gestellt hatte, schnupperte sie, schüttelte den Kopf und ging dann wieder davon.

»Die Familie besteht aus Rand, seiner Frau und seiner Tochter«, sagte Nudger. »Also ist wahrscheinlich immer jemand im Haus.«

»Das schaff ich schon«, wiederholte der Wanzenfritze. »Alles, was du erledigt haben willst, kann ich machen. Ich ruf dich dann an.«

Da Nudger vom Gestank der frittierten Muscheln übel wurde, legte er für den Kaffee einen Dollarschein auf den Tisch, stand auf und ging. Als er draußen auf dem Parkplatz in den Granada stieg, schaute der Wanzenfritze ihn durch das Fenster an und winkte ihm zu, während er sich mit der anderen Hand einen Haufen Muscheln in den Mund schaufelte. Er mußte die Zigarette unter dem Tisch ausgemacht haben, oder vielleicht hatte er sie auch auf den Rand des Kunstledersitzes gelegt, damit sie die Nische nicht in Brand steckte.

Nudger winkte zurück. Er hatte seinen Kaffee nicht einmal angerührt.

Da es kurz nach sechs war, fuhr er den Highway 44 nach South St. Louis hinunter und parkte vor Claudias Wohnung in der Wilmington.

Claudia war von ihrem Ferienunterricht in der Harriet-Beecher-Stowe-Mädchenschule draußen in einem westlichen Vorort wieder zu Hause. Sie hatte sich bereits umgezogen und trug rote Shorts und eine schwarze Bluse, als sie Nudger die Tür aufmachte. Sie war sehr schlank, hatte lange, dunkle Haare, ein zartes Gesicht und eine vollkommen gerade Nase, die vielleicht ein bißchen zu lang war und ihr einen Hauch von Noblesse verlieh wie bei einer Frau in einem mittelalterlichen Gemälde. Sie hatte schöne Beine und war überhaupt eine schöne Frau, aber auf eine subtile Art.

Die Art von Frau, die mit jedem Blick attraktiver wurde, dachte Nudger.

Nachdem sie ihm ein Küßchen auf die Wange gegeben hatte, ging sie in die Küche. »Ich koche mir gerade Spaghetti«, sagte sie. »Magst du mitessen?«

Der Geruch von Gewürzen und Knoblauch war angenehmer als der von Muscheln. »Gern«, sagte er und folgte ihr in die Küche, um ihr zur Hand zu gehen. Aber nicht zu dicht. Er schaute ihr nämlich gern beim Gehen zu.

Er holte sich eine Dose Budweiser aus dem Kühlschrank, trank sie, an die Spüle gelehnt, und sah Claudia zu, wie sie die rohen Spaghetti in etwa fünfzehn Zentimeter lange Stücke brach und in einen großen Topf mit kochendem Wasser warf.

»Wie waren deine Schülerinnen heute?« fragte er.

»Ungeheuer aufsässig.« Sie war mit den Spaghetti fertig und schaltete nun die Herdplatte an, auf der ein Topf mit Soße stand, die sie am Tag zuvor gekocht haben mußte. »Sie haben keine Lust, mitten im schönsten Sommer Satzdiagramme zu erstellen, und ich kann es ihnen nicht verdenken. Und wie war dein Tag?«

Nudger erzählte ihr von dem Mann mit der Pistole, mit der er aus nur wenigen Zentimetern Entfernung genau zwischen seine Augen gezielt hatte.

»Die muß dir ja so groß vorgekommen sein wie ein Grubenschacht«, sagte Claudia und riß dabei die Augen so weit auf, wie es Nudger getan haben mußte, als er die Pistole gesehen hatte.

»Jetzt, wo du das sagst«, sagte Nudger, ging zum Kühlschrank, um den Wein zu holen, den er mitgebracht hatte, als er zwei Tage zuvor bei Claudia zu Abend gegessen hatte. Er schraubte den Verschluß auf, damit der Wein atmen konnte, und dachte, mindestens so groß wie ein Grubenschacht.

»Das muß ja schrecklich gewesen sein«, sagte Claudia, die am Spülbecken stand und ihn über die Schulter hinweg anschaute.

»Ein bißchen.« Lässig schlich er sich zu ihr hinüber und küßte sie auf den Nacken. Das mit den Spaghetti hatte noch Zeit, und bei dem Preis, den er dafür bezahlt hatte, war es völlig egal, wie lange der Wein atmete. »Du, ich hab eine Idee.« Doch sie war mit seiner Idee nicht einverstanden, sondern reichte ihm einen Kochlöffel, damit er die Soße umrührte.

Später würde sie das schon anders sehen, dachte er beim Umrühren. Nachdem er sie mit dem Wein in eine lockere Stimmung gebracht hatte. Er mochte zwar billig sein, aber er hatte einen ziemlich hohen Alkoholgehalt.

Durchtriebener Nudger.

6. Kapitel

Das Klingeln des Telefons neben Claudias Bett riß Nudger aus einem tiefen Schlaf. Er kämpfte dagegen an, wie ein Fisch gegen die Angelschnur ankämpft. Schließlich öffnete er die Augen.

Die sanfte Morgensonne schien ins Schlafzimmer und machte es strahlend hell und warm. Er wollte Claudia anstupsen, damit sie ans Telefon ging. Es stand schließlich auf ihrer Seite des Betts. Seine Finger stießen jedoch nur auf glatte, kühle Laken.

Keine Claudia.

Nudger rutschte stöhnend auf die Seite der Matratze und tastete nach dem Telefon. Er hielt sich den Plastikhörer ans Ohr und murmelte ein »Hallo«, das sich so anhörte, als werde gerade jemand erstickt.

»Nudger?«

»Ja. Wer ist da?«

»Charlie Roache. Es ist alles erledigt.«

Der Wanzenfritze. »Du? So schnell?«

»Ich habe dir doch gesagt, Nudger, das war ein kinderleichter Job. Ich habe ein stimmaktiviertes System mit einer Echtzeitanzeige installiert, damit du – «

»Moment mal«, sagte Nudger, der sich mit aller Kraft bemühte, ganz wach zu werden.

»Wer ist dran?« flüsterte Claudia tonlos, die gerade aus dem Bad gekommen war. Sie war bereits angezogen und trug einen marineblauen Rock, eine weiße Bluse und weiße Stöckelschuhe. Frisch und attraktiv und fertig, um zur Arbeit zu gehen.

»Wanzenfritze«, sagte Nudger.

»Häh?«

»Ja?« fragte der Wanzenfritze.

»Ich hab gerade mit jemand anders gesprochen«, sagte Nudger ins Telefon. Er wackelte mit den Augenbrauen, um Claudia zu signalisieren, daß sie mit ihren Fragen warten solle, bis er zu Ende telefoniert hatte. Sie lächelte.

»Mit Claudia?« fragte der Wanzenfritze.

»Sie will gerade zur Arbeit gehen.«

»Meinst du einen Kammerjäger?« fragte Claudia.

Nudger schüttelte den Kopf. Wackelte wieder mit den Augenbrauen.

»Ich will ja nicht mit ihr reden«, sagte der Wanzenfritze. »Ich wollte nur sicher sein, daß du mit ihr redest und nicht mit jemand anders, damit ich weiß, ob du frei reden kannst.«

»Woher weißt du denn, daß ich bei Claudia bin?« Es gab gewisse Aspekte seiner Arbeit, die er von ihr fernhalten wollte. Beispielsweise Wertpapierbetrügereien und Leute mit Pistolen.

»Ich habe schließlich dich angerufen, Nudger. Oder hast du das vergessen? Als du weder in deiner Wohnung noch in deinem Büro warst, hab ich mir gedacht, daß du bei Claudia bist, und im Telefonbuch ihre Nummer nachgeschlagen.«

Claudia ging zur Tür und winkte Nudger zum Abschied zu.

»Ich bin noch gar nicht richtig wach«, sagte Nudger. »Am besten unterhalten wir uns später. Wir können uns ja irgendwo treffen.«

Claudia war an der Tür stehengeblieben, fragte lautlos »Ich?« und tippte sich dabei mit dem Zeigefinger zwischen ihre teetassengroßen Brüste.

»Wanzenfritze«, sagte Nudger.

»Was?« fragte der Wanzenfritze.

»Nicht du«, sagte Nudger.

»Nicht wer?« flüsterte Claudia.

»Treffen wir uns doch in einer Stunde bei Danny«, schlug Nudger vor, schüttelte heftig den Kopf und sah dabei Claudia an. Nicht sie bei Danny. Sie funkelte ihn wütend an und ging.

»Wenn du mir versprichst, daß ich keinen von diesen Blei-und-Fett-Doughnuts essen muß«, sagte der Wanzenfritze. »Dieser Danny drängt sie den Leuten ja regelrecht auf.«

»Versprochen.«

Als er den Hörer auflegte, hörte Nudger, wie Claudia ging und die Wohnungstür hinter sich zumachte. Er blieb noch ein paar Minuten still liegen, bis er hörte, wie sie ihr Auto in der Wilmington leise anließ und davonfuhr.

Seine Zähne fühlten sich riesengroß und pelzig an, und er hatte Kopfschmerzen. Er hatte zum Abendessen viel zuviel Wein getrunken. Und dann nach dem Abendessen. Er war auf dem Sofa eingeschlafen, während er sich das Baseballspiel im Fernsehen angesehen hatte. Er hatte keine Ahnung, wer gewonnen hatte. Er erinnerte sich nur vage daran, daß Ray Langford den Ball ins Aus gekickt hatte. Nudger hatte bei Claudia auch nicht mehr Erfolg gehabt. Verdammt, er war eingenickt wie ein älterer Ehemann in einer Sitcom. Aber er war niemandes Ehemann, und er war auch nicht in einer Sitcom, auch wenn er zugegebenermaßen schon über Vierzig war. Er würde Claudia bald dafür entschädigen. Sich selbst dafür entschädigen. Er wünschte, der Wanzenfritze hätte eine Stunde früher angerufen und sie wäre noch immer beim Anziehen gewesen. Oder noch nicht beim Anziehen. Pech gehabt.

Nach einer Dusche und dem letzten Zentimeter

schwarzer Flüssigkeit aus Claudias Kaffeemaschine waren seine Kopfschmerzen verschwunden, und das Morgenlicht tat ihm nicht länger weh in den Augen. Er sperrte die Wohnungstür hinter sich ab und fuhr im Granada nach Westen. Die alte Karre schien sich an diesem Morgen ziemlich gut zu fühlen; sie beschleunigte an den Ampeln ohne ihr übliches Röcheln und Rattern und stürzte sich mit Elan in ihren eigenen langgestreckten Schatten.

Der Wanzenfritze hockte bereits in Danny's Doughnuts, als Nudger dort ankam. Er beugte sich gerade über die Theke und erklärte Danny, daß er schon gefrühstückt habe und nicht hungrig sei. Er hatte einen weißen Styroporbecher mit Kaffee vor sich stehen. Soweit war Danny immerhin gekommen.

»Ah, Nudger«, sagte der Wanzenfritze und drehte sich auf seinem Hocker herum. »Gehen wir doch in dein Büro. Da können wir ungestört miteinander reden.« Er sah Nudger beschwörend an und kaute dabei auf seiner Unterlippe.

»Wenn ihr wollt, könnt ihr hier ungestört miteinander reden«, bot Danny ihnen an. »Ich hab hinten zu tun. Dein Büro ist jetzt bestimmt so heiß wie Madonna.«

Nudger hatte sein Büro noch nie mit Madonna verglichen. Er glaubte nicht, daß der Vergleich besonders treffend war.

»Außerdem könntet ihr euch hier nicht nur unterhalten, sondern dabei auch noch umsonst frühstücken.«

Der Wanzenfritze rutschte von seinem Hocker und schob sich das schweißfleckige Seidenhemd in die Hose. Er war schon aus der Tür, als Nudger sagte: »Ich komme später auf einen Doughnut und einen Kaffee herunter, Danny!«

»Moment mal!« Danny eilte hinter der Theke hervor. »Dein Freund hat das da vergessen.« Er gab Nudger den Becher mit dem wahrhaft gräßlichen Kaffee, der jeden Morgen aus der riesigen stählernen Kaffeemaschine troff, und wischte sich dann die fettfleckigen Hände an der weißen Schürze ab. »Er kann ihn ruhig mit hinauf nehmen.«

Nudger dankte ihm und beeilte sich, den Wanzenfritzen einzuholen, der oben im Treppenhaus vor der Bürotür auf ihn wartete.

Als er dem Wanzenfritzen den Kaffeebecher geben wollte, rümpfte der die Nase und vergrub die Hände tief in den Hosentaschen. Er trat von einem Bein auf das andere, während Nudger den Schlüssel ins Schloß steckte und die Tür aufmachte. Eigentlich hätte Nudger den Schlüssel gar nicht gebraucht; er hatte wieder einmal vergessen, hinter sich abzuschließen. Das passierte ihm zu oft. Unter den gegenwärtigen Umständen beschloß er, sorgsamer zu sein.

Danny hatte mit der Hitze recht gehabt, aber vermutlich nicht mit Madonna. Nudger schaltete die Klimaanlage am Fenster neben dem Schreibtisch an. Wir alle mechanischen Dinge sprach sie nicht gut darauf an. Sie klapperte, brummte, wimmerte, verfiel dann in einen Zustand mechanischer Resignation und stieß einen einigermaßen kühlen Luftstrom aus. Wer wußte schon, wie lange das andauern würde.

»Hier drin ist es ja heißer als Kathleen Turner«, meinte der Wanzenfritze, der sich auf den Stuhl vor dem Schreibtisch fallen ließ und unbehaglich herumrutschte.

Nudger entschuldigte sich einen Moment, ging ins Klo und schüttete den Kaffee in den Ausguß. Er ließ kein Wasser laufen. Danny könnte das Rauschen in der Leitung hören und Verdacht schöpfen.

Als er zurückkam und sich auf den quietschenden Drehstuhl hinter dem Schreibtisch setzte, merkte er, daß es im Büro allmählich kühler wurde. Er sah, daß das leuchtende kleine Fenster an seinem Anrufbeantworter zwei Nachrichten anzeigte. Mit ihnen würde er später fertigwerden müssen.

»Also, was ist nun?« fragte er.

»Ich hab keinen von diesen Doughnuts in meine Nähe gelassen, aber der Kaffee war noch schlimmer als beim letzten Mal.«

»Ich meine, mit dem Haus der Rands.«

»Ach so. Wie ich schon gesagt habe, der Auftrag ist erledigt. In jedem Zimmer ist eine Wanze installiert. Stimmaktiviert. Der Empfänger ist ganz in der Nähe versteckt und wird alles aufnehmen, was sich im Haus tut, sogar Mäuse beim Liebesspiel. Es ist eine Echtzeitanzeige dabei, damit du weißt, wann was gesagt wurde.«

Nudger fuhr sich mit der verschwitzten Hand über das Gesicht und versuchte, sich nicht vorzustellen, was Mäuse bei der Paarung wohl zueinander sagen würden, wenn sie sprechen könnten. »Echtzeit im Gegensatz zu unechter Zeit?«

»Genau. Auf dem Band ist zwar alles unmittelbar hintereinander zu hören, aber auf einer Anzeige wird dabei die wirkliche Zeit angegeben. Ich meine, wenn Rand um zehn etwas sagt und dann nichts mehr bis um zwölf, sind die beiden Sachen, die er gesagt hat, auf dem Band nur Sekunden voneinander getrennt, aber wenn du auf die Echtzeitanzeige schaust, siehst du, wann er sie gesagt hat und wieviel Zeit in Wirklichkeit dazwischen lag.«

»Also gibt es niemanden, der dabeisitzt und mithört, was in dem Haus gesprochen wird?«

»Das käme dich aber auch sauteuer, Nudger. Willst du das?«

»Nein. Wie komm ich an das Band?«

Der Wanzenfritze griff in die Hosentasche und legte dann einen Schlüssel auf den Schreibtisch. »Der Empfänger und der Recorder liegen im Kofferraum eines blauen Chevys, der in der Parallelstraße hinter dem Haus steht. Das Band läuft vier Stunden lang, was wegen der Stimmaktivierung eigentlich reichen müßte. Du mußt nur jeden Abend dort vorbeifahren, den Kofferraum öffnen, die alten Kassetten herausnehmen und dann aus der Schachtel im Kofferraum neue einlegen. Im Kofferraum liegt auch ein Recorder, den du mitnehmen und benutzen kannst. Er zeigt an, wann die Gespräche stattgefunden haben. Ich will ihn aber wieder zurückhaben, wenn das alles vorbei ist.«

Nudger drehte sich ein wenig auf seinem Stuhl und starrte auf ein paar Tauben, die am Haus gegenüber auf einem Fenstersims hockten. Er dachte, daß das vom Wanzenfritzen installierte Abhörsystem völlig ausreichen würde. Er drehte sich wieder zu ihm um und sagte ihm das.

»Ich hab in dem Haus die empfindlichsten Abhörgeräte installiert, die auf dem Markt sind«, sagte der Wanzenfritze, »und die Aufnahmegeräte im Kofferraum sind auch nicht schlechter. Damit kann man sogar einen Schreibstift fallen hören.«

»Und was ist mit einer Stecknadel?«

»Das bezweifle ich.« Der Wanzenfritze hatte die amourösen Mäuse offensichtlich vergessen. Er stand auf. Er hielt es nie lange in einer Stellung aus, und im Büro war es noch immer unangenehm warm.

»Bist du sicher, daß die Wanzen so installiert sind, daß man sie nicht finden kann?« fragte Nudger.

»Frag doch nicht so was, Nudger.«

»Aber die Familie war doch zu Hause. Da mußtest du sehr schnell arbeiten.«

»Ich arbeite immer sehr schnell. Und ich arbeite gern, wenn jemand zu Hause ist und schläft. Wenn ich genau weiß, wo die Leute sind, können sie nicht zur Haustür hereingelatscht kommen und mich überraschen. Und ich achte beim Arbeiten auf ihren Atem. Ich weiß, wie sich der Atem von Schlafenden anhört, Nudger. Ich merke sofort, wenn er sich verändert und sie wach sind und lauschen. Und dann hau ich sofort ab. Mich führt man nicht hinters Licht.«

»Ich wollte nicht an deiner Kompetenz zweifeln«, sagte Nudger. »Es ist nur so, daß das eine heikle Angelegenheit ist.«

»He, dafür hab ich vollstes Verständnis. Außerdem interessiert es dich vielleicht, daß das Telefon deiner Freundin sauber ist. Ich habe Geräte, mit denen man feststellen kann, ob der Apparat am anderen Ende der Leitung angezapft ist – unser Gespräch heute morgen war ganz geheim.«

Ah, Mikrochips! Nudger fiel plötzlich etwas ein. »Und was ist mit dem Telefon in meinem Büro?«

»Das ist auch sauber«, sagte der Wanzenfritze.

»Woher weißt du das?«

»Weil ich dich heute morgen von hier aus angerufen habe. Ich habe dabei dort auf deinem Stuhl gesessen. Ich telefoniere nur auf sauberen Leitungen. Für mich steht dabei schließlich auch einiges auf dem Spiel.«

»Jetzt weiß ich, daß ich beim Gehen nicht vergessen darf, hinter mir abzuschließen.«

Der Wanzenfritze lächelte. »Du hast es nicht vergessen. Ein Schloß ist für mich doch nichts als ein Drehkreuz.« Er sagte Nudger das Autokennzeichen des blauen Chevys, damit er sich nicht am falschen Auto zu schaffen machte. Dann schlenderte er zur Tür hinaus, und Nudger hörte ihn mit leisen, schnellen Schritten die Treppe hinunter zur Haustür gehen.

Die nächste halbe Stunde beschäftigte Nudger sich mit Papierkram, legte unbezahlte Rechnungen auf den Stapel mit den überfälligen Rechnungen und die überfälligen Rechnungen auf den Stapel mit den letzten Mahnungen. Er war zufriedener mit sich, weil er sich eine Art Überblick über seine Finanzen verschafft hatte.

Mit einigem Bangen drückte er auf die Nachrichtentaste seines Anrufbeantworters.

Die erste Nachricht stammte von Eileen, die in ihrem ausgefüllten und profitablen Tag als Leiterin des kaum getarnten Haushaltswaren-Pyramidenschwindels eine kurze Pause gemacht hatte, um Nudger anzurufen und ihm mit einem Prozeß zu drohen, wenn er nicht die zwölfhundert Dollar zahle, die er ihr schuldete. Er verspürte einen Anfall ohnmächtiger Wut. Es waren bloß neunhundert Dollar. Und das wußte sie sehr wohl.

Die zweite Nachricht stammte ebenfalls von Eileen, die ihm wieder mit einem Prozeß drohte . . .

Er ließ das Band vorlaufen und löschte dann beide Nachrichten. Wenn er es sich leisten könnte, würde er Eileen das Geld geben; er wußte, daß sie und Henry Mercato das Geld gut gebrauchen konnten, um sich noch mehr Anteile offener Investmentfonds zu kaufen. Aber er hätte nicht einmal mehr einhundert, geschweige denn neunhundert Dollar übrig, nachdem er jene Gläubiger bezahlt hätte, die tatsächlich ihre Versorgungsdienste einstellen oder unbezahlte Sachen wieder in Besitz nehmen würden. Also würde er einfach nicht mehr an Eileen denken. Es würde ja doch nichts nützen. Er wußte, was er tun würde, auch wenn sein Magen es ihm auszureden versuchte. Dank des Wanzenfritzen konnte er sich zwar von Rands Haus fernhalten, doch er mußte Rand im Auge behalten, wenn er nicht zu Hause war. Nur so konnte er seinen Auftrag erledigen. Und nur so konnte er dafür Geld bekommen. Und nur so . . .

Tja, das war eben der endlose Teufelskreis des normalsterblichen Menschen.

Nudger stand vom quietschenden Stuhl auf, holte sein Sportsakko und seine Krawatte aus dem Schrank und legte sie sich über den Arm.

Für den Fall, daß der nicht normalsterbliche Dale Rand ihn an einen noblen Ort führte.

Und für den Fall, daß man ihn, sollte er dabei ernstlich verletzt werden, fälschlich für jemanden hielt, der eine Krankenversicherung besaß.

7. Kapitel

Nudger ging diesmal nicht ins Medwick Building. Statt dessen blieb er auf der gegenüberliegenden Straßenseite im Granada sitzen, so daß er den Eingang des Gebäudes im Auge behalten konnte. Da es in der Chestnut Street von Fußgängern und Autos nur so wimmelte, glaubte er nicht, daß er sich Sorgen darüber machen mußte, daß der Mann mit der Pistole und dem Ohrring die Szene vom Golfplatz wiederholte. Außerdem wußte Nudger, daß Hammersmith wahrscheinlich recht hatte; der Mann hatte ihn nicht töten, sondern ihm nur Angst einjagen wollen, damit er den Fall aufgab; sonst hätte es gar kein Gespräch gegeben, und sonst würde es jetzt auch keinen Nudger mehr geben. Das Problem war nur, daß er nicht sicher sein konnte, daß es beim nächsten Mal genauso sein würde. Das ließ der Angst genügend Raum.

Nudgers Magen verkrampfte sich, als er mit dem Daumen eine Antacidtablette aus der Rolle schob und sie sich in den Mund warf. Dabei geriet ihm ein Stückchen Stanniolpapier in den Mund, und er spuckte es wieder aus, aber erst, als es mit einer Silberplombe in Berührung gekommen war und eine galvanische Reaktion ausgelöst hatte, die ihm einen winzigen, aber schmerzhaften elektrischen Schlag versetzte. Er kaute, während die Zeit dahinkroch. Kurz nach eins spazierte Rand aus dem Medwick Building und kam auf dem gegenüberliegenden Bürgersteig auf Nudger zu. Heute trug er einen tollen blauen Anzug und hatte blankpolierte Schuhe und das energische Auftreten eines Wanderpredigers, der durch göttlichen Ratschluß weiß, daß er recht hat. Alles in allem war er todschick. Selbst auf dem von

Menschen wimmelnden Bürgersteig ging er eilig schnurgeradeaus. Die Leute machten ihm Platz, weil es so offensichtlich war, daß das von ihnen erwartet wurde.

Nudger wartete, bis Rand an ihm vorbeigegangen war, stieg dann aus dem Granada und folgte ihm mit einigen Schritten Abstand auf der anderen Straßenseite. Er konnte kaum Schritt halten mit ihm. Ständig wurde er von Leuten angerempelt. Eine korpulente Frau, die mehrere Einkaufstüten balancierte, sagte etwas zu ihm, was er zwar nicht verstand, das aber zweifellos giftig gewesen war. Schließlich blieb Rand vor Miss Hullings stehen, einer nobleren Cafeteria, die sich schon seit Jahrzehnten in demselben Haus in der Innenstadt befand. Er schaute sich kurz um und ging dann hinein.

Nudger überlegte, ob er draußen warten sollte, bis Rand wieder herauskam. Dann merkte er, daß er schwitzte und immer noch ständig von Fußgängern angerempelt wurde, obwohl er sich mit dem Rücken an eine Backsteinmauer gelehnt hatte. Außerdem hatte er Hunger.

Er ging über die Straße zur Cafeteria.

Das pikante Geruchsgemisch der warmen Gerichte verstärkte seinen Appetit. Trotz der langen Schlange an der Bedienungstheke war das Lokal nicht überfüllt. Viele Gäste hatten ihr Mittagessen bereits beendet und waren wieder in ihre Büros zurückgekehrt.

Rand stand am anderen Ende der Schlange bei der Kasse, als Nudger sich ein Tablett nahm. Während er darauf wartete, daß man ihm an der Theke den bestellten Hackbraten gab, behielt er Rand im Auge, um zu sehen, wo dieser sich hinsetzen würde. Erst als Rand die Kasse mit seinem vollbeladenen Tablett verließ, merkte Nudger, daß er sich in Gesellschaft des Mannes befand, der in der Schlange hinter ihm gestanden hatte: ein kleiner, untersetzter Mann, der oben am Kopf ganz kahl war, aber an den Ohren noch einen dichten, lockigen grauen Haarkranz hatte. Da er einen braunen Geschäftsanzug trug, erkannte Nudger ihn nicht auf Anhieb. Als er dann beobachtete, wie die beiden Männer an einem Tisch Platz nahmen, erkannte er, daß der Grauhaarige am Tag zuvor einer von Rands Golfpartnern gewesen war.

»Soße, ja oder nein?« fragte eine gereizte Frauenstimme.

Nudger wandte sich wieder seinem Essen zu. Eine erschöpft aussehende Serviererin hielt eine volle Schöpfkelle mit einer fetten braunen Soße über seinen Kartoffelbrei und hatte die Augenbrauen fragend hochgezogen.

»Bloß ein ganz kleines bißchen«, bat Nudger, der an seinen Cholesterinspiegel dachte, welchen er in Walgreens Drugstore kostenlos hatte bestimmen lassen.

Die Frau goß den gesamten fettigen Inhalt der Kelle auf seinen Teller und reichte ihn Nudger. Er wollte sich schon beschweren, aber sie hatte all ihre Aufmerksamkeit bereits auf die Frau hinter ihm gerichtet, die ebenfalls einen Hackbraten gewählt hatte, und fragte wieder nach der Soße. Nudger ging zur Kasse und nahm sich unterwegs noch ein großes Stück Apfelkuchen zum Nachtisch mit, um sich damit zu trösten. Wenn er schon die ganze Soße essen würde, könnten ihm das zusätzliche Cholesterin und die Kalorien des Kuchens kaum weiter schaden. Und so, wie ihre Tabletts beladen waren, sah es ganz danach aus, als würden Rand und sein Begleiter noch eine ganze Weile beim Mittagessen sitzen.

Er dachte schon, er könnte vielleicht einen Tisch erwischen, der so nahe bei ihnen stand, daß er ihr Gespräch mitanhören konnte, doch als er auf den letzten freien Tisch in Hörweite zusteuerte, wurde er ihm von einem alten Mann mit einer Golfmütze und einem farbenprächtigen Hawaiihemd vor der Nase weggeschnappt. Nudger setzte sich an den Tisch hinter ihm und stellte seinen Stuhl so, daß er Rand und dessen Begleiter sehen konnte.

Als der Alte im Hawaiihemd zu Ende gegessen hatte und zwischen den Zähnen herumstocherte, aß Nudger mechanisch den Apfelkuchen und beobachtete, wie der glatzköpfige Grauhaarige ein Blatt Papier aus seiner Aktentasche holte. Der Mann fegte Krümel vom Tisch und legte dann das Blatt Papier schräg vor sich hin, damit Rand und er es beide sehen konnten. Er redete etwa zehn Minuten lang auf Rand ein und tippte dabei ab und zu mit der Spitze eines silbernen Kugelschreibers, den er aus der Brusttasche seines Jacketts gezogen hatte, auf das Papier. Normalerweise trugen die Leute Kugelschreiber nicht dort, wo reichverzierte Einstecktücher prunkten. Nudger hatte einmal einen Kugelschreiber in der Brusttasche getragen und sich dabei ein Jackett mit Tinte ruiniert. Rand faltete das Blatt Papier, schob es in die Innentasche seines Jacketts, und dann aßen die beiden Männer in nachdenklichem Schweigen zu Ende. Als er ihnen aus dem Restaurant folgte und beobachtete, wie sie sich mit einem Händedruck voneinander verabschiedeten, schien es Nudger klar zu sein, wo Rand nun hingehen würde – zurück in sein Büro bei Kearn-Wisdom Brokerage. Der Mann mit dem lockigen grauen Haarkranz schien das interessantere Observierungsobjekt zu sein. Und das weniger gefährliche.

Mit einem energischen, federnden Gang, bei dem Nudger kaum Schritt halten konnte, ohne in Trab zu fallen, bog Rands Begleiter nach Norden in die Eleventh Street und dann nach Westen in die Washington, wo er ein altes, reichverziertes Bürogebäude betrat.

Schnaufend folgte ihm Nudger und beobachtete, wie er in einem Aufzug verschwand.

Das Foyer bestand aus Marmorwänden, angelaufenem Messing und einem Kachelofen, der Flecken von ausgetretenen Zigaretten aufwies.

Trotzdem war es sauber und in einem guten Zustand; so alt das Haus auch sein mochte, es wurde in Schuß gehalten, als warte es auf bessere Zeiten.

Der uralte Messingpfeil über der Aufzugtür rückte auf die 7 und blieb dann stehen. Rückte etwas vor, rückte wieder zurück und blieb dann endgültig stehen. Er hatte sich entschieden.

Nudger war allein im Foyer, das zwei Ausgänge hatte; der eine führte auf die Washington und der andere auf die nächste Querstraße, die Lucas.

Früher einmal hatte es im Foyer kleine Läden gegeben, doch nun standen sie leer, und ihre Fenster waren mit Seife verschmiert. Nudger ging zur Anzeigetafel und sah, daß es im siebten Stock nur eine einzige Firma gab: Compu-Data Industries. Er trat in den Aufzug und fuhr hinauf.

Die Compu-Data Industries nahmen nicht die ganze Etage ein. Bis auf die Räume am anderen Ende des Korridors schienen alle Büros leerzustehen. Als Nudger zum anderen Ende des Korridors ging, knatschten seine Sohlen auf den von der Hitze erweichten Bodenkacheln. Er hoffte, daß die Büroräume von Compu-Data mit einer Klimaanlage ausgestattet waren.

Auf den Milchglasscheiben von zwei Türen am Ende des Korridors prangten Druckbuchstaben. Auf einer stand »Compu-Data Industries«, auf der anderen »Dr.

Horace Walling«, eine Firma, die noch nicht auf der Anzeigetafel im Foyer verzeichnet war. Vielleicht war der Doktor ja ein neuer Mieter. Vielleicht war er Dale Rands Hausarzt. Oder sein Psychiater. Das konnte ja interessant werden.

Nudger schalt sich, daß seine Phantasie mit ihm durchging. In seinem Beruf ging es um Fakten, und es wurde allmählich Zeit, neue Fakten in Erfahrung zu bringen, anstatt im Korridor herumzustehen und bloße Vermutungen anzustellen. Er öffnete Dr. Wallings Tür und trat ein.

Er befand sich ganz allein in einem großen, kühlen Vorzimmer. Um einen niedrigen Couchtisch, auf dem ein Wirrwarr von Nachrichtenmagazinen lag, waren schwarze Kunstledermöbel gruppiert. Neben einem großen Schreibtisch, auf dem ein Computer stand, befand sich ein zweiter großer Schreibtisch, auf dessen Platte nur eine grüne Filzunterlage und ein Anrufbeantworter lagen. An den Wänden hingen gerahmte Drucke moderner Gemälde, bei denen Nudger jeweils schwindlig und leicht übel wurde, wenn er sie zu lange betrachtete.

Eine Frau sagte: »Oh!«

Er drehte sich um und sah eine kleine Frau mit dunklem Teint in einem maßgeschneiderten Geschäftskostüm, die durch eine der Türen an der hinteren Wand gekommen war. Sie war um die Vierzig und sah, von ihren stark geschminkten, exotischen dunklen Augen abgesehen, ziemlich verhuscht aus.

»Entschuldigen Sie, ich habe gar nicht gemerkt, daß jemand hereingekommen ist. Im allgemeinen sitze ich immer an meinem Schreibtisch, um Besucher zu empfangen.«

»Sind Sie Dr. Wallings Receptionistin?«

Die Frau schenkte ihm ein Lächeln, bei dem ihre Verhuschtheit verschwand; die Augen hatten von Anfang an nicht getrogen. »Im allgemeinen könnte man das so sagen.«

»Empfängt er heute Patienten?«

Sie starrte ihn an. »Patienten?«

Nudger wußte nicht, wie er darauf reagieren sollte.

»Dr. Walling arbeitet doch hier?«

»Natürlich. Im allgemeinen schon.«

»Und was ist er?« fragte Nudger entnervt. »Ein Arzt für Allgemeinmedizin?«

Die Frau lächelte. »Als ich sagte, daß er hier arbeite, meinte ich damit, daß er hier sein Büro hat.«

»Ist das denn nicht im allgemeinen so?«

Sie schürzte die Lippen und sagte dann: »Ah!«

»Ich hatte gedacht, der Doktor würde von mir verlangen, daß ich das sage«, meinte Nudger.

»Wohl kaum. Dr. Walling ist kein Mediziner. Er ist promovierter Wirtschaftswissenschaftler und der Leiter von Compu-Data.«

Jetzt verstand Nudger. Die Anzeigetafel hatte nicht getrogen. Im siebten Stock gab es tatsächlich nur eine einzige Firma.

»Das ist also das Büro eines Wirtschaftswissenschaftlers. So etwas wie eine Denkfabrik? Ist Compu-Data eine Denkfabrik?«

»Nein, Sir. Wir stellen maßgeschneiderte Computersoftware her.« Sie ging zu dem fast völlig leeren Schreibtisch, setzte sich, verschränkte die Hände und schaute mit großen, dunklen Augen zu ihm hoch. Wegen der Lidschatten sah es fast so aus, als hätte sie zwei Veilchen und erhole sich gerade von einer Tracht Prügel.

Er beschloß, daß es an der Zeit war, den Rückzug

anzutreten, doch zuerst wollte er sich noch über etwas vergewissern.

»Dr. Walling ist doch ein großer Mann mit roten Haaren? Hinkt ein bißchen?«

»Sie müssen sich im Stockwerk geirrt haben«, sagte die Frau. »Dr. Walling ist mittelgroß und hinkt nicht im geringsten.« Nudger machte sie jetzt offensichtlich nervös, stahl ihr die Zeit. Sie bückte sich und zog eine Schublade auf. »Wenn Sie mich jetzt entschuldigen würden . . .«

»Natürlich«, sagte er. »Verzeihen Sie. Da hat mir wohl jemand den falschen Weg gesagt.«

Er ging rückwärts zur Tür und dann in den unangenehm heißen Korridor hinaus.

Okay, dachte er, als er langsam zum Aufzug ging, ein Computergenie mit einem Doktortitel in Wirtschaftswissenschaft. Ein hochintelligenter Mann. Aber Dale Rand war vermutlich auch kein Dummkopf. Es war nicht überraschend, daß er Freunde hatte, mit denen er sich unterhalten konnte, ohne sie in Verwirrung zu bringen.

Plötzlich kam Nudger der Gedanke, daß das fast leerstehende Bürogebäude ein geeigneter Ort für eine Konfrontation wäre, falls der Mann mit der Pistole und dem Ohrring ihn beschattet haben sollte. Er spürte, wie ihm das Herz bis zum Hals schlug.

Er fuhr in dem ruckelnden alten Aufzug zum Foyer und ging dann schnell auf die Straße hinaus, wo es Menschen und Sonnenlicht gab. Ihm war, als hätte er im Foyer Schritte hinter sich gehört, aber er war sich nicht ganz sicher.

Die nächsten paar Stunden saß er gegenüber dem Medwick Building in seinem Wagen und wartete darauf, daß Rand wieder herauskam.

Es war schon nach vier, als der blaue Caddy aus dem Schatten der Tiefgarage schoß und nach Westen fuhr. Nudger ließ den Granada an und fuhr hinterher.

Der Berufsverkehr wurde allmählich dichter, und diesmal war es nicht so leicht wie beim letzten Mal, Rands Wagen nicht aus den Augen zu verlieren. Zu viele Lieferwagen und Pick-ups versperrten Nudger die Sicht, bis Rand auf der Tenth Street nach Süden fuhr und dann auf die Auffahrt zum Highway 40 bog, um nach Westen zu gelangen.

Inzwischen ließ Nudgers nervöser Magen ihn erneut wissen, daß er im falschen Metier war. Die Antacidtabletten halfen kaum. Vielleicht lag das an der Hitze.

Oder an der Angst.

Nudger dachte sich, daß Rand wahrscheinlich nach Hause fuhr, und hatte keine Lust, in einer abgeschiedenen Straße in einem Vorort zu parken, wo der Mann mit der Pistole auftauchen könnte. Der Ohrring kam ihm nun nicht mehr besonders merkwürdig vor, nur die Pistole.

Und tatsächlich fuhr Rand nach Ladue und bog mit dem Caddy in seine Einfahrt in der Houghton Lane. Nudger verringerte nicht einmal das Tempo, als er an dem Haus vorbeifuhr. Nicht etwa, weil er Angst gehabt hätte. Aber er hatte den Wanzenfritzen engagiert, damit es nicht mehr nötig sein würde, das Haus zu observieren. Der Mann mit der Pistole würde Rand sagen, daß er zu Hause nicht observiert wurde, und dann würde Rand vielleicht woanders nicht mehr auf der Hut sein.

Das war jedenfalls die Strategie. Warum sie verderben, nur damit Nudger sich bestätigen konnte, daß er männlich und furchtlos war? Wie irgendein unsicherer Jugendlicher, der nach der Schule zu einem Kampf herausgefordert wurde.

»Du brauchst dir doch nix zu beweisen«, sagte eine verächtliche innere Stimme, als er gegen den Impuls ankämpfte, dem Pistolenhelden zuwiderzuhandeln. »Um Himmels willen, werd doch endlich erwachsen!«

Eine andere, leisere innere Stimme sagte: »Werd alt.«

Er hörte auf beide und fuhr zu seinem Büro.

8. Kapitel

Nudger stellte den Wecker auf 0.30 Uhr, legte sich dann, abgesehen von den Schuhen, völlig angezogen aufs Bett und setzte sich abrupt auf, als der Wecker schrillte.

Konnte das sein? So bald?

Da stimmte bestimmt irgend etwas nicht mit dem Wecker.

Aber auf dem Zifferblatt war es tatsächlich halb eins, und die Dunkelheit und Stille ließen auch auf halb eins schließen. Es war tatsächlich halb eins. Er hatte mehr als drei Stunden geschlafen.

Er schlüpfte in seine Schuhe und zupfte sich seine zerknautschten und verrutschten Klamotten zurecht; sie wußten jedenfalls, daß einige Stunden verstrichen waren. Nachdem er sich das Gesicht gewaschen und seine Haare so gekämmt hatte, daß sie nur auf einer Seite abstanden, verließ er die Wohnung und fuhr im Granada durch die schwüle Nacht zur Parallelstraße hinter Dale Rands Haus in Ladue. Die Häuser standen ein gutes Stück von der Straße entfernt auf großen, baumbestandenen Grundstücken, und nur wenige Autos waren am Randstein geparkt. Der blaue Chevy, den der Wanzenfritze ihm beschrieben hatte, stand in der Nähe der nächsten Querstraße, an der in einer Lichtoase ein Quick-Stop-Supermarkt zu sehen war. Das unauffällige Fahrzeug würde hier kaum bemerkt werden.

Er parkte den Granada dahinter, schaute sich rasch um, stieg dann aus und schlenderte zur Rückseite des Chevys. Die Nacht war still bis auf das schrille Kreischen der Grillen, ein elementares Hintergrundgeräusch, das sich wie unterdrückte Panik tief unten in seinem Bewußtsein festsetzte. Er holte den Schlüssel, den der Wanzenfritze ihm gegeben hatte, aus der Tasche und schloß den Kofferraum auf.

Der Wanzenfritze hatte die Kofferraumleuchte überstrichen, so daß der Inhalt des Kofferraums in einem gedämpften Licht dalag. Im Kofferraum befanden sich der Empfänger und der Recorder, rechteckige schwarze Gegenstände mit schwachen, kleinen roten Lämpchen, die anzeigten, daß die Geräte liefen. Ein weiterer Recorder lag auf der linken Seite des Kofferraums. Dazwischen war eine Schachtel mit Kassetten. Nudger sah ein kleines weißes Schildchen neben dem Empfänger liegen und kniff die Augen zusammen, um es im trüben Licht zu entziffern. »Eigentum der USA«.

Sein Magen hüpfte. Es dauerte ein paar Sekunden, bis ihm klar wurde, daß der Wanzenfritze das Schildchen dorthin gelegt hatte, um die örtliche Polizei in Verwirrung zu bringen, falls sie aus irgendwelchen Gründen in den Kofferraum schauen sollten. Seine Informanten bei der Polizei würden ihm Bescheid sagen, und er hätte vielleicht noch Gelegenheit, die Geräte zu entfernen, während diverse Apparate immer noch damit beschäftigt wären, herauszufinden, welche staatliche Stelle die Wanzen nun tatsächlich installiert haben mochte. Beim Staat wußte die rechte Hand meist nicht, was die andere Handvoll Hände gerade tat oder verbarg. Nudger hatte keine Mühe, die beiden Kassetten aus dem Aufnahmerecorder zu nehmen und sie durch zwei neue Kassetten zu ersetzen. Die bespielten Kassetten und den kleinen Ersatzrecorder steckte er in seine Sakkotasche. Dann machte er den Kofferraum wieder zu und stieg in den Granada.

Am Quick-Stop-Supermarkt tat sich etwas; zwei Männer standen neben einem Pick-up und unterhielten sich. Einer hatte eine geöffnete Dose Limo oder Bier in der Hand, mit der er beim Reden herumfuchtelte. Eine blonde Frau saß auf dem Beifahrersitz des Pick-up und wartete geduldig darauf, daß die beiden ihr Gespräch beendeten. Niemand schien Nudger gesehen zu haben oder auf ihn zu achten.

Er fuhr den Granada ein Stückchen zurück, damit er an dem Chevy vorbeikam, denn ihm war mulmig zumute beim Gedanken, den Inhalt des Kofferraums und seiner Sakkotasche erklären zu müssen, wenn er das Auto von hinten rammen würde und die Polizei käme. Dann lenkte er die verbeulte rote Motorhaube des Granadas auf die Mitte der Straße und gab Gas.

Er wußte, daß er nicht würde schlafen können, wenn er nach Hause kam. Er würde die Kassetten abhören müssen.

Zurück in seiner Wohnung in der Sutton, setzte Nudger sich aufs Sofa und legte den Recorder neben sich auf das Polster. Auf der Sofalehne lag die Schachtel mit den MunchaBunch-Doughnuts, die er sich unterwegs gekauft hatte. Danny mußte ja nichts davon erfahren. Nudger hielt eine Dose Budweiser in der einen Hand, schaltete mit der anderen den Recorder ein und sah befriedigt, wie das rote Lämpchen anging.

Er drückte auf Rewind, aß einen Minidoughnut, während er darauf wartete, bis das Band zurückgelaufen war, und drückte dann auf Play. Die Echtzeitanzeige auf dem Recorder gab an, daß dieses Gespräch um 11.03 Uhr stattgefunden hatte. Sydney Rand rief das Spirituosengeschäft neben dem Quick-Stop-Supermarkt an und bestellte zwei Flaschen Gilbey's-Gin. Der Wanzenfritze hatte es so eingerichtet, daß beide Seiten eines Telefonats mitgeschnitten wurden. Man schien Sydney im

Spirituosengeschäft zu kennen und versicherte ihr, daß ihre Bestellung binnen einer halben Stunde geliefert werde.

Das wurde sie auch. Die Echtzeitanzeige stand auf 11.27 Uhr, als der Recorder das kurze Gespräch zwischen Sydney und dem Boten an der Haustür abspielte. Nudger mußte sich widerwillig eingestehen, daß er eine leichte Erregung dabei verspürte, heimlich im Leben anderer Menschen dabei zu sein. Er mochte diesen Zug an sich nicht, aber er war nun einmal nicht zu leugnen.

Und fast unmittelbar danach, die Echtzeitanzeige stand auf 17.12 Uhr, war Rand von der Arbeit bei Kearn-Wisdom nach Hause gekommen. Die Rands begrüßten einander nicht wie June und Ward Cleaver. Rands Frau Sydney sprach zuerst:

»Wird aber auch Zeit. Gehn wir.«

Rand: »Himmel, ich bin doch grad erst zur Tür reingekommen.«

»Ich hab Hunger, verdammt noch mal. Ich will ausgehen und etwas zu Abend essen.«

»Essen oder trinken?«

Nach einem langen Schweigen: »Ich nehme meinen Wagen. Du kannst mitkommen oder hierbleiben und alleine essen.«

»Das ist mir sehr recht.«

»Das hab ich mir schon gedacht. Du machst ja auch sonst immer alles allein.«

»So kommt es mir auch manchmal vor. Wo ist Luanne?«

»Weg. Ich dachte, du wüßtest vielleicht, wo sie steckt.«

»Was soll denn das heißen? Sie ist doch auch deine Tochter. Oder etwa nicht?«

»Das habe ich nicht vergessen. Du etwa?«

»Nein. Auch wenn sie . . . schwierig ist.«

»Oh. Das ist sie und wie.«

»Warum redest du dann nicht einmal ein ernstes Wörtchen mit ihr?« In Rands Ton lag eine sadistische Belustigung.

»Du Schwein! Du weißt doch, daß sie partout nicht mit mir reden will.«

»Sie ist siebzehn. Da ist es doch nur natürlich, daß sie ihre Geheimnisse hat.«

»Natürlich, wie?«

»Warum nimmst du nicht dein Auto und fährst zu einem Restaurant? Ich ess lieber hier zu Hause ein Sandwich.«

Schweigen. Dann wieder Rand: »Und paß auf, daß du auf der Heimfahrt keinen Unfall baust.«

Klicken. Surren. Die Echtzeitanzeige stand auf 19.24 Uhr. Ein Telefon klingelte, aber nicht bei Rand, sondern am anderen Ende der Leitung. Der Hörer wurde abgehoben, und eine Stimme fragte:

»Jaa?«

Dann Rands Stimme am Telefon:

»Ich bin's, Horace. Können Sie reden?« Nudger nahm an, daß Rand mit Dr. Horace Walling sprach.

»Bis ich gestört werde. Haben Sie nach den Informationen gehandelt, die ich Ihnen gegeben habe?«

»Ja, nach allen. Wir haben gar nichts zu befürchten. Das sind alles solide Aktien, die noch ganz gewaltig im Kurs steigen können. Wie kommen Sie mit der Software voran?«

»Machen Sie sich mal keine Gedanken um die restliche Software, Dale. Sie wird lange vor dem Tag der Arbeit fertig sein.«

»Dann haben wir ja kein Problem.«

»Sind Sie sich mit den Aktien auch ganz sicher?«

»Horace, Horace . . . Synpac ist nach fast allen Maßstäben eine todsichere Sache. Und Fortune Fashions auch. Die Rendite aus der Frühjahrskollektion wird ihren Kurs noch diesen Monat in die Höhe treiben. Das sagen Leute, die es wissen müssen, die Schwuchteln, die diese Dinge verfolgen, die mit den Models und den Designern schlafen, weil sie reich werden wollen, indem sie die Informationen, die sie dabei aufschnappen, an die Konkurrenz verkaufen. Diese Leute kennen den Buchwert so gut wie ihre eigene Telefonnummer. Alles, was ich gehört habe, hat Ihre Informationen bestätigt. Das können Sie mir glauben.«

»Ich glaube Ihnen ja, sonst würde ich das alles nicht tun.«

»Wir bekommen die nötigen Diversifikation. Und in einigen Fällen habe ich ein paar Leute gebeten, sich für gewisse Gefälligkeiten zu revanchieren, und dabei Insiderinformationen benutzt, bei der der Börsenaufsichtsbehörde alle Haare zu Berge ständen, wenn sie davon wüßte.«

»Das ist ein Vorteil, den wir gut gebrauchen können.«

Sie unterhielten sich noch weitere fünf Minuten lang über Aktien, dann meinte Rand: »Ich könnte mich morgen für eine Partie Golf freimachen und Ihnen dann vielleicht ein paar neue Vorschläge für ihre Recherchen geben, damit Sie sehen können, ob sie in unser Schema passen.«

»Okay, treffen wir uns beim Golf. Am Nachmittag?«

»Am Nachmittag.«

»Äh, Dale, wie steht es mit Sydney?«

»Mal besser und mal schlechter. Das hängt immer davon ab, wieviel sie gerade getrunken hat.«

»Na ja . . . Und was ist mit Luanne?«

»Ich weiß nicht, wo sie gerade steckt. Das weiß ich fast nie. So ist Luanne momentan eben.«

»Seien Sie bei Luanne vorsichtig, Dale.«

»Was soll denn das heißen?«

»Genau das, was ich gesagt habe. Sie wissen doch, wie Teenager sind.«

»Ich habe alles im Griff, Horace. Machen Sie sich da mal keine Gedanken.«

»Passen Sie auf, was Sie sagen. Ich habe kein Vertrauen zu den Telefonen im Büro.«

»Kein Mensch wird Ihr Telefon anzapfen, Horace. Wann sollte denn jemand die Gelegenheit dazu haben, wo Sie doch jeden Abend dort verbringen.«

»Aber wozu das Risiko eingehen?«

»Dann gehen Sie es eben nicht ein. Sie können mich ja von einem Münztelefon aus anrufen, wenn es etwas zu besprechen gibt.«

»Sie werden lachen, aber von jetzt an mach ich das auch. Ich bin immer vorsichtig, Dale.«

»Deshalb wette ich beim Golf ja auch immer darauf, daß Sie gegen mich verlieren.«

»Sie sind es doch, der nicht putten kann.«

Ein eher verärgertes als amüsiertes Lachen. »Also bis morgen im Club.«

Dann wurde der Hörer aufgelegt.

Nudger trank einen Schluck Bier. Die Echtzeitanzeige sprang auf 22.01 Uhr.

»Bist du immer noch auf?« Sydney war nach Hause gekommen. Sie sprach langsam und unsicher. Sie hörte sich betrunken an.

»Ich habe auf dich gewartet.«

»Ich geh jetzt ins Bett.«

»Wenn du das tust, bist du in zwei Minuten hinüber.«

»Na und? Dazu ist das Bett ja schließlich da. Unser Bett jedenfalls. Das ist sein einziger Verwendungszweck.«

»Herrgott noch mal, Syd.«

»Nacht. Du kannst mich mal.«

Ein Sprung auf 0.25 Uhr, eine knappe Stunde, ehe Nudger den Recorder und die Kassetten aus dem Kofferraum des blauen Chevys geholt hatte: Stöhnen, quietschende Bettfedern, ein rhythmisches Bollern, das vermutlich von dem an die Wand knallenden Kopfbrett des Bettes stammte.

Nudger, der peinlich berührt war und sich wie der schmierige Privatdetektiv vorkam, für den ihn manche Menschen hielten, hörte einige Minuten lang zu und ließ das Band dann vorlaufen.

Das rhythmische Bollern hörte auf, dann das Stöhnen. Nun hörte man leises Schluchzen.

Damit ging die Aufnahme zu Ende.

Nudger drückte auf Rewind, legte den Kopf auf die Rückenlehne des Sofas und lauschte dem Surren der Kassette. Bei den Rands wurde nicht viel geredet; die zweite Kassette war gar nicht nötig gewesen. Aber am nächsten Tag könnte es vielleicht anders sein. Auch wenn es nicht so klang, als ob die Gespräche wesentlich freundlicher würden, wenn die abwesende Luanne auftauchte. Das war offensichtlich eine dieser unglücklichen Familien, die jede auf ihre eigene Art unglücklich war. Der Recorder klickte. Nudger schaute hinunter und sah, daß er die Kassette zum Anfang zurückgespult und sich dann von selbst abgeschaltet hatte.

Nudger fand, der Recorder habe ein gute Idee gehabt;

er verschlang den letzten Doughnut, trank noch einen letzten Schluck Bier, damit er besser schlief, und ging dann ins Bett.

Doch er schlief nicht. Er lag, in langsam verstreichender Echtzeit gefangen, bei hoch aufgedrehter Klimaanlage schwitzend wach und dachte an Fortune Fashions. Und Synpac. Und den Buchwert. Was immer das auch sein mochte.

9. Kapitel

Da Claudia nicht vor zwölf unterrichten mußte, traf Nudger sich mit ihr im Bradmoor-Restaurant an der Ecke Clayton und Big Bend. Sie frühstückten manchmal dort, wenn Nudger dem obligatorischen Dunker Delite und dem bitteren Kaffee entkommen mußte. Nach den vielen MunchaBunches, die er letzte Nacht gegessen hatte, wollte er keinen Dunker Delite in seiner Nähe haben.

Als er kurz vor zehn im Lokal eintraf, saß Claudia bereits in einer der orangefarbenen Kunstledernischen am Fenster, trank Kaffee und schaute in den strahlenden Morgen hinaus. Sie schaute überrascht und leicht neugierig zu ihm hoch.

»Was ist denn mit dir passiert?« fragte sie.

»Passiert? Mit mir? Oh, ich habe heute nacht nur wenig geschlafen. Sieht man mir das an?«

»Du siehst aus, als hättest du einen Unfall gehabt.«

Er setzte sich ihr gegenüber auf die Bank. Sie wirkte frisch und ausgeruht, trug das dunkle Haar aus der Stirn gekämmt, und etwas in ihren dunkelbraunen Augen versetzte ihm einen Stich. Seine Erschöpfung und der Großteil seiner Nervosität waren wie weggeblasen. In Claudias Gegenwart ging es ihm immer so; oft dachte er, sie habe dieselbe entspannende Wirkung auf ihn wie ein heißes Bad. Doch das hatte er ihr nie gesagt; sie könnte es vielleicht falsch auffassen.

»Warum wolltest du dich erst so spät mit mir hier treffen?« fragte sie. Er hatte sie schon um acht Uhr angerufen und sie dabei geweckt. »Ich hatte schon vor einer Stunde Hunger.«

»Ich mußte vorher noch wohin.«

Eine hübsche junge Kellnerin, offensichtlich indianischer Abstammung, kam an den Tisch und nahm ihre Bestellung auf. Claudia bestellte wie immer die Nummer sieben auf der Karte. Nudger, der seltsamerweise gar keinen Hunger hatte, bestellte nur einen Bagel mit Rahmkäse und Marmelade. Die Kellnerin notierte sich alles, schenkte Claudia Kaffee nach, goß Nudger Kaffee ein, verschüttete dabei etwas und schwebte dann davon.

Claudia hob ihre Tasse, trank jedoch nicht. Statt dessen lehnte sie sich zurück und lächelte Nudger leicht erwartungsvoll an. Ihr war offensichtlich klar, daß Nudger wegen des Falls, an dem er gerade arbeitete, spät ins Bett gekommen war und daß nun, wie so oft in seinem Beruf, der Moment gekommen war, wo er mit jemandem darüber reden mußte. Claudia hörte jeweils aufmerksam zu und brachte ihn dabei oft auf neue Ideen.

Nudger berichtete ihr von der vergangenen Nacht und vom Inhalt der Kassette. Sie hörte ruhig zu, ohne ihn zu unterbrechen, nippte dabei ab und zu an ihrem Kaffee und trommelte mit einem rotlackierten Fingernagel auf dem Tisch.

Als er zu Ende erzählt hatte, sagte sie: »Paß auf.«

Er zuckte zusammen, weil er dachte, die ungeschickte Kellnerin sei mit noch mehr heißem Kaffee zurückgekehrt. Doch als er sich umsah, war im Umkreis von zehn Metern kein Mensch zu sehen.

»Worauf soll ich aufpassen?« fragte er.

»Das weiß ich nicht genau. Und das macht das Aufpassen um so schwieriger. Aber bei den Rands könnte es einigen Zündstoff geben. Hast du das nicht gespürt, als du dir die Kassette angehört hast?«

»Ich habe das sogar schon früher gespürt«, sagte er. »Nämlich als dieser Typ eine Pistole auf mich gerichtet hat.«

»Das sind keine glücklichen Menschen, Nudger.«

»Aber irgendwie kommen sie doch wohl miteinander aus. Hast du etwa vergessen, wie die Kassette endet, in ihrem Schlafzimmer?«

»Ich habe gedacht, du hast gesagt, es endet mit ihrem Schluchzen.«

»Das waren vielleicht Freudentränen. Manche Frauen machen das.«

Claudia mußte grinsen. »Hat er ihr gesagt, daß er sie liebt?«

»Nein, aber sie sind ja auch schon eine ganze Zeit lang verheiratet.«

»Was du da beschrieben hast, hat sich für mich nach einer Vergewaltigung in der Ehe angehört.«

»Ich habe nicht gehört, daß Sydney nein gesagt hätte.«

Sie bedachte ihn mit einem Blick, dem er entnehmen konnte, daß er ein hoffnungsloser Fall war.

»Außerdem haben sie eine halbwüchsige Tochter. Ich hatte den Eindruck, daß sie sich aus reiner Gewohnheit bemüht haben, möglichst leise zu sein, obwohl sie gar nicht zu Hause war.«

Claudia schüttelte den Kopf. »Nudger, Nudger, vielleicht war sie ja doch zu Hause.«

»Was willst du damit sagen?«

Aber er mußte auf eine Antwort warten, weil die Indianerin gerade ihre Bestellung brachte. Er stützte das Kinn auf die Handfläche und starrte aus dem Fenster hinaus auf die Autos, die an der Ampel warteten. Die Kreuzung lag in Clayton nahe der Stadtgrenze, und hier fuhren immer die Anwälte, die in Clayton arbeiteten, auf dem Weg in ihre Kanzleien vorbei. Oder Anwälte, die in Clayton wohnten, aber in der Innenstadt arbeiteten und in die entgegengesetzte Richtung fuhren. In der Innenstadt und in Clayton hatte es die meisten Kanzleien. Hier gab es mehr teure Autos und mehr Menschen, die in ihre Autotelefone sprachen, als an irgendeiner anderen Kreuzung auf Stadtgebiet. Wenn Nudger sah, wie sie auf die Ampel starrten und dabei den Hörer ans Ohr preßten, fragte er sich manchmal, mit wem sie da wohl reden mochten. Womöglich unterhielten sie sich mit dem Fahrer des danebenstehenden Wagens. Nudger dachte, er könnte sich vielleicht bald ein Telefon für den Granada leisten und dann von überall aus Danny anrufen und sich erkundigen, ob jemand da gewesen war oder oben im Büro auf ihn wartete. Das war eigentlich gar keine so dumme Idee.

Die Kellnerin war wieder gegangen und hatte auf dem Tisch ein Maschinensalven-Maschenmuster von Kaffeeflecken hinterlassen, wobei sie Nudgers Hand nur um Haaresbreite verfehlt hatte. Er war gerade dabei, sich Rahmkäse auf den Bagel zu streichen, als Claudia sagte: »Der verstohlene Beischlaf, den du gehört hast, könnte vielleicht etwas ganz anderes bedeuten.«

Er hielt mit dem Streichen inne und legte das Messer auf den Tellerrand. Sie schaute ihn wissend an. Ihm gefiel nicht, woran er da dachte. »Hältst du das für möglich?«

»Ich unterrichte schließlich an einer Schule. Ich weiß, daß es nicht nur möglich ist, sondern öfter geschieht, als die meisten Menschen meinen. Es könnte sein, daß Rand mit seiner Tochter im Bett lag und darauf bedacht war, seine Frau nicht zu wecken.«

Auf diese Idee war Nudger gar nicht gekommen. Er mußte zugeben, daß Sydney unnahbar geklungen hatte, als sie nach oben ins Bett gegangen war. Und nach der Müdigkeit in ihrer lallenden Stimme zu schließen, war sie wahrscheinlich sofort in einen tiefen, trunkenen Schlaf gefallen. Was Rand vielleicht dazu ermuntert hatte, sich in Luannes Zimmer zu schleichen.

Er strich sich wieder Rahmkäse auf den Bagel. »Da könntest du recht haben.«

»Ich sage nicht, daß es so sein muß«, meinte Claudia. »Nur, daß es so aussieht. Wenn du dir die Stelle noch ein paarmal anhörst, wirst du es sicher herausfinden. Und wenn dem so ist, wirst du etwas dagegen unternehmen müssen.«

»Das macht die ganze Sache komplizierter.« Er wußte, daß sie recht hatte und er etwas unternehmen mußte, wenn er von einer solchen Sache erfuhr. »Und gefährlicher. Diese Männer tun alles, um zu verhindern, daß jemand davon erfährt. Alles.«

Nudger dachte an Norva Beane und fragte sich, wie sie wohl auf eine solche Neuigkeit reagieren würde. Vielleicht ahnte sie es ja schon. Vielleicht ahnte es auch Sydney. *Falls* es wahr sein sollte. Er konnte sich nicht sicher sein. Es war jedenfalls etwas, um das er sich Sorgen machen mußte und das ihm auf den Magen schlagen würde. Er wünschte allmählich, er wäre nicht hierher gekommen und hätte sich statt dessen der doppelten Gefahr eines Dunker Delites und Dannys Kaffee gestellt. Das wäre kostenlos gewesen und hätte ihm keine neuen Sorgen eingebracht.

Claudia sagte: »Du hast gesagt, daß du vorher noch wohin mußtest. Wo warst du denn?«

»Bei meinem Börsenmakler.«

Claudia zog eine Augenbraue hoch. »Ich wußte gar nicht, daß du einen hast.«

»Vor heute morgen hatte ich auch keinen.«

Sie sah ihn erschreckt an. »Nudger – «

»Ich habe ein paar phantastische Aktien gekauft«, sagte er. »Benny Flit hat mir gesagt, daß sie ganz bestimmt im Kurs steigen werden. Ich habe Insiderinformationen über diese Wertpapiere von ein paar wirklichen Profis, die ihre eigenen Recherchen anstellen. Und weil die nicht wissen, daß jemand mithört, sind die Informationen um so wertvoller.«

»Flit? Ist das dein Börsenmakler?«

Nudger nickte.

»Wo sitzt er?«

»Sitzen?«

»Bei welcher Maklerfirma sitzt er?«

»Er arbeitet freiberuflich. Er ist Dannys Cousin.«

Sie starrte offensichtlich fassungslos aus dem Fenster. »Man sieht, wie reich er Danny gemacht hat.«

»Ich verlasse mich ja nicht auf seinen Rat«, sagte Nudger. »Und ich verrate ihm nicht, woher ich meine Tips bekomme oder auch nur, daß ich Zugang zu Insiderinformationen habe. Der SPCA hat äußerst strenge Bestimmungen gegen so was.«

»Die SEC«, korrigierte Claudia. »Die SEC ist die Börsenaufsichtsbehörde, der SPCA ist der Tierschutzverein. Was eigentlich fast auf dasselbe rauskommt – «

»Ich sehe nicht, wie ich dabei verlieren könnte«, fiel ihr Nudger ins Wort. »Fortune Fashions soll eine sensationelle Herbstkollektion herausbringen, und ich selbst habe in Erfahrung gebracht, daß Synpac Industries Lenksysteme für Nuklearraketen herstellt.«

»Läßt das Verteidigungsministerium die Nuklearraketen nicht gerade verschrotten?«

»Das hat keinen Einfluß auf das Kurs-Gewinn-Verhältnis des Herstellers. Und Fortune Fashions wird die Federboa wieder einführen. Meint Flit jedenfalls.«

Sie beugte sich zu ihm und legte beide Hände über seine. Sanft. »SPCA, Kurs-Gewinn-Verhältnis ... Nudger, du hast ein bißchen Wissen, und das ist ja gerade das Gefährliche daran. Investiere bitte nicht in diese Firmen.«

»Ich hab' dir doch gesagt, daß ich das bereits getan haben. Heute morgen. Mein Vorschuß für diesen Fall wird den Scheck decken.«

»Und was ist mit den ausstehenden Alimenten?«

Er wurde langsam wütend. Sie wollte einfach nicht verstehen, daß man mit einem kleinen Wagnis einen großen Gewinn erzielen konnte. »Verdammt, daß ist doch der Hauptgrund dafür, daß ich das getan habe – damit ich Eileen das Geld geben kann und sie und Henry Mercato mich endlich in Ruhe lassen!«

Claudia ließ seine Hände los und lehnte sich resigniert zurück. »Okay, du hast mich überzeugt.«

Nudger grinste. »Prima.«

»Überzeugt davon, daß du jenseits aller Vernunft bist.« Sie strich sich Erdbeermarmelade auf ihren Toast und aß dann ein wenig Ei. »Wieviel hast du riskiert?«

»Investiert. Zwölfhundert Dollar. Das war zumindest heute morgen der Kurswert meiner Aktien.«

»Na ja, es hätte schlimmer sein können.« Sie seufzte, lächelte und klopfte ihm leicht aufs Handgelenk. »Vielleicht klappt es ja. Du kannst dein Geld vielleicht verdoppeln.« Sie schwenkte nun auf seine Seite hinüber. Sah endlich die Chance.

Nudger fühlte sich wieder besser. Er trank seinen Kaffee aus und winkte der Kellnerin, daß sie ihm nachschenken solle. Nur eine halbe Tasse. Er wollte in die Innenstadt fahren und sich vergewissern, daß Rands Wagen in der Tiefgarage des Medwick Buildings stand, und ihn dann beschatten, wenn er zum Mittagessen das Büro verließ und anschließend zu seiner Partie Golf fuhr.

Vielleicht würde Rand sich mit Horace Walling zum Mittagessen treffen, ehe die beiden miteinander Golf spielten, und diesmal vielleicht irgendwo, wo Nudger sich so hinsetzen könnte, daß er imstande wäre ihr Gespräch mitanzuhören. Er könnte sich vielleicht etwas Geld leihen. Oder ein paar Visa- und MasterCard-Schecks auf seine Kontonummer ausstellen, das Geld anlegen und es wieder aus dem satten Profit zurückzahlen, der ihm selbst dann noch bleiben würde, wenn er seine überzogenen Konten wieder aufgefüllt hätte. Es müßte ein leichtes sein, dabei einen Gewinn zu machen, solange er die Konten ziemlich schnell wieder auffüllte: Diese Kreditkartenzinssätze waren kriminell.

Rand war bestimmt in seinem Büro bei Kearn-Wisdom, was bedeutete, daß er in den nächsten Stunden nirgendwohin gehen würde. Also hatte Nudger heute morgen noch etwas freie Zeit.

Er lächelte Claudia an. »Was hältst du davon, wenn wir nach dem Frühstück in deine Wohnung fahren?«

Sie schüttelte den Kopf. Sie schien aus irgendeinem Grund sauer auf ihn zu sein. »Nein, ich fahr heute früher in die Schule. Da ist es kühl und still, und ich kann ungestört ein paar Arbeiten korrigieren.«

»Die könntest du doch auch noch heute abend korrigieren.«

»Sie müssen für den heutigen Englischkurs fertig sein.« Sie schob mit der Gabel den letzten Bissen ihrer Nummer sieben in den Mund, kaute, schluckte und trank dann ihren Kaffee aus. »Ich muß mich jetzt gleich auf den Weg machen, sonst werde ich nicht mehr rechtzeitig fertig.« Sie rutschte graziös aus der Nische, stand auf und kramte in der Handtasche nach ihrem Portemonnaie.

»Ich lade dich ein.« Nudger nahm die beiden Rechnungen und legte sie auf die andere Seite des Tisches, damit sie nicht herankonnte.

»Ich hatte glatt vergessen, daß du ja jetzt Wertpapiere besitzt und es dir leisten kannst, andere Leute einzuladen.« Sie beugte sich tief zu ihm herunter, ohne dabei die Knie zu beugen, und küßte ihn auf die Stirn.

»Bald werden wir in einem Lokal mit Tischdecken frühstücken«, versprach er.

Beim Weggehen sagte sie: »Ich verspreche dir, daß ich mir eine Federboa kaufe, aber ich hätte eher Verwendung für eine Nuklearrakete.«

10. Kapitel

Um viertel vor zwölf lugte Rands luxuriöser schwarzer Caddy zaghaft aus der höhlenartigen Einfahrt der Tiefgarage des Medwick Buildings, als wollte er sich erst vergewissern, daß kein ekelhafter Sommerregen seine glänzende Wachsschicht ruinieren werde. Dann fuhr der Wagen in den angenehmen Sonnenschein hinaus und wie eine Parade die Chestnut hinunter.

Nudger fuhr im verrosteten Granada hinterher, als wäre er dazu beordert worden, hinter den Pferden sauberzumachen.

Als der Caddy auf der Tenth nach Süden fuhr und dann auf die Auffahrt zum Highway 40, glaubte Nudger, daß Rand zu seinem Golfspiel mit Horace Walling fahren werde, lehnte sich bequem im Sitz zurück, hörte sich auf KDHX Blues an und ließ dem Caddy einen großen Vorsprung, damit Rand ihn im Rückspiegel nicht sah. Der Chadwood Country Club war noch fünfzehn Autominuten entfernt.

Nudger war in seinen Träumereien schon fast bei Dr. John in New Orleans, als der Cadillac vom Highway abbog und auf der Hanley Road nach Norden fuhr. Nudger wäre um ein Haar ums Leben gekommen, als er ein wahnsinnig schnell dahinrasendes Müllauto schnitt, um auf die Abbiegespur zu kommen und Rand hinterherzufahren.

Das war ja interessant. Rand fuhr Richtung Clayton, wo Fred McMahon sein Büro hatte.

Er bog nach links auf die Bonhomme, fuhr mit dem Caddy auf den winzigen Parkplatz eines Luxushotels und parkte auf dem letzten freien Platz. Parkplätze waren in Clayton noch seltener als in der Innenstadt.

Nudger fuhr an den Randstein und hielt neben einem Bushaltestellenschild. Er beobachtete, wie Rand aus dem Caddy stieg, in seine Anzugsjacke schlüpfte, um den Swimmingpool herum ging und das Hotelrestaurant betrat.

Hinter Nudger brummte und zischte es. Er schaute erschreckt in den Rückspiegel und sah, daß dieser von einem Bus ausgefüllt wurde. Er nahm hilflos beide Hände hoch, winkte dann entschuldigend und fädelte sich wieder in den Verkehr auf der Bonhomme ein. Ohne dabei nach hinten zu sehen.

Bremsen kreischten, Reifen quietschten. Ein Mann in einem funkelnden BMW-Kabrio fuchtelte mit dem Hörer eines Mobiltelefons herum, als könnte er es vor Wut gleich auf Nudger schleudern. Nudger winkte wieder entschuldigend und bog an der nächsten Kreuzung rechts ab.

Da war ein freier Parkplatz! Der Lieferwagen eines Floristen fädelte sich gerade in den Verkehr ein. Nudger hielt in der zweiten Reihe und wartete geduldig, bis der Lieferwagen weggefahren war, dann trat er leicht aufs Gas und schoß nach vorn, ehe ihm ein anderer den freien Platz vor der Nase wegschnappen konnte. Sowie der Granada sicher am Randstein stand, warf Nudger eine Münze in die Parkuhr und eilte zum Hotel.

Als er am Swimmingpool vorbeikam, schaute er zum Hotel hinüber und sah, daß er gar nicht hineingehen mußte, um Rand im Auge zu behalten. Die Fenster des Restaurants gingen auf den Pool hinaus, und Rand aß mit einem anderen Mann an einem Fenstertisch zu Mittag.

Nudger schlenderte lässig zum Pool, ging zu einem weißen Plastikstuhl und nahm Platz, als wäre er ein

Gast, dessen Kind oder Frau vielleicht im Pool schwamm. Er saß schräg auf dem Stuhl und hatte die Hand an die Stirn gelegt, als wollte er seine Augen vor der Sonne schützen, und tat so, als schaue er der Handvoll Menschen zu, die im Wasser herumplanschten – so konnte er Rands Nacken im Auge behalten und sehen, wann dieser aufstehen würde, um zu gehen.

Momentan sah es nicht so aus, als würde Rand gleich aufstehen. Er redete gestikulierend auf sein Gegenüber ein, dessen Gesicht Nudger wegen der Spiegelungen in der Fensterscheibe nicht deutlich erkennen konnte, und griff dann nach seinem Weinglas. Wegen des immer heißer werdenden Plastikstuhls und der im glitzernden Wasser gespiegelten Sonne wurde es Nudger immer unbehaglicher. Er blieb aber weiter still sitzen, als könne er sich keinen anderen Ort vorstellen, an dem er lieber wäre, und hoffte dabei, daß niemand sah, wie ihm der Schweiß so stark das Gesicht und den Hals herunterrann, daß sein Hemdkragen feucht wurde. Binnen einer Viertelstunde klebte die Rückseite seines Hemds und seiner Hose vor Hitze und Schweiß am Plastikstuhl. Er erlebte nun, wie sich eine Skulptur fühlen mochte.

Eine fette Frau in einem erstaunlich knappen Badeanzug kletterte mühsam aus dem Pool, ging mit einem Handtuch in der Hand zum Hoteleingang und hinterließ dabei eine Wasserspur. Als sie an Rand und seinem Begleiter vorbeikam, fiel ihr Schatten auf die spiegelnde Fensterscheibe, und Nudger konnte den anderen Mann deutlich sehen.

Es war weder Horace Walling noch Fred McMahon. Es war ein großer Mann mit breiten Schultern, einem hageren Gesicht, dunklen Haaren mit ausgeprägten Geheimratsecken, stark gebogenen buschigen, dunklen Augenbrauen und einem hervorstehenden Kinn. Es war ein Gesicht, das eine Mutter eher markant als häßlich genannt hätte, auch wenn sie dabei insgeheim gewußt hätte, daß das nicht stimmte. Es war außerdem ein Gesicht, das Nudger vage bekannt vorkam, auch wenn er nicht genau wußte, ob und wo er es schon gesehen hatte.

Da er sich dachte, daß, wenn er diesen Mann schon einmal irgendwo gesehen hatte, das auch umgekehrt gelten könnte, stand er lässig auf, zerrte den Stuhl von seinem Rücken und seinem Hintern und schlenderte vom Pool weg.

Das klappte ja bestens. In dem mit einer Klimaanlage ausgestatteten Foyer fand er einen freien, weichen Ledersessel, in dem er es sich mit einer aufgeschlagenen Zeitschrift im Schoß bequem machen und dabei Rands Wagen auf dem kleinen Parkplatz vor dem Hotel im Auge behalten konnte. Er war sicher, daß Rand nach dem Mittagessen zu seiner Golfverabredung fahren würde. Vielleicht würde der große Mann mit dem totenschädelartigen Gesicht ja auch Golf spielen. Nudger fragte sich, ob der Mann ihm vielleicht nur deshalb so bekannt vorkam, weil er Ähnlichkeit mit dem Schauspieler Jack Palance hatte, verwarf diesen Gedanken jedoch wieder. Er sah nicht wirklich so aus wie der junge Palance: Seine Augenbrauen waren buschiger und bildeten spitze Vs über den hellen Augen, und sein Haaransatz war ganz anders und viel weiter zurückgewichen, als es selbst beim alten Palance der Fall gewesen war.

Gegen eins tauchte Rand draußen auf und blieb mit dem anderen Mann im hellen Sonnenschein neben seinem Cadillac stehen. Der Mann war größer als Palance; etwa zwei Meter groß. Trotz der breiten Schultern war er sehr schlank; sein teurer grauer Anzug umhüllte elegant seinen schlaksigen Körper. Er trug ein weißes Hemd, eine blaugrau gestreifte Seidenkrawatte und Goldschmuck, der in der Sommersonne aufblitzte. Nudger war beinahe wieder eingefallen, wer der Mann war, als dieser in seine Jackettasche griff und sich eine dunkelgetönte Brille aufsetzte.

Nachdem Rand und der Mann sich mit Handschlag voneinander verabschiedet hatten und Rand in den Caddy gestiegen war, blieb der Dressman-Verschnitt stehen, tippte mit der Hand an seine Brille und sah zu, wie der Wagen vom Parkplatz rollte. Dann verschwand er mit dem geschmeidigen Gang eines Athleten aus Nudgers Blickfeld. Vielleicht hatte er ja früher einmal Profi-Basketball gespielt, und Nudger hatte ihn in einem Spiel gesehen.

Nudger erhob sich aus seinem Sessel, ging zum Hotelausgang und schaute nach draußen. Er sah gerade noch, wie der große Mann in einem neuen silberfarbenen Mercedes wegfuhr. Und er sah noch das Kennzeichen des Wagens, das er sich auf dem Rand der Zeitschrift notierte, die er in der Hand hielt.

Er riß die Ecke mit dem Autokennzeichen ab, legte die Zeitschrift auf einen Tisch und ging zu den Münztelefonen im Foyer.

Hammersmith würde mit Vergnügen die Nummer durch den Computer jagen und ihm den Namen des Mercedes-Besitzers bekanntgeben. Na ja, vielleicht nicht gerade mit Vergnügen. Aber er würde es tun. Nach der daraus resultierenden telefonischen Diskussion mit Hammersmith kam Nudger zum Schluß, daß er diesen Nachmittag keine Lust hatte, zum Golfplatz zu fahren. Es war zu heiß, um im geparkten Auto zu sitzen und zuzuschauen, wie Menschen in weiten Klamotten auf kleine Bälle eindroschen und ihnen dann hinterherjagten, und was konnte er dabei schon Neues erfahren? Außerdem könnte der Mann mit der Pistole und dem Ohrring dort sein.

Der Grund, weshalb Nudger nicht dorthin fuhr, war nicht der Mann mit der Pistole und dem Ohrring. Der Grund war ... na ja, man hatte ihn schließlich engagiert, damit er feststellte, ob Rand mit Fred McMahon in Verbindung trat. Warum sollte er da nicht McMahon beschatten? Irgendwie war das doch genauso vernünftig.

Nudger fuhr zu McMahons Büro in der Forsyth, mußte aber feststellen, daß dieser nicht dort war. Eine sehr attraktive blonde Rezeptionistin sagte ihm, Mr. McMahon werde heute nicht kommen, und musterte ihn, als könnte er vielleicht von der Polizei sein. Was bei McMahons Problemen durchaus denkbar gewesen wäre.

Von einem Münztelefon aus rief er bei McMahon zu Hause an. Als sich eine Frau meldete und fragte, wer am Apparat sei, nannte er einen Namen, den er auf einer der Bürotüren in McMahons Firma gesehen hatte. McMahon sei nicht zu Hause, sagte die Frau. Sie wisse nicht, wann er wiederkommen werde. Ob sie ihm vielleicht etwas ausrichten könne? »Nö, ich ruf Fred dann später noch mal an«, sagte Nudger und legte auf.

Es war ganz schön mühsam, sich vom Golfplatz fernzuhalten.

Er fuhr wieder in sein Büro, verbrachte den Nachmittag mit der Erledigung von Papierkram und wartete darauf, daß Hammersmith ihn wegen des Mercedes-Kennzeichens zurückrief.

Eigentlich erledigte er nur wenig Papierkram. Die meiste Zeit tigerte er ungeduldig auf und ab. Die Zeit und die Schuldgefühle hingen schwer in der Luft.

Als er allmählich Rückenschmerzen bekam, setzte er sich hin und spielte noch einmal die Kassette ab, die er am Abend zuvor aus dem Kofferraum des blauen Chevys geholt hatte. Als er diesmal zur Schlafzimmerszene kam, hörte er sie sich von Anfang bis Ende ganz an. Das Stöhnen, das an die Wand bollernde Kopfbrett und etwas, das ihm zuvor an dieser Stelle entgangen war, eine leise Frauenstimme, die um etwas flehte – vielleicht aus Leidenschaft. Vielleicht. Nudger konnte nicht verstehen, was sie sagte.

Er schaltete den Recorder aus und reckte die Arme. Der Drehstuhl quietschte, als er sich weiter zurücklehnte, die Hände im Nacken verschränkte und sich mit den Daumen die steifen Muskeln massierte. Er ging das Stöhnen und das Flehen im stillen noch einmal durch und dachte, es könnte vielleicht von Sydney stammen, doch er war sich nicht sicher dabei. Er wollte nicht, daß Claudias Vermutung zutraf. Könnte Rand denn nicht ein einfacher Komplize McMahons sein, ein Betrüger, wie Norva vermutete, ohne daß er auch noch seine Tochter sexuell mißbrauchen mußte?

Das ist halt das Leben im Sumpf, wo ich arbeite, dachte Nudger.

Jedenfalls hatte Claudia mit einem recht gehabt. Nirgendwo auf dem Band war von Liebe die Rede gewesen.

Das Klingeln des Telefons erschreckte ihn so, daß er beinahe hintenüber gekippt wäre. Der Stuhl quietschte, und Nudger konnte sich gerade noch an der Schreibtischkante festhalten und wieder aufrecht hinsetzen. Er hob den Hörer ab, wobei er bemerkte, daß er sich am Schreibtisch einen Fingernagel abgebrochen hatte, und meldete sich mit seinem Namen.

Hammersmiths Stimme sagte: Mirabelle Rogers.«

Nudger sagte: »Mich legst du nicht rein, Jack. Ich kenne doch deine Stimme.«

»Sie wohnt in der Waterman 4360«, sagte Hammersmith, ohne auf Nudgers Scherz zu reagieren. »Sie ist die Halterin eines silberfarbenen Mercedes 560 Sl, Baujahr 1993. Das Autokennzeichen kennst du ja bereits.«

»Der Fahrer, den ich heute nachmittag gesehen habe, sah aber ganz und gar nicht wie eine Mirabelle aus«, meinte Nudger.

»Vielleicht ist es ein Mr. Mirabelle. Vielleicht irgendein ausländischer Name, häh?«

»Möglich«, sagte Nudger, der sich vergeblich ein Land vorzustellen versuchte, in dem ein Mann Mirabelle Rogers hieß.

»Diese Mercedes-Limousinen sind sauteuer«, meinte Hammersmith.

»Das kann ich mir gut vorstellen.« Nudger bat Hammersmith, die Adresse noch einmal zu wiederholen, und notierte sie sich auf einer überfälligen Telefonrechnung. »Vielleicht könntest du herausfinden, ob diese Mirabelle irgendwelche Vorstrafen hat.«

»Vielleicht«, sagte Hammersmith und legte auf. Möglicherweise ließ ihn die Hitzewelle, die die Stadt heimsuchte, noch markiger sein als sonst. Nudger legte den Hörer wieder auf die Gabel, ging aufs Klo und trank ein Glas kaltes Leitungswasser. Er ließ sich eine Zeitlang Wasser über die Handgelenke laufen, starrte sich im Spiegel an und fragte sich, welcher der beiden Nudger echt war. Die Sommer in St. Louis konnten einen mitunter fast um den Verstand bringen.

Danach fühlte er sich besser und setzte sich wieder an seinen Schreibtisch. Er spielte noch einmal die Kassette ab und hörte sich das leise Flehen und das Stöhnen noch aufmerksamer an.

Er konnte noch immer nicht mit Sicherheit sagen, ob es sich bei der Frau um Sydney Rand handelte oder nicht.

Er ließ die Kassette noch einmal laufen.

Er fragte sich, ob Claudia zu Hause war.

11. Kapitel

Nudger steckte den Recorder in seine Jackentasche, schloß die Bürotür hinter sich ab und ging hinunter in Danny's Donuts. Er war es leid geworden, ständig bei Claudia anzurufen, ohne daß jemand abhob. Danny stand hinter der Edelstahltheke und zapfte eine schwarze Brühe aus den Eingeweiden der riesigen Kaffeemaschine. »Hast du heute abend etwas vor, Nudge?«

»Ich muß arbeiten«, sagte Nudger. Was stimmte. Nicht, daß er sich nicht Zeit für ein Abendessen nehmen würde oder wenigstens für einen Imbiß. Vielleicht MunchaBunches. Jedenfalls nicht das, was Danny ihm sicher gleich anbieten würde.

Danny polierte geistesabwesend die stählerne Kaffeemaschine mit dem angegrauten Handtuch, das er immer im Gürtel stecken hatte. Er wies mit dem Kopf auf die Auslage, in der die Dunker Delites wie Gefallene nach einer großen Schlacht auf weißen Servietten lagen. »Greif ruhig zu, wenn du möchtest. Tu dir was Gutes«, sagte er.

Nudger dachte, er werde sich etwas Gutes tun, indem er keinen Dunker Delite aß. »Nein danke, Danny. Ich bin mit Claudia zum Abendessen verabredet.«

»Ich dachte, du wolltest arbeiten.« In Dannys Bassetgesicht zeigte sich kein Mißtrauen. Seine melancholischen dunklen Augen blieben vertrauensvoll und arglos.

»Hinterher«, sagte Nudger. »Du weißt doch, wie das ist. Eine Menge meiner Arbeit muß nachts erledigt werden.«

»Wie bei einem Immobilienmakler«, sagte Danny.

»So ähnlich. Weshalb ich hier bin: Ich wollte fragen, ob du den *Post-Dispatch* von heute morgen schon ausgelesen hast.«

»Aber ja. Wenn du willst, kannst du ihn ruhig mitnehmen. Ich bin noch eine halbe Stunde hier, dann mach' ich dicht.«

Nudger sah, wie der letzte Rest der dunklen Brühe aus dem Hahn der Kaffeemaschine tropfte. »Und was ist, wenn jemand reinkommt und einen Kaffee haben will?« Das war schließlich nie ganz ausgeschlossen. »Für den Fall hab ich noch ein bißchen Kaffee in einer Kanne. Schade, daß du heute abend mit Claudia essen gehst. Ich wollte dich eigentlich fragen, ob du Lust hast, mit mir und Ray zu Abend zu essen.« Ray war Dannys ungeheuer fauler Neffe, der in den St.-James-Apartments in der Manchester wohnte und von diversen Invalidenrenten, Sozialhilfe und den Zinsen aus einem großzügigen außergerichtlichen Vergleich lebte, zu dem es gekommen war, nachdem er vor fünf Jahren bei einer Busfahrt einen kleinen Unfall gehabt und daraufhin eine Rückenverletzung vorgetäuscht – da war Nudger sich ganz sicher – hatte.

»Will Ray kochen?« Schon beim bloßen Gedanken daran verkrampfte sich Nudgers empfindlicher Magen.

»Nö. Ich besorge unterwegs ein paar White-Castle-Hamburger. Wir wollen bloß rumsitzen und uns das Baseballspiel in Chicago im Fernsehen ansehen.«

»Tut mir leid, daß ich das verpasse«, meinte Nudger. Ray war ein Chicago-Cubs-Fan. Noch ein Grund, ihn zu verachten.

Nachdem Nudger den Doughnutladen verlassen hatte, blieb er ein paar Minuten im Auto sitzen und blätterte die fettfleckige Zeitung durch, bis er die Jack-in-the-Box-Gutscheine fand, von denen er wußte, daß sie drin waren. Er falzte das Papier mit dem Daumennagel, riß die Gutscheine einigermaßen ordentlich heraus und studierte sie dann. Er entschied sich für das überbackene Hühnersandwich mit Pommes frites und einen Schokoladenmilchshake und fuhr dann die Manchester entlang zum Zentrum von Maplewood und durch das Drive-In Restaurant. Er war froh, daß er nicht mehr mit einem Clown reden mußte.

Da sein Magen nach dem Abendessen ein wenig gereizt war, kaufte er sich ein paar MunchaBunch-Doughnuts und aß sie als Dessert, während er zu Mirabelle Rogers Adresse fuhr, die ihm Hammersmith gegeben hatte.

Sie wohnte in einem Backsteinapartmenthaus, das so aussah, als sei es in Eigentumswohnungen umgewandelt worden. Dies war ein guter Abschnitt der Waterman, eine ziemlich teure Gegend im Zentrum des Westends. Mirabelles Apartmenthaus war zwar alt, aber in hervorragendem Zustand, und sah so aus, als befänden sich darin acht bis zehn Wohnungen. Vor dem Haus waren ein verschnörkelter schmiedeeiserner Zaun und ein Eisengittertor zwischen zwei Backsteinpfeilern angebracht, auf denen steinerne Wolfshunde saßen. Hinter dem Tor gab es ein paar gepflegte Eiben, ein teppichartiger grüner Rasen und ein steinerner Torbogeneingang, neben dessen Tür eine Sprechanlage installiert war. Alle Fenster waren mit den gleichen rostfarbenen Segeltuchmarkisen versehen, und eine ähnliche Markise befand sich auch über dem Eingang. Nudger parkte auf der gegenüberliegenden Straßenseite, wischte sich mit seiner Serviette Fett und Zucker von den Fingern, stopfte die Serviette in die weiße Papiertüte, in der die Doughnuts gewesen waren, knüllte die Tüte so, daß die *Muncha-*

Bunch-Aufschrift nicht mehr zu sehen war, und warf sie auf den Boden vor dem Beifahrersitz. Er schaute sich um, konnte aber den silberfarbenen Mercedes nirgends entdecken.

Das hatte er sich fast gedacht.

Wahrscheinlich gab es hinter dem Haus eine Gasse, in der die Garage stand. Der Mercedes war kein Wagen, den man über Nacht auf der Straße stehen ließ.

Nudger fuhr zur nächsten Querstraße, bog nach links ab und dann noch einmal nach links in eine schmale Gasse, die von kleinen grauen Müllkübeln gesäumt wurde.

Und da stand tatsächlich eine Garage. Aus Backstein, wie das Apartmenthaus. Alle Tore waren geschlossen, und alle waren sie mit Schlössern versehen. Auf jedem Tor stand die Apartmentnummer des Besitzers.

Nudger beschloß, weiter unten in der Waterman zu parken, dann ins Foyer des Apartmenthauses zu gehen – falls das möglich war, ohne die Sprechanlage zu benutzen – und nachzusehen, in welcher Wohnung Mirabelle Rogers wohnte.

Doch dazu kam er nicht. Als er um die Ecke bog, sah er den großen silberfarbenen Mercedes vor dem Haus stehen. Eine zierliche Blondine in einem gelben Sommerkleid stieg gerade auf der Beifahrerseite ein. Der große Mann, der nicht ganz wie Jack Palance aussah, ging hinten um das Auto herum. An diesem Abend trug er graue Tuchhosen, einen marineblauen Blazer und immer noch Goldringe, eine goldene Uhr und goldene Manschettenknöpfe, die in der Sonne aufblitzten wie ein Neonschild, auf dem G-E-L-D stand.

Als er außer Sichtweite der Frau war, blieb er einen Moment stehen und stocherte mit dem Nagel des kleinen Fingers zwischen den Zähnen herum. Dann stieg er

96

in den Wagen, lenkte ihn vom Randstein und fuhr langsam von Nudger weg die Straße hinunter.

Ein Geschenk des Himmels, dachte Nudger. Er legte
den ersten Gang ein und fuhr ihm hinterher.

Oder vielleicht war es auch ein Geschenk der Hölle.
Er war sich nicht sicher, was von beidem es war, und
wollte auch nicht darüber nachdenken.

12. Kapitel

Sie fuhren auf dem Forest Park Expressway nach Westen, dann auf dem Inner Belt nach Norden. In der Nähe des Flughafens schnitt der Mercedes ein paar unbedeutendere Fahrzeuge und bog auf die Interstate 70. Wenige Minuten später verließ er den Highway und schlängelte sich durch ein Labyrinth von Nebenstraßen.

Nudger, der ihm mit einigem Abstand folgte, wurde es allmählich mulmig. Das war eine rauhe Gegend. Die Straßen wurden von kleinen Häusern gesäumt, die seit Jahren keinen frischen Anstrich mehr gesehen hatten, und in den Gärten, die aus nackter Erde bestanden, standen Schrotthaufen oder aufgebockte alte Autos in diversen Reparaturstadien. Ab und zu schaute jemand auf dem Bürgersteig oder in einem Garten dem Mercedes neugierig und feindselig hinterher. Nudger war froh, daß er den verrosteten alten Granada fuhr, nach dem sich kaum jemand umdrehte. *Homeboy* Nudger.

Die Abstände zwischen den Häusern wurden allmählich größer, und die Häuser selbst waren etwas besser in Schuß. Dann bog der Mercedes in eine schmale Straße, die sich um Bäume wand und an einem Friedhof vorbeiführte. Auf dem Straßenschild stand Latimer Lane. Sie beschrieb eine scharfe Kurve und wurde hinter dem Friedhof zu einem schlecht geteerten Weg.

Die Bremslichter des Mercedes leuchteten auf, und der Wagen blieb mitten auf dem trostlosen Streifen löchrigen Asphalts stehen.

Nudger lenkte den Granada aufs Bankett und beobachtete, wie der große Mann ausstieg und auf dem Weg stehenblieb, während die Blondine hinter das Lenkrad rutschte und den Sitz anders einstellte. Der Mann beugte sich hinunter, um sie zu küssen, stemmte die Hände in die Hüften und sah zu, wie sie davonfuhr.

Als der Mercedes nicht mehr zu sehen war, ging er in den Garten eines kleinen Hauses mit einem Flachdach, das abgeschieden auf einem großen, mit Unkraut überwucherten Grundstück stand. Das flache Dach der Vorderveranda hing so schief nach einer Seite, als fehlte eine Hälfte. Ein mittelgroßer Ahornbaum wuchs aus einem Lastwagenreifen, der vor vielen Jahren, als der Baum noch ein Schößling gewesen war, weiß gestrichen und in den Vorgarten gelegt worden war. Nudger dachte, dies müsse damals, als man noch Blumen in Reifen pflanzte, für ungeheuren Gesprächsstoff gesorgt haben.

Der nächste Nachbar befand sich etwa hundert Meter entfernt auf der anderen Seite des Weges, unweit der Stelle, an der Nudger geparkt hatte. Auf der anderen Seite des Hauses befand sich eine Art Abflußgraben und ein Robinienhain, dahinter war ein dichterer Wald. Das Haus selbst war von wuchernden Sträuchern umgeben, die sich wie Bäume aufzuführen versuchten und sich teilweise um Rosenstöcke wanden, an denen wunderschöne rote Rosen blühten. Hier und da waren noch die kaputten Überreste von Holzspalieren zu sehen, die die prachtvollen Rosen früher einmal hochgezogen hatten.

Nudger begann zu schwitzen. Sein Magen knurrte. Die Sonne sank zwar schon tiefer, aber bis zum Sonnenuntergang würde mindestens noch eine Stunde vergehen. Er wußte, daß es sicherer wäre, das, was er tun mußte, im Schutz der Dunkelheit zu tun, doch er konnte es sich nicht erlauben zu warten.

So etwas wie Pflicht rief. Oder wie Identität. Was wäre er, wenn er das nicht tun könnte? Wie sähe seine Zukunft aus? Das war nicht dasselbe wie sich zu weigern, zum Golfplatz hinauszufahren, um Rand auszuspionieren; hier stand ihm keine eigennützige Rationalisierung zur Verfügung, hinter der er sich mit gespielter Würde verkriechen konnte.

Ein Passagierjet donnerte so knapp über ihn hinweg, daß sein Auto wackelte und er die Gesichter in den Fenstern sehen konnte. Anscheinend befand er sich in der Einflugschneise des Lambert International Airports.

Nudger fuhr die Straße hinunter und parkte auf der anderen Seite der bröckelnden Betonbrücke, die über den Abflußgraben führte. Da St. Louis gerade eine seiner sommerlichen Dürreperioden erlebte, war er sich sicher, daß der Graben trocken sein würde. Nudger schaute rasch nach rechts und links, um sich zu vergewissern, daß er auch nicht beobachtet wurde, stieg dann aus dem Auto und ging in den Schatten der Bäume.

Wieder donnerte ein Flugzeug über ihn hinweg und schien dabei das Laub zu schütteln. Es hinterließ einen tiefen, gellenden Pfeifton in der aufgewühlten Luft.

Nudger ging durch den braunen Teppich der Blätter vom letzten Jahr die Böschung hinunter zum – wie er erwartet hatte, trockenen – Abflußgraben und kletterte auf der anderen Seite wieder hinauf ins Unterholz. Selbst im Halbschatten des Wäldchens war es immer noch heiß, und die Moskitos stürzten sich auf ihn und schlemmten. Ein Eichhörnchen sah ihn entsetzt an und sprang hastig einen Baum hinauf. Nudger schlich aus dem Wäldchen hinaus und stellte erschrocken fest, daß er nur sechs Meter vom Haus entfernt war.

Alle Fenster standen offen und waren mit verrosteten, zerrissenen und geflickten Fliegengittern versehen. Nur das letzte Fenster hatte kein Fliegengitter, sondern einen Fensterventilator, der so laut brummte und ratterte, daß Nudger sich unbemerkt zu den Rosensträuchern am Haus schleichen könnte. Prima. Er müßte nun nicht warten, bis ein Flugzeug über ihn hinwegdonnerte, um sein Vorhaben in die Tat umzusetzen.

Nudger ignorierte das Drängen seines Magens, es dem Eichhörnchen gleichzutun und in die entgegengesetzte Richtung davonzulaufen, ging zu einem der Fenster und spähte hinein.

Ein Badezimmer mit einem Waschbecken auf einem alten Piedestal und einem durchhängenden Duschvorhang. Glücklicherweise leer. Falls Nudger entdeckt wurde, wollte er nicht zusätzlich zur Qual, zusammengeschlagen oder umgebracht zu werden, auch noch die Peinlichkeit erleben müssen, fälschlicherweise für einen Voyeur gehalten zu werden. Er wußte, daß diese Überlegung nicht sehr vernünftig war, doch es gab eben gewisse Prioritäten, gegen die man nichts machen konnte. Er mußte daran denken, wie ihn einmal jemand mit einem Lastwagen hatte überfahren wollen und wie sein tiefstes Bedauern, als er sich mit seinem kurz bevorstehenden Tod abzufinden begann, der Tatsache gegolten hatte, daß er zufällig die kaputte Unterwäsche anhatte, die er schon seit langem hatte ersetzen wollen, während er nur einen Tag zuvor Jockeyunterwäsche getragen hatte, die so brandneu gewesen war, daß an beiden Teilen immer noch das Etikett gehangen hatte. Als er an der Hausmauer entlang zum nächsten Fenster schlich, hörte er Stimmen. *Aua!* Um ein Haar hätte er laut aufgeschrieen, als ihn ein Dorn einer Kletterrose wie eine Wespe in den Handrücken stach. Er saugte an dem Stich, um den Schmerz zu stillen, beugte sich vor und schaute zum Fenster hinein. Auf der anderen Seite des Fliegengitters war es dämmrig, und es dauerte eine Weile, bis sich seine Augen auf die Lichtverhältnisse eingestellt hatten. Er blieb reglos stehen und hielt den

Atem an. Da stand der Mercedes-Fahrer und redete gerade auf einen anderen Mann ein. Nudgers Magen krampfte sich zusammen, als der andere Mann sich leicht umwandte, so daß sein Gesicht zu sehen war. Es war der Schwarze mit der Pistole und dem Ohrring.

». . . dachte mir, es wäre vielleicht gut, wenn du das sehen würdest«, sagte der Große mit dem Mercedes. Doch jetzt redete er nicht mit dem Pistolenhelden vom Golfplatz, sondern mit jemandem, der etwas weiter seitlich stand.

Nudger wischte sich einen Moskito von der Wange und stellte sich lautlos anders hin, um einen besseren Blickwinkel zu bekommen. Er erstarrte.

Der dritte Mann war Dale Rand.

»Wir wollten dich davon überzeugen, daß es ernst ist«, sagte der Große.

Mit gesenktem Kopf sagte Rand: »Davon war ich von Anfang an überzeugt.«

»Aber nicht überzeugt genug«, sagte der Pistolenheld. Da er beim Reden kurz auf den Boden schaute, merkte Nudger, daß sie über etwas sprachen, das zu ihren Füßen lag.

»Kann ich mich auf dich verlassen?« wollte der Große wissen.

»Ich habe dir doch schon beim Mittagessen versichert, daß du dir wegen mir keine Sorgen zu machen brauchst.«

»Und ich hätte dir das nur zu gern geglaubt, aber du warst nicht sehr überzeugend. Deshalb frage ich dich noch einmal: Kann ich mich auf dich verlassen?«

»Natürlich kannst du das. Was habe ich denn für eine andere Wahl? Ich meine, was geschieht mit mir, wenn ich nein sage?«

»Nun«, sagte der Pistolenheld, »eines von den beiden

Dingen, denen man auf dieser Welt nicht entkommen kann, und es ist nicht die Steuer.«

»Du hattest von Anfang an keine Wahl«, sagte der Große. »Typen wie du merken das immer erst, wenn es schon zu spät ist. Aber du hast Glück. Für dich muß es für die große Wahl noch nicht zu spät sein. Ich will nur sichergehen, daß dir das klar ist.«

»Du wirst es bekommen, das verspreche ich.«

»Damit ist es noch nicht getan. Ist das immer noch nicht klar?«

Rand preßte die Hand an den Hals und schaute auf den Boden hinunter. »Doch. Sonnenklar.« Er drehte den Kopf zur Seite und schaute weg. »O Gott!«

»Er hat zum Glauben gefunden«, sagte der Pistolen-held. »Ich hab das schon öfter erlebt. Und wie schnell kann man ihn wieder verlieren.«

Ein Flugzeug donnerte so laut über sie hinweg, daß das Haus wackelte.

»Habt ihr dort geparkt, wo ich es euch gesagt habe?« fragte der Große, als der Lärm verklungen war.

Rand und der Pistolenheld nickten.

»Dann gehen wir am besten durch die Hintertür«, sagte er, »damit wir hinter uns absperren können. In dieser Gegend gibt es ziemlich viele Verbrechen.«

Sie verschwanden aus Nudgers Blickfeld und gingen zur Hintertür.

Nudger ging rückwärts ins Laub und dann den Ab-flußgraben entlang, bis er den Garten hinter dem Haus sehen konnte. Trotz des lauten Brummens des Fenster-ventilators hörte er, wie Rand im Haus wieder »O Gott« sagte. Einen Augenblick später kamen die drei Männer heraus und stapften die drei wackligen Holz-stufen zu dem mit Unkraut überwucherten Pfad hinun-ter. Rand sah starr zu Boden und hielt sich dabei den

Hinterkopf, als hätte er Schmerzen. Der Pistolenheld lächelte. Der Große schaute gleichgültig drein.

»Bring ihn zu seinem Auto, Aaron«, sagte er.

Aaron, der Pistolenheld, nickte und packte Rand am Ellbogen, als sei dieser vielleicht krank oder schwach. Rand schaute ihn wütend an, ging aber widerstandslos neben ihm her zu einem offenen Holztor am anderen Ende des Gartens.

Nudger sah auf einem schmalen Kiesweg, der an der Rückseite des Grundstücks entlanglief, zwei Autos stehen. Das eine war Rands schwarzer Cadillac. Das andere war ein niedriger roter Sportwagen, ein Kabrio mit zugezogenem Verdeck. Ein Porsche, dachte Nudger, war sich aber nicht ganz sicher. Die Autos standen nicht unmittelbar hinter dem Haus, sondern bei den Überresten eines Schuppens, der so aussah, als sei er schon vor Jahren durch einen Brand zerstört worden.

Der Große folgte Rand und Aaron zu den Autos. Aaron stieg in den Sportwagen, Rand in seinen Caddy. Der Große lehnte sich ein paar Minuten an das Dach des Caddys, redete auf Rand ein, ging dann zum Sportwagen und ließ sich auf den Beifahrersitz fallen. Beide Autos fuhren langsam weg.

Nudgers Herzschlag beruhigte sich erst wieder, als der Staub, den sie beim Wegfahren aufgewirbelt hatten, in einer hellen Wolke zu Boden sank. Es wurde Zeit, daß er ins Haus ging. Sein Magen wußte schon, was er dort finden würde. Die Haustür war nicht versperrt. Das war eigenartig, da der Große doch gesagt hatte, daß sie absperren würden, als er vorgeschlagen hatte, daß sie durch die Hintertür hinausgehen sollten. Nudger schob die Tür behutsam auf, weil er damit rechnete, daß ihre Angeln quietschen könnten. Doch sie schwang lautlos auf und knallte an die Wand. Sein Magen grummelte warnend, doch Nudger schluckte seine Angst hinunter und trat ins Haus.

Er befand sich im Wohnzimmer. Es war erstaunlich dämmrig hier, düster. Er schaute sich um und sah eine braune Couch mit durchgesessenen Polstern, einen alten Konsolenfernscher, auf dem eine Kabelschüssel und eine Lampe in Form eines Porzellanpanthers standen, einen Couchtisch und zwei Beistelltische, die an jeder Seite mit schrägen Zeitschriftenhaltern versehen waren, welche jedoch leer waren. Über dem Sofa hing ein großer Kaufhausdruck der Kreuzigung, die nach der Vorstellung des Malers während eines strahlenden Sonnenuntergangs stattgefunden hatte.

Nudger fühlte sich nun, da er im Haus war, mutiger und ging über den abgewetzten Teppich zum Eßzimmer. Dann blieb er ruckartig stehen, und sein Magen drehte sich um, als er auf dem Boden sah, worüber die drei Männer geredet hatten. Ein großer Hund lag mit durchschnittener Kehle unter dem Kronleuchter, der strahlte, als wollte er das grausige Objekt auf dem Teppich besonders vorteilhaft zur Geltung bringen. Ein Tisch mit Stahlbeinen und nicht zueinander passenden Stühlen war beiseite geschoben worden, damit das überhaupt möglich war.

Nudger schaute wie Rand rasch wieder weg und schluckte. Schluckte noch einmal. Doch der bittere Geschmack wich nicht von seiner Zunge.

Okay, er wußte nun Bescheid. Der Große und der Pistolenheld hatten Rand zu dem Haus bestellt, um ihm Anschauungsunterricht zu erteilen, um ihm zu zeigen, was passieren könnte, wenn er nicht mit ihnen kooperierte, wenn er nicht mehr tat, als einfach nur mit dem »Es« rüberzukommen. Nudger vermutete, daß es sich bei dem »Es« um eine Insiderinformation handelte, mit der sich an der Börse ein Vermögen verdienen ließ.

Er ging um den toten Hund und die in den Teppich gesickerte ovale Blutlache herum zur Küche. Auf dem Weg dorthin schaute er, da er schon einmal im Haus war, auch kurz in die übrigen Zimmer. Sie waren ähnlich eingerichtet wie das Wohn- und Eßzimmer. Nichts deutete darauf hin, daß hier ein Innenarchitekt am Werk gewesen wäre.

Er erstarrte und hörte sich nach Luft schnappen. Ihm kam die Galle hoch, und er schluckte sie schaudernd wieder hinunter.

Ein Mann saß an dem kleinen Holztisch und starrte Nudger an, doch ohne ihn oder irgend etwas anderes mit seinen weit aufgerissenen, starren Augen zu sehen. Es war ein dürrer Mann in einem schwarzen T-Shirt, auf dessen Brust eine amerikanische Flagge und die Aufschrift »America First« zu sehen waren. Seine Arme hingen schlaff an den Seiten herab, und auf dem Kachelboden gab es eine erstaunliche Menge verkrusteten und geronnenen Bluts. Nudger sah neben dem Stuhl ein offenes Rasiermesser auf dem Boden liegen. Ohne einen Schritt zu tun, beugte er sich hinunter, um unter den Tisch zu schauen, und sah, daß die Handgelenke des Mannes klaffende Schnittwunden aufwiesen. »O Gott!«, sagte er leise und erinnerte sich dabei an Rands zweites »O Gott!«, das er gesagt hatte, als die drei Männer das Haus durch die Hintertür verlassen hatten. Als Nudger sich wieder aufrichtete, fiel ihm etwas anderes ins Auge. Jemand schien mit Zucker oder Salz aus einer von einer Reihe Dosen auf dem Tisch ein Muster auf diesen gemalt zu haben. Zucker, dachte Nudger, als er sah, daß der Deckel der runden Porzellanzuckerdose abgenommen worden war. Sorgfältig darauf bedacht, nicht ins Blut zu treten, trat er ein paar Schritte vor, um sich das näher anzusehen.

Der tote Mann hatte mit Zucker ein Wort auf den Tisch geschrieben: »Genug.« Eine Art Abschiedsbrief, auch wenn Nudger bezweifelte, daß er wirklich von ihm stammte. Rands Geschäftspartner mußten gewußt haben, daß die Leiche im Haus war, und sie ging vermutlich auf ihr Konto. Wahrscheinlich hatten sie es so inszeniert, damit es aussah, als hätte der Mann in einem Versuchslauf erst seinen Hund getötet und dann sich selbst.

Nudger ging rückwärts aus der heißen Küche hinaus, in der der kupfrige Geruch von vergossenem Blut hing. Es war ein Geruch, den er schmecken konnte. Er dachte wieder an den Hund und eilte dicht an der Wand entlang ins Wohnzimmer, ohne dabei zur Seite zu schauen.

Dann hielt er inne und starrte auf das Telefon. Er war verpflichtet, die Polizei zu informieren. Seinen Namen zu nennen und zu erklären, wie es dazu gekommen war, daß er die Leiche gefunden hatte, wieso er hierhergekommen war.

Oder etwa nicht?

Mit Sicherheit wäre es besser für ihn, wenn er gar nicht hier gewesen wäre. In seinem Metier lag die Hälfte des Erfolgsgeheimnisses darin, sich nicht blicken zu lassen.

Nachdem er sich einen Augenblick lang gesammelt hatte, verließ er das Haus und ging so lässig wie möglich zu seinem Auto zurück, auch wenn er nicht glaubte, daß ihn jemand beobachtete.

Aber die drei Männer im Haus hatten ja auch nicht damit gerechnet, daß Nudger sie beobachtete.

Das war kein beruhigender Gedanke.

Nudger stieg in den Granada und fuhr umher, bis er

auf eine größere Durchgangsstraße stieß. Von einem Münztelefon an der Ecke einer Tankstelle aus verständigte er anonym die Kreispolizei. Sollte die doch ihre eigenen Schlußfolgerungen ziehen.

Schließlich könnte es ja doch Selbstmord gewesen sein.

13. Kapitel

Die Abenddämmerung war schon angebrochen, als Nudger vor seinem Büro ankam und aus dem Granada stieg. Er fühlte sich wieder besser, ruhiger. Das Bild des Toten am Küchentisch stand ihm nun weniger lebhaft und vermeidbarer vor Augen.

Der Tod und die Abenddämmerung konnten dennoch den Blick auf die Welt verändern. Die Bürohäuser und Geschäfte in der Manchester Avenue sahen nahezu ätherisch aus. Eine weiße Taube landete wie eine Möwe auf dem Dach der K-mart-Tiefgarage. Ein leerer Bus ratterte an Nudger vorbei zur McCausland Avenue und hinterließ dabei Dieselabgase, die in der dunstigen Abendluft wie wilde Gespenster schimmerten. Nudger kam sich wie eine Gestalt in einer surrealistischen Landschaft vor, als er über die Straße zu Danny's Donuts ging und dann durch die Tür daneben, die zu seinem Büro führte. Er hörte seinen Anrufbeantworter ab, aber es gab keine Nachricht, die von Interesse gewesen wäre. Eine Mahnung, daß seine Ratenzahlung für den Konsumkredit, den er für den Granada aufgenommen hatte, überfällig war. (Nur gut, daß das Kreditinstitut nicht wußte, daß er das Geld, zusammen mit dem Geld aus einigen neuen Krediten, die er zu kriminell hohen Zinsen aufgenommen hatte, dazu benutzt hatte, seine Aktienkäufe zu finanzieren.) Einige Beleidigungen von Eileen, die nicht einmal den Pfeifton abgewartet hatte, ehe sie mit ihren Beschimpfungen wegen der ausstehenden Alimente loslegte. (Die kurz bevorstehende Kurssteigerung seiner Aktien würden dieses Problem lösen.) Und sie war mit dem Platz auf dem Band nicht ausgekommen. Die letzten Worte ihrer Nachricht lauteten: »Mein Anwalt wird dir das Fell über die Ohren – « Henry Mercato hatte dabei wahrscheinlich neben ihr gesessen oder gelegen, eine seiner dünnen braunen Zigarren geraucht und mit haifischartiger Durchtriebenheit gelächelt, vielleicht nachdem er Safer Sex praktiziert hatte, falls so etwas mit Eileen überhaupt möglich war. Nudgers Magen vollführte sein Eileenmanöver, als hätte etwas mit scharfen Krallen eine innere Tretmühle ein paar Drehungen weiterbewegt. Er löschte die Nachrichten und rief Hammersmith im Third District an, doch man sagte ihm, der Lieutenant sei bereits nach Hause gegangen. Nudger versuchte es bei Hammersmith zu Hause. Hammersmith' Sohn Jed hob ab und sagte Nudger, er solle einen Augenblick warten, sein Dad sei gerade draußen und verstreue Dünger, ehe es im Garten völlig dunkel werde. Da hatte er seine Arbeit wohl mit nach Hause genommen, dachte Nudger, sagte das aber nicht, als Hammersmith ans Telefon kam.

»Ich habe gehört«, sagte Nudger, »daß die Kreispolizei heute abend durch einen Anruf darüber informiert wurde, daß in einem Haus in der Latimer Lane die Leiche eines Mannes liegen soll.«

Hammersmith schwieg einen Augenblick, weil er wußte, daß dies eine jener Gelegenheiten war, bei denen es besser war, nicht zuviel zu wissen. »Und was hast du sonst noch gehört, Nudge?« Nicht »Wo hast du das gehört?« Gewiefter Hammersmith.

Nudger erzählte ihm, daß »jemand« durch ein Fenster Rand und die beiden anderen Männer *nach* dem Tod des Mannes in dessen Haus gesehen hatte. »Man wird das als Selbstmord betrachten«, sagte er.

»Und wenn nicht?« fragte Hammersmith.

»Wenn nicht, werde ich mich anders verhalten.« Weder er noch Hammersmith konnten es sich leisten, der Polizei bei einem Mordfall Informationen vorzuenthalten, wenn sie nicht die Welt der Arbeitslosigkeit erkunden wollten. »Schließlich könnte der Mann sich ja wirklich selbst die Pulsadern durchgeschnitten haben.«

»Und ich könnte wieder nach draußen gehen und vielleicht einen Rasen haben. Ich hätte dich ohnehin noch angerufen, Nudge. Ich habe mit einigen Leuten im Rauschgiftdezernat geredet und ein paar Dinge erfahren. Die Mirabelle Rogers, der der Mercedes gehört, gehört selber King Chambers, auf den deine Beschreibung des großen Mannes zutrifft, den du mit Rand beim Mittagessen gesehen hast.«

»Und der in dem Haus in der Latimer Lane war. Zusammen mit Rand und dem Kerl mit der Pistole, der übrigens Aaron heißt. Zumindest habe ich gehört, daß Chambers ihn so genannt hat.«

»Über Aaron kann ich dir gar nichts sagen«, meinte Hammersmith. »Außer, daß er äußerst gefährlich sein muß, wenn er mit Chambers zusammenarbeitet. Aber das wußtest du ja schon.«

»Ja. Diesen Eindruck hatte ich auch, nachdem er eine Pistole auf mich gerichtet und gesagt hatte, daß er mich umlegen wird.«

»Du solltest wissen, daß Aaron mit dem Ohrring, verglichen mit Chambers, wahrscheinlich ein Küken ist.«

»Ich habe noch nie zuvor etwas von King Chambers gehört.«

»Dann hast du den richtigen Umgang. Chambers ist ein großer Drogenhändler, der uns und die DEA seit Jahren austrickst. Außerdem ist er der Haupteigentümer dreier Escortagenturen, die Fassaden für Prostitution sind, auch wenn du seinen Namen nicht auf den

Firmengründungsurkunden finden wirst. Daß er sein Auto auf den Namen eines seiner Mädchen laufen läßt, paßt zu seinem Charakter, soweit er überhaupt einen hat. Es geht das Gerücht um, er habe aus Geschäftsgründen schon öfter Leute umbringen lassen, und er macht eine Menge Geschäfte.«

»Ich verstehe nicht, was ein reicher Spießer wie Rand mit diesen beiden zu schaffen hat«, sagte Nudger.

»Vielleicht steht er auf Drogen. Oder auf Frauen, die entgegenkommender sind als seine. Beides ist durchaus denkbar.«

»Er führt keine Ehe, in der er oft mit Edeldessous überrascht werden würde.«

»Woher willst du das wissen, Nudge?«

»Das ist bloß so eine Vermutung von mir. Sagst du mir Bescheid, wenn du Näheres über den Toten in der Latimer Lane erfährst?«

»Hast du dich denn dort nicht umgesehen, um herauszufinden, wer er ist, als du nicht in dem Haus warst, das du nie betreten hast?«

»Wenn ich dort gewesen wäre, hätte ich es viel zu eilig gehabt, wieder von dort zu verschwinden.«

»Ja, ja . . . dein Magenproblem. Sollte ich sonst noch etwas nicht wissen?«

»Nicht daß ich wüßte oder nicht wüßte.«

»Okay. Ich glaub, ich geh jetzt wieder nach draußen, um ein bißchen Unkraut zu vernichten und ein bißchen Rasen zu düngen. Um der Natur mit der Chemie wieder ein Schnippchen zu schlagen.« *Klick!* Hammersmith hatte einfach aufgelegt. Ärgerlich. Nudger legte den Hörer auf.

Er kratzte heftig und vergeblich an einem Moskitostich an seinem Unterarm, bis er ihn schließlich zum Bluten brachte und er nicht mehr so arg juckte. Er schaute auf seine Uhr. Noch nicht einmal neun. Noch nicht zu spät, um Claudia anzurufen. Sie hob nicht ab. Vielleicht war sie noch immer wütend auf ihn, weil er Aktien gekauft hatte. Wütend, weil er sich auf etwas eingelassen hatte, von dem sie nichts verstand und bei dem sie nur an die vielen Geschichten über den Börsenkrach am Schwarzen Dienstag dachte. Oder war es der Schwarze Montag? Das war vorbei. Wenn sie sich ein paar Minuten Zeit nehmen würde, um *Money* durchzublättern, würde sie schon merken, daß er nicht töricht war. Es gab da dieses Paar aus Connecticut, das sein Auto aufgegeben hatte und mit dem Fahrrad zur Arbeit fuhr und das damit –

Das Klingeln des Telefons riß ihn aus seinen Gedanken. Er beschloß, nicht abzuheben; er würde warten, bis sich der Anrufbeantworter einschaltete, und nur rangehen, wenn es jemand war, mit dem er reden wollte.

Piep!

»Nudger, du Schwein!« Eileen.

Er hielt sich die Ohren zu, als sie ihre Nachricht hinterließ. Sie machte das manchmal nur so zum Spaß. Sie hatte ihm einmal anvertraut, daß Mercato ihr gesagt habe, es sei gut für sie, auf diese Art Anspannung abzubauen, solange sie dabei nichts sagte, was vor Gericht, wenn sie und Henry sich zusammentaten, um ihn zu vernichten, gegen sie verwendet werden könnte.

Als sich das Aufnahmelämpchen des Apparats ausgeschaltet hatte, nahm Nudger die Hände wieder herunter. Dann rief er noch einmal bei Claudia an. Mit demselben unbefriedigenden Ergebnis.

Als er es satt hatte, immer nur zu hören, wie es bei ihr klingelte, legte er den Hörer auf und starrte auf die Holzmaserung seines Schreibtischs, als wären ihre Muster nicht zufällig, sondern hätten vielleicht etwas Tiefschürfendes zu bedeuten. Er hielt es für möglich, daß Claudia mit einem anderen Mann ausgegangen war. Nicht für wahrscheinlich, aber für möglich. Wenn sie sich über ihn ärgerte, traf sie sich manchmal mit Biff Archway, der in der Harriet-Beecher-Stowe-Mädchenschule die Fußballmannschaft der Mädchen trainierte und Sexualkunde unterrichtete. Er war ein gutaussehender Mann mit einem breiten Brustkorb, der im College ein Footballstar gewesen war und sich wie ein L.-L.-Bean-Dressman anzog. Nudger konnte Biff Archway nicht ausstehen. Er dachte, es könnte nichts schaden, zu Claudias Wohnung hinüberzufahren und sich zu vergewissern, daß sie nicht zu Hause war. Und daß Archways Auto nicht in der Straße stand. Nudgers Beziehung zu Claudia verursachte ihm manchmal Magenschmerzen. Eigentlich müßte er ungeheuer großes Glück im Spiel haben, dachte er, als er zur Tür hinaus ging. Doch das hatte er nur ganz selten.

14. Kapitel

Da er unterwegs noch kurz bei MunchaBunch haltge-
macht hatte, war es schon dunkel, als er auf die Wilmington kam und an Claudias Wohnung vorbeifuhr.
Nirgends in der Straße stand ihr Auto. Sie hatte keinen
festen Parkplatz. Ein Platz am Randstein war in diesem
Teil von South St. Louis kostbar, und die Anwohner
mußten oft in einiger Entfernung von ihrer Wohnung
parken. Es kam gar nicht so selten vor, daß Leute Mülltonnen oder Gartenstühle auf einen leeren Parkplatz
stellten, die ihn freihalten sollten, während sie kurze Be-
sorgungen erledigten.

Deshalb konnte es auch durchaus sein, daß das rote
Mustang-Kabrio, das zwei Querstraßen von Claudias
Wohnung geparkt war, Biff Archway gehörte.

Vielleicht hatte er geparkt, war dann zu Claudias
Wohnung gegangen, und die beiden waren lieber in
ihrem Auto weggefahren, statt den weiten Weg zu
Archways Auto zu gehen.

Nudger schluckte den Doughnutbissen hinunter, an
dem er gekaut hatte, und bremste ab, als er zum dritten
Mal an dem Kabrio vorbeifuhr. Es sah haargenau so aus
wie Archways Auto, wenn es nicht sogar seines war.
Dasselbe Baujahr, dasselbe Modell – alles. Doch am
Rückspiegel hing ein weißes Spitzenstrumpfband.
Nudger erinnerte sich nicht daran, es beim letzten Mal
in Archways Auto gesehen zu haben, doch das war auch
schon eine Weile her. Ein weißes Strumpfband, so? Es
würde zu Archway passen, daß er eine Trophäe von seinem Spiegel baumeln ließ. Vielleicht hatte er eine Braut
vergewaltigt, nein, wahrscheinlich hatte er sie ganz of-

fen und ehrlich noch vor den Flitterwochen verführen können. Nudger merkte sich das Kennzeichen; irgendwann würde er es mit dem an Archways Kabrio vergleichen.

Er fuhr ein letztes Mal ums Karree und sah, daß Claudias Fenster noch immer dunkel waren. Eine Sekunde lang dachte er daran, zu parken, ins Haus zu gehen und an ihre Tür zu klopfen, um sich zu vergewissern, daß sie und Archway nicht gerade . . . Nein, das war sogar für ihn zu abartig und zynisch. Undenkbar!

Er stopfte sich noch einen winzigen Doughnut in den Mund und trat aufs Gas. Die Reifen des Granadas quietschten fast, als er ihn wackelnd und ratternd auf vierzig Meilen beschleunigte, ehe er am Stoppschild an der Ecke bremste.

Danach fuhr er vernünftiger auf der Grand Avenue nach Norden und dann über den Highway 40 nach Ladue, um die Bandaufzeichnungen des heutigen Tages aus dem Kofferraum des blauen Chevys zu holen. Er rollte das Fenster herunter, um den warmen, aber angenehmen Wind hereinzulassen, und schaltete im Radio die Übertragung des Baseballspiels ein, das Danny und Ray sich in Rays Wohnung im Fernsehen ansahen. Die Cubs führten im achten Inning mit zehn zu eins. Nudger war doppelt froh, daß er Dannys Einladung ausgeschlagen hatte. Der Cub-Fan Ray wäre nicht auszuhalten.

Eine Stunde später war Nudger wieder in seiner Wohnung. Er fühlte sich vollgestopft von den Mini-Doughnuts, trank entkoffeinierten Kaffee und hörte sich die Rand-Kassette an.

18.45 Uhr, Echtzeit:
SYDNEY: »Woher soll ich denn wissen, wo Luanne

steckt? Sie scheint doch in letzter Zeit nur mehr auf dich zu hören.«

RAND: »Ich hatte ihr gesagt, daß sie zum Abendessen hier sein soll. Sie macht nie das, was ich ihr sage.«

SYDNEY: »Sie macht nie etwas, was irgend jemand ihr sagt. Glaubst du, das ist normal?«

RAND: »Das ist bei einem Teenager völlig natürlich, aber mir stinkt es trotzdem. Ist sie pünktlich aus der Schule nach Hause gekommen?«

SYDNEY: »Sie ist gar nicht nach Hause gekommen. Und wenn du mich fragst, war sie auch nicht in der Schule. Ihr Tutor sagt, sie fehlt öfter, als sie da ist. Sie wird noch sitzenbleiben, wenn sie nicht –«

RAND: » – Ich mache mir keine Sorgen um ihre Zensuren, ich mache mir Sorgen um sie.«

SYDNEY: »Vielleicht mit gutem Grund.«

RAND: »Sei nicht so zynisch. Das langweilt. Hast du nichts sonst zu sagen?«

SYDNEY: »Nein.«

Eine Tür wurde zugeknallt.

19.32 Uhr, Echtzeit:

»Eberhardt's Liquors.«

SYDNEY: »Hier spricht Mrs. Rand, Eb. Könnten Sie mir eine kleine Flasche . . .«

(Nudger ließ das Band während der Bestellung und des kurzen Gesprächs mit dem Boten eine Viertelstunde später schnell vorlaufen.)

22.08 Uhr, Echtzeit:

RAND: »Luanne? Luanne? Ah! Wo zum Teufel hast du gesteckt?«

LUANNE: »Ich war weg.«

RAND: »Es ist schon nach zehn, und deine Mutter

sagt, das sei das erste Mal, daß du dich zu Hause blicken läßt, seit du heute morgen aus dem Haus gegangen bist.«

LUANNE: »Die Alte weiß doch nicht einmal, wie spät es ist. Geschweige denn, was vor ihrer Nase passiert, wenn du weißt, was ich meine.«

RAND: »Nun werd nicht frech. Und beleidige deine Mutter nicht. Mit wem warst du zusammen?«

LUANNE: »Ich habe gedacht, dir gefällt es, wenn ich frech bin.«

RAND: »Gib Antwort. Mit wem warst du heute abend zusammen?«

LUANNE: »Meinst du das im biblischen Sinn?«

RAND: »Luanne, verdammt noch mal!«

LUANNE: »Okay, okay. Ich war mit ein paar anderen Leuten bei Nan.«

RAND: »Nan Grant?«

LUANNE: »Bestimmt nicht bei Nan Reagan.«

RAND: »O Gott, Nan Grant. Paß auf, was du bei der sagst.«

LUANNE: »Ich paße bei jedem auf, was ich sage. Mann, hab' ich einen Durst!«

Stille.

Schritte.

LUANNE: »Haben wir denn keine richtige Cola mehr? Mann, ich kann diesen Light-Scheiß nicht ab!«

RAND: »Ich habe heute mit jemandem über dich gesprochen. Bis zum Tag der Arbeit – «

SYDNEY: »Ach, du bist endlich zu Hause.«

LUANNE: »Und du bist endlich besoffen. Was für eine beschissene Überraschung.«

SYDNEY: »Paß auf, was du sagst, Dale, sag ihr, sie soll aufpassen, was sie sagt!«

RAND: »Genau das habe ich ihr ja gerade gesagt.«

LUANNE: »Ihr beide seid ja wirklich toll.«

SYDNEY: »Wir geben uns jedenfalls alle Mühe.«

LUANNE: »Wobei?«

RAND: »Dich aus dauerhaften Schwierigkeiten herauszuhalten.«

SYDNEY: »Später einmal wirst du das verstehen und uns dafür dankbar sein. Stimmt's nicht, Dale?«

RAND (traurig): »Das bezweifle ich.«

LUANNE: »Scheiß drauf! Ich geh jetzt ins Bett. Ich werde meine Tür absperren und euch Idioten bis zum Morgen vergessen.«

RAND: »Ich gehe jetzt auch ins Bett.«

SYDNEY: »Ich bleibe noch eine Weile auf und schau' noch ein bißchen fern. Vielleicht läuft ja *Love Connection,* auch wenn es nur eine Wiederholung sein sollte.« Nach einer Pause: »Ich komme in einer Viertelstunde nach, Dale. Vielleicht auch schon früher.

22.27 Uhr, Echtzeit:

CHUCK WOOLERY: »Guten Abend, meine – «

Nudger schaltete den Recorder aus.

Dann ließ er die Kassette schnell vorlaufen, um sich zu vergewissern, daß sich sonst nichts mehr auf dem Band befand.

Nur Stille.

Er trank seinen kalt gewordenen Kaffee und ließ seine Gedanken schweifen.

Um 23 Uhr zog er das Telefon zu sich herüber und wählte Claudias Nummer.

Er war überrascht, als sie abhob.

»Wo warst du heute abend?« fragte er.

»Spaghetti essen draußen in der Schule. Ich wollte gerade ins Bett gehen, Nudger.«

»Warst du allein?«

»Nein, und das war auch gut so – es gab Unmengen von Spaghetti. Der Elternbeirat und die Kinder haben das meiste davon gegessen.«

»Ich meine, bist du allein dorthin gegangen?«

»Natürlich. Das heißt, ich bin nicht alleine hinausgefahren. Biff Archway hat mir ein paar Unterlagen gebracht, und dann sind wir zusammen in meinem Auto zur Schule gefahren, weil er Probleme mit seinem Auto hat.«

Probleme mit seinem Auto! Hah, da konnte Nudger ja nur lachen! »Ist sein Auto richtig angesprungen, so daß er hinterher wieder nach Hause fahren konnte?«

Ein langer, genervter Seufzer. »Nudger?«

»Ich meine, das ist doch eine vernünftige Frage. Oder etwa nicht? Bin ich etwa unvernünftig?«

»Nudger?«

»Was?«

»Komm her. Sofort. Und kauf unterwegs ein paar von diesen köstlichen kleinen Doughnuts. Nach der vielen Pasta hab' ich jetzt Lust auf etwas Süßes.« Er kam zu dem Schluß, daß er wahrscheinlich noch ein paar weitere MunchaBunches hinunterwürgen konnte.

15. Kapitel

Am nächsten Morgen war Nudger überzeugt, daß Claudias Abend mit Biff Archway und den Spaghetti harmlos gewesen war. Sie lag neben ihm im Bett und hörte sich im Radiowecker, von dem sie geweckt worden waren, *National Public Radio* an. Ein Mann wurde gerade über die unnötige Grausamkeit interviewt, mit der Kammerjäger Insekten behandelten.

Nudger lag mit unter dem Kopf verschränkten Händen auf dem Rücken. Wie Claudia war er nackt und lag auf dem Laken. Der Morgen war bereits warm, und die Klimaanlage war in der letzten Nacht so überstrapaziert worden, daß der Kondensator eingefroren war, und sie war nun nicht in Höchstform. Nudger wollte gern glauben, daß er an ihrer Unfähigkeit, die Zimmertemperatur zu senken, nicht ganz unschuldig war.

Der Verkehrslärm draußen schwellte allmählich an, ein stetig lauter werdendes Brummen, das von der vielbefahrenen Grand Avenue herüberdrang, und das gelegentliche Vorbeizischen eines unten in der Wilmington vorbeifahrenden Autos. Nudger war nach der Liebesnacht befriedigt und ausgeruht und dachte nun an andere Dinge. Wie beispielsweise an Dale Rand und den Aktienmarkt. Rand mochte vielleicht Insiderinformationen benutzen, um sich selbst zu bereichern, aber nichts wies darauf hin, daß das irgend etwas mit Norva Beanes schiefgegangenen Investitionen zu tun hatte.

Er sagte: »Ich glaube nicht, daß es da irgendeine Verbindung gibt.«

Claudia sagte: »Wer weiß schon, was Insekten spüren?«

»Nein, ich meine, ich glaube nicht, daß es zwischen Dale Rand und Fred McMahon irgendeine Verbindung gibt.«

»Die haben schließlich auch Familien«, sagte der Mann im Radio.

»Was soll denn das heißen?«

»Das heißt, daß ich mit dem Fall wahrscheinlich fertig bin. Was immer Rand auch vorhat, hat mit meiner Klientin offensichtlich nichts zu tun.«

»Ich meine das mit den Familien.«

»Ich weiß nicht. Aber ich kann ihr Geld nicht unter falschen Voraussetzungen annehmen. Sie hat durch Rand schon zuviel davon verloren.«

»Er hat wohl Insekten gemeint, die in einem Sozialverband zusammenleben. Wie beispielsweise Ameisen und Bienen.«

»Sie hat ihr Geld wahrscheinlich schlecht angelegt und Verluste erlitten, als die Kurse gefallen sind. Es wäre nur natürlich, daß sie jetzt einem anderen die Schuld daran geben will.«

»Wie du.«

»Wie bitte?«

»Ameisen und Bienen. Man könnte vielleicht sagen, daß sie Familien haben.«

»Vielleicht«, meinte Nudger.

Claudia stellte das Radio ab und küßte ihn auf die Stirn, ehe sie sich auf der Matratze umdrehte, aufstand und ins Bad ging, um zu duschen. Nudger drehte den Kopf und sah ihr beim Gehen zu. Jede Bewegung war ein wunderbares Geheimnis. Er überlegte, ob andere Männer das gleiche Vergnügen empfanden, wenn sie Claudia beim Gehen beobachteten. Archway wahrscheinlich schon, aber was machte das aus? Als er das Wasser rauschen hörte, stieg er aus dem Bett und stapfte ins Bad, um

Claudia zu beschwatzen, daß sie ihn zu sich unter die Dusche ließ. Sie würde keinen Sinn für Dummheiten haben, weil sie es eilig hatte, pünktlich zur Arbeit zu kommen, aber ein Versuch konnte schließlich nie schaden.

Im dunstigen Bad sah sie die Sache nicht so wie er. Nicht im geringsten.

Als er zu Ende geduscht hatte, war sie bereits fertig angezogen. Noch ein wenig feucht, schlüpfte er in die Klamotten vom Vortag. Er fand, daß sie nur leicht zerknautscht waren. Er könnte sie anbehalten und müßte nicht in seine Wohnung fahren, um sich umzuziehen. Und er hatte sich mit einem von Claudias Wegwerfrasierern rasiert. Er fand sich präsentabel, wenn auch ein wenig verknittert und feucht.

Als er zu Claudia in die Küche kam, um mit ihr zu frühstücken, schaute sie ihn wortlos von oben bis unten an.

»Schau ich ordentlich aus?« fragte er.

»Hast du jemals eine dieser modernen Skulpturen gesehen, bei der man alltägliche feste Gegenstände weichgemacht und zum Zerfließen gebracht hat?«

»Nein. Wie schau ich aus?«

»Es geht schon.« Sie goß ihnen beiden Kaffee ein und stellte die Tassen auf den Tisch. Sie trug ein marineblaues Kleid mit weißem Besatz und weiße hochhackige Pumps. Je einfacher sie gekleidet war, desto eleganter wirkte sie. Sie schaute ihn wieder an. »Hast du ein paar Pfund zugenommen?«

»Nein. Warum fragst du?«

»Als du gestern abend keine Klamotten angehabt hast, ist mir aufgefallen, daß es so aussieht, als hättest du zugenommen.«

»Ich wüßte nicht, warum ich hätte zunehmen sollen«, sagte er barscher, als er eigentlich wollte.

Sie setzte sich schweigend ihm gegenüber an den Tisch.

Sie aßen die letzten MunchaBunch-Doughnuts zum Frühstück, und Nudger goß sich eine zweite Tasse Kaffee ein.

»Wenn ich pünktlich zur Arbeit kommen will, muß ich jetzt los.« Sie küßte ihn auf den Mund, und er legte den Arm um sie, hielt sie fest und zog sie auf seinen Schoß. Sie sagte: »Ich habe dir doch gesagt, daß ich schon spät dran bin. Sei fair, Nudger.«

Er ließ sie los, weil er wußte, daß sie recht hatte und er zu weit ging. Er war die Fairneß in Person. Die Fairneß war es, die ihn oft in Schwierigkeiten brachte. Die Fairneß war ein Fluch. Ohne Fairneß säße Claudia beispielsweise noch immer auf seinem Schoß.

Sie ermahnte ihn, beim Gehen hinter sich abzuschließen, und klapperte auf den hochhackigen Pumps über die Kacheln, ging dann lautlos über den Teppichboden und klapperte dann über die Holzdielen zur Wohnungstür. Die Tür ging auf und wieder zu, und er hörte sie die Treppen zur Haustür hinuntergehen.

Er nahm seinen Kaffee mit ins Wohnzimmer und sah, daß sie die Zeitung aus dem Korridor hereingeholt und für ihn auf das Sofa gelegt hatte. Nachdem er es sich in den weichen Polstern gemütlich gemacht hatte, trank er in aller Ruhe seinen Kaffee und informierte sich dabei über den neuen Stand des Elends, das über sein eigenes Leben hinausging. Na ja, es gab nicht nur Elend. Jedenfalls nicht im Wirtschaftsteil. Syncap war um einen Viertelpunkt gestiegen und Fortune Fashions um einen halben Punkt. Nudger lächelte bei dem Gedanken an die Federboas. Er blätterte zum Sportteil um und sah, daß den Cardinals im letzten Abschnitt des neunten Innings acht Läufe gelungen waren und sie die Cubs noch mit neun zu acht geschlagen hatten. Nun wünschte er, er hätte doch mit Danny zu Abend gegessen und sich das Spiel in Rays Fernseher angesehen.

Immer noch lächelnd dachte er, daß die Dinge sich richtig entwickelten und der Tag sich vielversprechend anlasse. Warum ihn sich mit der Lektüre des Horoskops verderben? Dort könnte stehen, daß es für ihn kein Morgen mehr gäbe. Denn wenn diese Vorhersagen stimmten, mußte das schließlich jeder einmal in seinem Horoskop stehen haben, auch wenn man es nur selten in der Zeitung las. Er holte aus, um den Teil der Zeitung, in dem sich das Tageshoroskop befand, beiseite zu werfen, und verschüttete dabei heißen Kaffee auf seinen Schoß und machte sich Flecken auf seine Hosen. Es war schon zehn, als er in seine Wohnung gefahren war und sich erneut geduscht und umgezogen hatte. Seine Badezimmerwaage zeigte tatsächlich an, daß er drei bis vier Pfund zugenommen hatte, je nachdem, ob er das Gewicht auf die Fersen oder auf die Zehen verlagerte. Doch als er von der Waage stieg, sah er, daß die Nadel nicht ganz auf Null zurücksprang. Er war sich ziemlich sicher, daß die Waage falsch eingestellt war.

Wieder glücklicher mit sich, rief er Norva Beane an und sagte ihr, daß sie miteinander reden müßten.

Sie bot ihm wieder Zitronenlimonade an, doch diesmal lehnte er ab. Während sie sich in der Küche ein Glas eingoß, setzte er sich in ihrem billig eingerichteten, aber sauberen Wohnzimmer aufs Sofa und starrte auf die Teddybären auf dem Regal über der Stereoanlage. Sie schienen zurückzustarren, als wüßten sie etwas, was er nicht wußte, und würden sich königlich darüber amüsieren.

Norva kam mit ihrer Zitronenlimonade ins Wohnzimmer zurück und setzte sich Nudger gegenüber in einen Sessel. Sie trug Hosen mit einem Micky-Maus-Muster und war wieder barfuß. Vielleicht trug sie wegen ihrer ländlichen Herkunft nie Schuhe in der Wohnung. Sie hielt ihm das Käseglas mit der Zitronenlimonade entgegen und sah ihn fragend an: »Sind Sie sicher, daß Sie nicht doch etwas möchten?«

»Nein, danke, ich habe wirklich keinen Durst.« Er kratzte sich an einem Moskitostich am Hals und sah zu, wie sie trank. Zwischen den Eiswürfeln schwamm ein Stück Zitronenschale, das sie geschickt mit der Zungen-spitze beiseite schob, als sie das Glas an ihre Lippen kippte. Sowohl das Herstellen als auch das Trinken von Limonade schien bei ihr eine Kunst zu sein.

Sorgsam stellte sie das feuchte Glas auf einen Kork-untersetzer auf den Couchtisch, lehnte sich zurück und verschränkte die Hände über dem hochgezogenen Knie. »So, Sie haben also etwas in Erfahrung gebracht?«

»Ja und nein. Dale Rand ist in eine üble Sache verwik-kelt, aber die hat nicht das geringste mit Fred McMahon zu tun, und es gibt keinen Beweis dafür, daß sie irgend etwas mit Ihren Investitionen zu tun hat.«

Norva sagte: »Sie entschuldigen schon, daß ich mich so deutlich ausdrücke, aber das ist der reinste Scheiß.«

»Vielleicht«, gab Nudger zu. »Aber es wäre unmög-lich zu beweisen. Sie würden nur gutes Geld dem schlechten hinterher – «

»Erzählen Sie mir erst einmal, was Sie in Erfahrung gebracht haben«, fiel ihm Norva ins Wort. »Alles.«

»Alles?«

»Deshalb hab ich Sie ja engagiert, um etwas für mein Geld zu bekommen. Das gute Geld, das ich dem schlechten hinterher – «

Er sah ein, daß sie damit recht hatte. »Ich habe Rand

beschattet, seine Gespräche mit Geschäftspartnern mitangehört und ein paar Gespräche in seiner Familie belauscht.«

Norva nahm das Bein herunter, lehnte sich ruckartig vor und stützte die Ellbogen auf die Knie. »Wie haben Sie das gemacht?«

»Das ist doch ganz egal. Worauf es ankommt, ist, daß es kein Gespräch gab, in dem er sich mit McMahon über Junk bonds oder Aktienbetrügereien unterhalten hätte. Es gab überhaupt kein Gespräch mit McMahon. Nichts, was darauf hingedeutet hätte, daß die beiden einander je begegnet sind.«

»Und worüber haben er und seine Frau gesprochen?«

»Sie haben nicht viel geredet, aber sie haben viel gestritten. Hauptsächlich wegen Luanne, ihrer halbwüchsigen Tochter.«

»Was ist mit Luanne?«

»Sie treibt sich herum, kommt spät nach Hause, schwänzt die Schule. Das übliche.«

»Hm. Hat die Frau vielleicht irgendwelche Probleme?«

»Wie kommen Sie darauf?«

»Ich weiß nicht. Ich habe einen sechsten Sinn für so was. Alle Beanes haben den. Wenn Sie mir nicht glauben, brauchen Sie nur die Leute unten in Possum Run fragen. Die werden Ihnen das bestätigen.«

»Die Frau trinkt zuviel.«

»Das ist eine Tragödie, die ich schon öfter erlebt hab. Und was ist mit Rand? Sie haben gesagt, er is in eine üble Sache verwickelt.«

Nudger seufzte. Da sie ihn bezahlt hatte, etwas über Rand in Erfahrung zu bringen, hatte sie vielleicht ein Recht darauf, es zu erfahren. Ganz bestimmt hatte sie ein Recht darauf. Aber nicht auf das mit den Aktien-

Insiderinformationen. Sie besaß ohnehin kein Geld, das sie investieren könnte; sie hatte Nudger ja schließlich engagiert, weil sie mit den Junk bonds baden gegangen war. Er sagte: »Ich habe ihn in Gesellschaft polizeibekannter Krimineller gesehen.«

»Ach ja? Was für eine Art von Kriminellen?«

»Keine Wirtschaftskriminellen. Leute, die mit Drogen und Prostitution und so zu tun haben.«

»Wenn er in so was verwickelt is', warum glauben Sie dann nich, daß er mein Geld gestohlen hat?«

»Ich weiß nicht, inwiefern er mit diesen Leuten zu tun hat, und es wäre nahezu unmöglich zu beweisen, daß er Ihr Geld gestohlen hat. Wenn ich noch weitere Nachforschungen anstellen würde, würde ich Ihr Geld stehlen.« Er kratzte sich wieder an dem Moskitostich an seinem Hals. »Wissen Sie, Norva, viele Leute haben mit Junk bonds eine Menge verloren.«

Norva hob ihr Glas und nahm einen winzigen Schluck Limonade. Dann stellte sie das Glas wieder auf den Untersetzer. Sie schien überhaupt nicht gehört zu haben, was er gesagt hatte. »Und was ist mit der Tochter?«

»Wie?«

»Da is noch mehr mit der Tochter Luanne. Da hab ich so eine Ahnung.«

Nudger, dem diese Provinzweisheit allmählich unheimlich vorkam, sagte: »Ich habe nur so einen Verdacht, nachdem ich auf den Kassetten gehört habe, was im Haus passiert ist.«

»Sie arbeiten für mich, also hab' ich auch ein Recht darauf, sogar über einen Verdacht informiert zu werden.«

»Es würde mich überhaupt nicht überraschen, wenn Rand mit seiner Tochter schlafen würde.«

Norva klappte die Kinnlade herunter, und sie wurde bleich.

»So etwas kommt vor«, sagte Nudger. »Aber ich bin mir nicht sicher, daß es bei Rand und Luanne vorkommt.«

»Drogen, Prostitution, Inzest mit einem Kind . . . Was für ein Mensch ist das? Was ist einer solchen Bestie denn noch alles zuzutrauen?«

Nudger beschloß, ihr Rands Anwesenheit im Haus eines Mannes, der höchstwahrscheinlich ermordet worden war, zu verschweigen.

Anscheinend war das ihrem sechsten Sinn entgangen, denn sie hakte nicht nach.

»Diese Luanne«, sagte sie. »Scheint sie wenigstens irgendwie glücklich zu sein?«

»Den Eindruck hatte ich jedenfalls nicht«, sagte Nudger.

»Mit einem Kind in einer solchen Lage muß man einfach Mitleid haben«, sagte Norva mit brüchiger Stimme.

»Falls sie in dieser Lage ist.«

»Das ist sie bestimmt. Das sagt mir meine Ahnung.«

»Ich bin mir da nicht so sicher. Auf jeden Fall habe ich nicht genug Beweise dafür, um die Polizei zu verständigen. Hinzu kommt noch die Art und Weise, wie ich zu dieser Information gekommen bin. Das war, na ja . . .«

»Das war nicht ganz legal?«

»Sagen wir, das bewegte sich in einer Grauzone. Außerdem hat nichts davon etwas mit Junk bonds oder schlecht verwalteten Fonds zu tun.«

»Was sagt denn die Frau zu Rand und ihrer Tochter?«

Sie schien davon regelrecht besessen zu sein. Vielleicht war sie selbst als Kind sexuell mißbraucht worden. »Sie sagt nicht viel. Und falls es stimmt, was nicht sicher ist, würde ich sagen, daß die Frau es nicht wahrhaben will.«

»Wie kann sie nur, wo sie doch dafür sorgen könnte, daß das aufhört?«

»Wenn sie sich die Sache mit ihrem Mann und ihrer Tochter eingestehen würde, würde ihre Welt zusammenbrechen. Und dann müßte sie sich auch etwas über sich selbst eingestehen. Und sie hegt wahrscheinlich einen starken Verdacht, hat aber keinen wirklichen Beweis dafür. Und deshalb will sie, wie so viele Frauen, in dieser Situation auch, einfach nicht wahrhaben, daß es da ein Problem gibt. Wenn man gar nicht erst glaubt, daß das passiert, muß man auch nichts unternehmen.«

Norva fuhr sich mit der Zungenspitze über die Zähne. »Wenn Sie das sagen, stimmt es vielleicht. Ich nehme an, das ist auch der Grund dafür, daß sie trinkt.«

»Jetzt ziehen Sie aber eine übereilte Schlußfolgerung«, warnte Nudger. *Genau so, wie Sie es bei der Sache mit dem Aktienschwindel und Fred McMahon getan haben.* »Ich habe Ihnen doch gesagt, daß es bei Rand und seiner Tochter nicht zwangsläufig zu so etwas gekommen sein muß.«

Norva verzog das Gesicht und schüttelte dann heftig den Kopf, als wolle sie einen unerfreulichen Gedanken verscheuchen. »Ja, ich nehme an, Sie haben wohl recht. Bloß muß ich immer daran denken, daß Rand ein unheimliches und skrupelloses Arschloch sein muß.«

»Oh, damit haben Sie wahrscheinlich recht. Aber die Welt ist voll von denen. Sie halten sogar Tagungen ab.«

»Wirklich?«

»Nein, nein. Ich habe nur Spaß gemacht.« Er stand auf. »Ich schicke Ihnen eine ausführliche Rechnung, zusammen mit dem nicht verbrauchten Vorschuß.«

Sie erhob sich aus ihrem Sessel. »Machen Sie das nur so, wie Sie es für fair halten, Mr. Nudger. Ich hab' so eine Ahnung, als ob Sie ein fairer Mensch sind.«

Unheimlich.

Sie brachte ihn zur Tür und verabschiedete sich von ihm mit einem linkisch steifen Händedruck.

Als er sich in den Granada setzte, schaute er kurz nach oben und war sich sicher, daß er gesehen hatte, wie sie von einem Fenster zurückgezuckt war, aus dem sie ihm nachgeschaut hatte.

Er hatte auch eine Ahnung über sie, aber er war sich nicht sicher, was sie zu bedeuten hatte.

16. Kapitel

Als Nudger in sein Büro kam, fand er die Nachricht auf seinem Anrufbeantworter, daß er Hammersmith im Third Dirstrict anrufen solle.

Statt zum Telefon zu greifen, ging er in den Doughnutladen hinunter und wartete darauf, daß die Klimaanlage das schwüle Büro bewohnbar machte, ehe er Hammersmith zurückrief. Danny servierte gerade einer korpulenten Frau mittleren Alters am Ende der Theke Kaffee. Nudger meinte sie zu kennen; er glaubte, sie arbeite weiter unten in der Straße im K-mart-Kaufhaus. Sie starrte trübsinnig in ihren Becher, als könnte er vielleicht Schierling enthalten, und sah auch nicht auf, als Danny zu Nudger ging, der sich am anderen Ende der Theke auf einen Hocker gesetzt hatte. Vielleicht nahm sie gerade all ihren Mut zusammen, um sich einen Doughnut zu kaufen.

Danny entlockte dem komplizierten Geflecht aus Anzeigern und Röhren, das an der Vorderseite der stählernen Kaffeemaschine entlanglief, noch einen Becher Kaffee und stellte ihn vor Nudger auf die Theke. »Einen Doughnut, Nudge?«

»Danke. Heute morgen nicht.«

Dannys traurige Augen blickten besorgt aus den Tränensäcken hervor. »Hast du wieder Bauchweh?«

»Wie immer.«

»Wegen Eileen?«

»Und anderen Leuten.«

»Ach so. Apropos andere Leute, heute morgen kam ein Typ vorbei, der zu dir wollte.«

»Ein Typ?«

»Ja.«

»Hat er gesagt, was er will?«

»Klar.« Danny holte das graue Handtuch aus dem Gürtel und wischte damit kreisförmig über die Edelstahltheke.

»Würdest du es mir sagen?«

»Klar.«

»Ich meine, sag mir, was er gewollt hat.«

»Hätt ich schon noch. Er hat gesagt, er muß wegen deinem Golfspiel mit dir reden. Ich hab gar nicht gewußt, daß du Golf spielst, Nudge. Das ist ein blödes Spiel. Mir kommt das Ganze ja ziemlich unsinnig vor. Da könnte man ja ebensogut gleich mit dem Ball in der Hand zum Loch gehen und –«

»Wie hat dieser Typ denn ausgesehen?« fragte Nudger, dem schon ganz mulmig im Magen wurde.

»Es war ein Schwarzer. Wirklich gut angezogen auf eine legere Art. Er hatte einen ausgefallenen Ohrring, so eine Art Nazi-Schmuck, der an einer kleinen Goldkette gebaumelt is. Ich hab ihm gesagt, du würdest bestimmt bald kommen und er könnte ruhig auf dich warten. Ich hab ihm einen Kaffee und einen Dunker Delite angeboten, aber er hat gemeint, er hätte noch was zu erledigen und würde später wieder vorbeikommen. Er hat mir gesagt, ich soll ja nicht vergessen, dir zu sagen, daß er hier war, und ich soll dir ausrichten, daß er sich schon darauf freut, dich beim nächsten Mal zu schlagen. Ich hab ihn nach seinem Namen gefragt, aber da hat er nur gelächelt und ist hinausspaziert.«

Nudger starrte wie die Frau am anderen Ende der Theke in seinen Kaffee. Ihm war übel.

»Das ist wohl jemand, mit dem du Golf spielst, was?«

Nudger starrte weiter schweigend in seinen Kaffee

und bemühte sich dabei mit aller Kraft, seinen Magen in einem prekären Gleichgewicht zu halten.

»Bist du sicher, daß du keinen Doughnut willst, Nudge?«

»Äh!«

»Ist dir nicht gut?«

»Nö. Warum denn? Ich geh' jetzt besser wieder in mein Büro hinauf. Danny, wenn dieser Typ noch einmal vorbeikommt, sag ihm, ich sei noch nicht dagewesen. Und dann rufst du mich sofort an, okay?«

»Wird gemacht.« Er steckte das graue Handtuch wieder in seinen Gürtel. »Nudger, wenn du ein Handicap mit deinem Magen hast, solltest du vielleicht lieber zum Arzt gehen statt zu golfen.«

Nudger starrte ihn an und kam dann zu dem Schluß, daß Danny tatsächlich keinen Scherz gemacht hatte. Er verblüffte ihn in dieser Hinsicht oft. Er winkte Danny kurz zu, rutschte von seinem Hocker hinunter und ging hinaus, wo er kehrtmachte, durch die danebenliegende Tür und die Treppe hinauf ging.

Im Büro war es nun einigermaßen kühl. Nudger holte sich eine neue Rolle Antacidtabletten aus der Schreibtischschublade und kaute und schluckte schnell hintereinander drei der kreideartigen Scheiben. Er wünschte, er besäße eine Schußwaffe, aber er hatte Angst vor Schußwaffen. Schon immer gehabt. Die brachten Menschen um, und zwar oftmals die falschen.

Er beruhigte sich, indem er sich einredete, daß, falls Aaron mit dem Ohrring tatsächlich wieder auftauchen sollte, er ihm schwören könne, daß er nicht länger an dem Fall arbeite und Dale Rand nicht mehr beschatte, und Aaron würde ihm glauben und ihn in Ruhe lassen. Das war theoretisch jedenfalls denkbar.

So wie ein Perpetuum mobile.

Er rief im Third District an und fragte nach Hammersmith. Der Lieutenant ging beim ersten Klingeln ran. Nudger erzählte ihm, daß Aaron vorbeigekommen war.

»Ich bezweifle, daß er dich umlegen will, Nudge, sonst wäre er nicht in den Doughnutladen marschiert und hätte sich nicht von Danny sehen lassen.«

Nudger machte sich diesen Gedankengang bereitwillig zu eigen. »Da hast du gar nicht so unrecht.«

»Das ist bloß noch mehr Terrortaktik«, sagte Hammersmith jovial. »Das mußt du nicht ernstnehmen.«

»Du hast recht, Jack. Ich weiß, daß du recht hast.«

»Weswegen ich dich angerufen habe: Ich wollte mit dir über den Mann reden, dessen Pulsadern Aaron durchgeschnitten haben könnte.«

Nudgers Magen vollführte ein Achterbahnmanöver.

»Nudge? Bist du noch dran?«

»Ja.«

»Er hieß Clark Morris und war ein unbedeutender kleiner Drogendealer. Er hat sie hauptsächlich an Studenten verkauft.«

»Hatte er dabei mit King Chambers zu tun?«

»Das würde mich nicht wundern. Chambers muß man in dieser Branche einfach kennen. Morris hatte ein ellenlanges Vorstrafenregister wegen Drogenbesitzes und Dealen.«

»Jack, glaubst du, er war unbedeutend genug, um entbehrlich zu sein? Um an ihm ein Exempel zu statuieren?«

»An ihm und an seinem Hund, Nudge. Genau so sehe ich das auch. Das war ein Anschauungsunterricht für Dale Rand.«

»Aber weshalb?«

»Dafür könnte es tausend Gründe geben, aber offiziell hat Morris Selbstmord begangen. Kein Mensch regt sich groß darüber auf, wenn jemand wie er aus der Welt scheidet, Nudge. Für das Rauschgiftdezernat ist das KMB.« Nudger wußte, was die Abkürzung im Polizeijargon bedeutete: keine Menschen betroffen. So nannte man mitunter Fälle, bei denen sowohl der Täter als auch das Opfer polizeibekannte Kriminelle der übelsten Art waren. »Kein Mensch ist scharf auf ein zusätzliches Verbrechen, das sich nicht aufklären läßt. Ich an deiner Stelle würde es auf dem Selbstmord beruhen lassen, Nudge.«

»Genau das habe ich auch vor«, sagte Nudger.

»Glaub mir, ich – «

Klick! Hammersmith hatte das Gespräch beendet. Nudger blieb an seinem Schreibtisch sitzen, beschäftigte sich mit Papierkram und versuchte dabei, nicht an Aaron mit dem Ohrring, an King Chambers oder an Norva Beane zu denken. Statt dessen dachte er an Dale Rand. Und an den Aktienmarkt. Er überlegte, ob er sich vielleicht etwas Graphikpapier besorgen und ein Kursdiagramm seiner Aktien erstellen sollte.

Erst am späten Nachmittag fiel ihm wieder der Recorder in dem blauen Chevy ein. Da Aaron bei dem Haus der Rands noch nicht aufgetaucht war, wäre es nicht so gefährlich, dort hinauszufahren. Außerdem, dachte Nudger, bin ich etwa feige? Na ja, wie feige?

Nach Ladue zu fahren kam ihm auch nicht gefährlicher vor, als in seinem Büro zu sitzen und zu warten. Er kam zu dem Schluß, er könnte ebensogut die Kassette abholen und den zweiten Recorder in den Kofferraum legen, damit der Wanzenfritze ihn mit dem Wagen und dem Rest seiner Ausrüstung abholen könnte. Nudger würde den Wanzenfritzen fragen, was er ihm für seine Dienste schuldete, und sich dann ausrechnen, was danach noch von dem Honorar, das er von Norva Beane erhalten hatte, übrigbleiben würde. Und das wäre es dann. Das Ende der Ermittlungen.

Wieder ein Tag vorbei, wieder zu wenig Geld verdient.

17. Kapitel

Nudger parkte den Granada vis-à-vis des blauen
Chevys und sagte sich, warum Zeit verschwenden? Er
zupfte sein schweißgetränktes Hemd vom Kunstledersitz des Autos und stieg aus. Das Hemd klebte ihm jetzt
am Rücken. Er griff nach hinten, packte den Stoff mit
Daumen und Zeigefinger und zog ihn von seiner Haut
weg. Das verschaffte ihm zwei Sekunden lang etwas
Kühlung.

Unten in dem kleinen Einkaufszentrum schien momentan nichts los zu sein. Dort standen zwar ein paar
Autos, aber kein Mensch war zu sehen. Nachdem er
rechts und links die menschenleere Straße entlangge-
schaut hatte, lief er zum Chevy hinüber und kramte dabei in seiner Hosentasche nach dem Schlüssel, den der
Wanzenfritze ihm gegeben hatte. Er öffnete den Kofferraum des Chevys und starrte vornübergebeugt auf das
winzige rote Lämpchen des Recorders, als er plötzlich
innehielt. Irgend etwas in seinem Unterbewußtsein hielt
ihn davon ab, den Recorder auszuschalten und die Kassette herauszuholen.

Sein Unterbewußtsein war schneller als seine Hand.
Sein Magen war schneller als sein Unterbewußtsein. Er
knurrte protestierend. Rand würde wahrscheinlich bald
nach Hause kommen. Warum sollte er also nicht noch
ein paar Stunden warten? Vielleicht würde er ja Horace
Walling anrufen und mit ihm über Aktien reden. Nudger könnte dabei vielleicht eine weitere Investitionsgele-
genheit aufschnappen. So wurden wahrscheinlich Vermögen gemacht, dachte er. Leute schnappten Insiderinformationen auf und waren mutig genug, danach zu

handeln. Und falls es ein Verbrechen war, dann war es eines, bei dem es kein Opfer gab. Nudger hatte den Ausdruck »opferloses Verbrechen« bisher immer für ein Oxymoron gehalten. Und einige der größten Vermögen der Welt waren aus legalen und illegalen Ungerechtigkeiten erwachsen, bei denen es bei weitem nicht ohne Opfer abgegangen war. Das war nicht zu bestreiten.

Eine Stunde. Er würde Rand genau eine Stunde Zeit lassen, nachdem er ins Haus gegangen war, dann die Kassette aus dem Kofferraum des Chevys holen, damit er dem Wanzenfritzen nicht noch mehr Geld schulden mußte. Auf diese Weise hätte er die Fahrt hier heraus wenigstens nicht umsonst gemacht. Er konnte weiter unten in der Straße parken, so daß er Rands Grundstück im Auge hatte, und zum allerletzten Mal eine zweite Begegnung mit Aaron mit dem Ohrring riskieren, und wenn er die Kassette hatte, würde er sie auf dem Recorder in seinem Büro abspielen, um zu hören, ob irgendwelche wertvollen Investitionstips darauf waren. Und damit wäre dieser ganze Schlamassel beendet. Aaron würde bald erfahren, daß Nudger nicht mehr länger beteiligt oder ein Problem war. So etwas sprach sich schnell herum, und Leute wie Aaron bekamen es immer mit. Sie verfügten über ein Netzwerk, um das sie von der Polizei beneidet wurden.

Nudger schlug die Kofferraumhaube zu, schaute sich rasch um, ging über die Straße und stieg wieder in den Granada.

Er wappnete sich für die Anspannung der nächsten Stunde, suchte sich ein schattiges Plätzchen an der Ecke des Rand-Grundstücks und machte es sich auf dem Sitz gemütlich. Die Hitze machte es sich ebenfalls gemütlich. Bald klebte sein Hemd wieder am Kunstledersitz. Er schaute sich ständig um und sah regelmäßig in den

Rückspiegel. Die Autofenster waren heruntergekurbelt, und die Moskitos, die sich in der Latimer Lane an ihm gütlich getan hatten, mußten den Moskitos in Ladue irgendwie Bescheid gesagt haben. Sie waren ins Auto gedrungen und stellten ihn vor die Wahl, die Fenster hinaufzukurbeln und in einer Sauna zu hocken oder von Minivampiren verschlungen zu werden. Nudger war fest entschlossen, sich an seinen Plan zu halten und eine Stunde lang zu warten. Nun war es ein Test, eine Machosache, die seinen Wert als Mann bestimmte. Biff Archway würde die nächsten – er schaute auf die Uhr – o Gott, vierzig Minuten nie im Leben durchstehen!

Er hielt die Uhr ans Ohr und sah dabei, daß unter dem Uhrglas feuchte Tröpfchen waren. Doch sie tickte hörbar, und da es sich um ein billiges mechanisches Modell handelte, konnte sie keine schwache Batterie haben. Noch neununddreißig Minuten. Nur noch.

Nachdem zwanzig Minuten wie eine Ewigkeit verstrichen waren, gewann die Angst oder vielleicht der Blutverlust die Oberhand, und Nudger beugte sich vor, um den Motor anzulassen. Er wollte gerade wegfahren, damit der Fahrtwind die lästigen kleinen Insekten und seine bösen Vorahnungen aus dem Auto vertreiben konnte. Anschließend wollte er die letzte Kassette aus dem Chevy holen, den Fall beenden und dann die ganze Sache vergessen, mit Ausnahme seiner Aktien, die er im richtigen Moment wieder verkaufen würde.

Doch als er zum Zündschlüssel griff, fiel ihm auf dem Grundstück der Rands etwas ins Auge. In den Sträuchern an der hinteren Ecke des Hauses, neben der Garage, hatte sich etwas bewegt. Er war sich sicher. Sein Magen grummelte und drehte sich um. Er hatte schon mehr als genug mitgemacht und ließ Nudger wissen, daß er keinen weiteren Streß mehr haben wollte.

Doch da bewegte sich wieder etwas. Ganz eindeutig. Und Nudger, der nun ganz still dasaß und die Hitze und die Moskitos ignorierte, sah, was sich da bewegte.

Norva Beane.

Mit einem langen Gegenstand in den Armen.

Ein Gewehr oder eine Flinte!

Seinem Magen gefiel das ganz und gar nicht. Er raste mit seinem Herzen um die Wette, um zu sehen, welcher Teil seines Oberkörpers am schnellsten pulsieren konnte.

Beide Organe legten noch an Tempo zu, als Nudger Dale Rands schwarzen Cadillac um die Ecke biegen und langsam die Straße hinunter zur Einfahrt fahren sah, als übe er bereits für die Beerdigungsprozession.

Nudger schaute wieder auf Norva und sah, wie sie sich auf dem Boden in Schußposition setzte, den Gewehrlauf gerade nach vorn hielt und dabei einen Ellbogen auf das Knie stützte. So, wie sie dasaß, war klar, daß ihr der Umgang mit Gewehren vertraut war.

Sie hatte offensichtlich vor, auf Dale Rand zu schießen, und er würde bald ein Ziel abgeben, das jemand aus einem Kaff namens Possum Run nicht einmal mit geschlossenen Augen verfehlen könnte.

18. Kapitel

Nudger konnte kein Blut sehen, konnte nicht mitansehen, was gleich passieren würde. Ohne zu überlegen, war er aus dem Auto gesprungen und losgelaufen und merkte erst jetzt, da er den biegsamen grasbewachsenen Boden unter den Sohlen spürte und die Landschaft an sich vorbeifliegen ahnte, was hier geschah. Instinktiv blieb er auf dem Rasen, damit Norva ihn nicht kommen hörte. Aus den Augenwinkeln sah er, wie Rands langer Cadillac langsam in die Einfahrt bog und dabei einen leichten Schuß durch die Windschutzscheibe ermöglichte.

Irgendwie rannte Nudger sogar noch schneller und machte dabei so große Sätze, daß er sie in der Leiste spürte. Er merkte, daß sein Bauch bei jedem Satz wakkelte. Die Dunker Delites, die er hatte essen müssen, und die MunchaBunches, denen er nicht hatte widerstehen können, hatten ihm in bemerkenswert kurzer Zeit einen Rettungsring aufgebürdet. Er rang nach Sauerstoff, und seine Knie waren wie Gummi. Stechende Schmerzen durchzuckten ihn auf der rechten Seite. Norva bewegte sich ein wenig, und er wußte, daß sie ihn kommen spürte. Doch sie ignorierte ihn und konzentrierte sich ganz auf den Gewehrlauf und die gedachte Flugbahn der Kugel.

Das Gewehr knallte, als schlage eine Hand auf eine ebene Fläche.

Nein, nein, nein! . . .

Norva zielte den Lauf entlang, um einen zweiten Schuß abzugeben.

Nudger schloß die Augen und warf sich gegen sie.

Schmerzen durchzuckten seine linke Schulter. Als er auf dem harten Rasen aufprallte und auf seiner Seite ein paar Meter weit schlitterte, meinte er, sie am Bein getroffen zu haben. Er spürte, wie er mit Hemd und Hose über feste, kleine Dinge im Boden strich, die sich in seiner Kleidung verfingen und sich ihm in die Haut bohrten.

Er setzte sich in den Sträuchern auf und sah, daß er Norva fast zwei Meter weit weggeschleudert hatte. Sie sah wütend drein und stand, immer noch mit dem Gewehr in der Hand, rasch auf. Nudger packte einen dikken Ast und stand mühsam auf. Er taumelte aus den Sträuchern an der Ecke der Garage. Er hörte sich keuchen; mit jedem mächtigen Heben seines Brustkorbs saugte er die Luft tief in die Lungen. Jemand schien seine linke Schulter in Brand gesteckt zu haben.

Norva sagte: »Verdammt noch mal, Mr. Nudger«, und sprang zur Seite, damit sie an ihm vorbeischießen konnte.

Er duckte sich und drehte sich weg, als sie mit dem Gewehr die Einfahrt entlang zielte. Diesmal war der Knall des Schusses ohrenbetäubend, und er war sich sicher, daß er die Kugel wie einen Peitschenschlag an sich vorbeischwirren hörte. Ein Geräusch in einem Geräusch; der Widerhall des Todes.

»O Scheiße!« sagte Norva.

Jetzt richtete sie das Gewehr auf Nudger. Seine Beine begannen zu schlottern.

»Norva, nicht!«

In der warmen Abendluft gellte eine nicht sehr weit entfernte Sirene.

»Keine Bewegung, Mr. Nudger«, sagte Norva. Sie hielt das Gewehr auf ihn gerichtet und ging rückwärts davon. Sie stieg seitlich über eine niedrige Hecke auf das Nachbargrundstück, lief mit dem Gesicht zu ihm rückwärts, bis sie etwa fünfzig Meter entfernt war, drehte sich dann um und rannte davon, wobei sie das Gewehr seitlich von sich weghielt.

Nudger stand wie betäubt da und sah zu, wie sie zwischen einigen grazilen Weiden verschwand. Sein Herz tanzte Pogo mit seinen Rippen, als er sich langsam umdrehte und die Einfahrt entlangschaute.

Dale Rand hockte neben dem Cadillac auf dem Beton. Die Windschutzscheibe des Autos war milchig geworden und wies oben, ein wenig links von der Mitte, ein großes Loch auf. Anscheinend hatte Nudger Norvas Schuß gerade noch genügend ablenken können, so daß sie ihr Ziel knapp verfehlt hatte. Das hoffte Nudger jedenfalls.

Er sah kein Blut bei Rand, der ihn mit einem schokkierten und dümmlichen, aber nicht schmerzverzerrten Ausdruck auf seinem langen, gewöhnlich gelassenen Gesicht anstarrte. Sein Haar war zerzaust, und ein Bein seiner dunklen Nadelstreifenhosen war bis zum Knie hochgerutscht, das eine Schürfwunde aufwies, wie bei einem Kind, das beim Spielen hingefallen war.

Nudger ging ein paar Schritte auf ihn zu. »Sind Sie verletzt?«

»Ich glaube nicht«, sagte Rand unsicher. Er stand auf und lehnte sich an das Auto. Sein Hosenbein war wieder hinuntergerutscht, und als er hinuntersah, entdeckte er einen langen Riß darin. »O Scheiße!« sagte er, als wäre ihm ein Kopfschuß lieber gewesen als ein runinierter Anzug.

Nudger, dem klar wurde, daß es am klügsten wäre, zu verduften, verließ die Einfahrt und ging quer über den Rasen auf den Granada zu.

Doch die gellende Polizeisirene wurde lauter und schriller, als der Wagen um die Ecke bog. Ein Streifenwagen mit einem blinkenden rot-blauen Lichtbalken auf dem Dach bremste scharf und hielt schräg am Randstein. Der Fahrer war voller Enthusiasmus. Der Streifenwagen schlitterte noch, und ein Vorderreifen hüpfte gerade auf den Bürgersteig, als auch schon die Türen aufflogen und zwei uniformierte Polizisten heraussprangen, die sich mit gezogenen Pistolen hinkauerten.

Rand, der sich umgedreht hatte und nun schlaff am Caddy lehnte, starrte sie an. »Es ist okay!« rief er. »Sie ist weg. Er hat sie verjagt.« Er zeigte auf Nudger, den Helden.

O nein! So konnte man doch keine unauffällige Observierung durchführen.

»Die Gefahr ist jetzt vorbei!« schrie Rand und schien damit nicht nur sie, sondern wahrscheinlich auch sich selbst überzeugen zu wollen.

Einer der uniformierten Polizisten kam mit einem bleichen Gesicht langsam die Einfahrt herauf und sah sich dabei ständig nach allen Seiten um. Seine Augen wirkten riesig. Sein Partner duckte sich weiter halb hinter die offene Wagentür und war bereit, notfalls zurückzuschießen. Sie nahmen Rand seine Einschätzung der Lage nicht völlig ab.

»Hier sollen Schüsse gefallen sein«, sagte der Polizist in der Einfahrt, als er Rand erreicht hatte. Dann sah er die zerborstene Windschutzscheibe des Cadillacs. »Legen Sie beide Hände auf den Wagen, Beine auseinander.«

»Ich *wohne* hier«, protestierte Rand. »Ich war das Opfer, verdammt noch mal! Schauen Sie doch meinen Wagen an, wenn Sie mir nicht glauben. Meinen Sie vielleicht, ich hätte die Windschutzscheibe von innen zerschossen? Mich durchsuchen Sie nicht. Ich bin schließlich Steuerzahler, und *Sie* arbeiten für *mich!*«

Der Polizist schwieg, doch sein strenger, angsterfüllter Blick und die Pistole in seiner Hand richteten sich nun auf Nudger. »Sie da, kommen Sie her!«

»Er hat mir das Leben gerettet«, sagte Rand. »Ich habe gesehen, wer auf mich geschossen hat. Es war eine Frau. Dieser Mann hier hat sie zu Boden gerissen und verjagt.«

»Stimmt das?« Der Polizist starrte Nudger skeptisch und ein wenig ehrfürchtig an.

»So ungefähr«, sagte Nudger.

»Hm. Haben Sie die Frau dabei gut sehen können?«

»Nein.«

»Ich schon«, sagte Rand. »Ich werde sie nie mehr vergessen. Es war eine dürre Rothaarige in Levi's und einem schwarzen T-Shirt. Sie hatte ein Gewehr, und sie hat es ernst gemeint.«

»Sieht ganz so aus«, meinte der Polizist mit einem erneuten Blick auf die Windschutzscheibe. Er sagte Nudger und Rand, sie sollten sich nicht vom Fleck rühren, eilte zum Streifenwagen zurück und sagte etwas zu seinem Partner, der sofort zum Funkgerät griff. Die Polizei von Ladue und den angrenzenden Gemeinden machte nun Jagd auf Norva Beane.

Der Polizist hatte seine Pistole wieder ins Holster gesteckt, stapfte mit einem ledergebundenen Notizbuch bewaffnet die Einfahrt hinauf und blieb vor Nudger und Rand stehen. Sydney war aus dem Haus gekommen und stand nun dicht neben Rand. Nudger hatte sie noch nie von nahem gesehen. Sie war sehr schlank, und die Haut über der großen Nase und den hervorstehenden Wangenknochen war so straff, als hätte sie sich kürzlich einer übertriebenen Schönheitsoperation unterzogen. Ihre Augen waren unnatürlich weit aufgerissen und hatten einen erschreckten Ausdruck. Nudger dachte sich, daß sie diesen Ausdruck vermutlich immer hatte und nicht nur jetzt, wo jemand auf ihren Mann geschossen hatte. Sie war zwar immer noch attraktiv, wirkte aber allmählich abgehärmt und hatte trotz ihrer erschreckten Augen, die zu einer jugendlichen Naiven gepaßt hätten, etwas Hartes an sich. Der Alkohol wirkte sich allmählich von innen auf ihre äußere Schönheit aus.

Leise erklärte Rand ihr, was geschehen war. Sie entgegnete ebenso leise etwas, das Nudger nicht hören konnte. Ihr spröder Blick heftete sich einen Augenblick auf Nudger, und ihm war, als rieche er eine Ginfahne. Rand richtete sich wieder auf und schwieg.

Der Polizist hatte sein schwarzes Notizbuch aufgeschlagen und einen Stift gezückt, und Nudger harrte der Frage, von der er wußte, daß er sie beantworten müßte. Bei einem Mordversuch im beschaulichen und wohlhabenden Ladue blieb ihm keine andere Wahl.

»Hat jemand die Frau erkannt?« fragte der Polizist.

»Natürlich nicht«, sagte Rand. »Es war eine Wildfremde. Eine Geistesgestörte.«

Sydney sagte: »Ich habe sie gar nicht gesehen.« Wieder die Ginfahne. Unverkennbar.

Nudger seufzte und sagte: »Ich weiß, wer sie ist. Alle drehten sich zu ihm um und starrten ihn an.

Die Polizei von Ladue vernahm Nudger drei anstrengende Stunden lang. Ein Lieutenant der Kreispolizei saß dabei und auch ein Vertreter der Major Case Squad, einer Sonderkommission von Angehörigen der Polizeidienststellen aus der Stadt und den angrenzenden Gemeinden, die bei besonders schweren Gewaltverbrechen ermittelte, damit die Arbeit der diversen Polizeidienststellen der Region koordiniert werden konnte. Die rechte Hand konnte dabei der linken vertrauen. Bis zu einem gewissen Grad.

Die beiden Männer von der Kreispolizei und der Major Case Squad fungierten nur als Beobachter. Ein bloßer Mordversuch genügte nicht, um alle Polizeikräfte zu mobilisieren. Doch dieser Vorfall hatte sich in Ladue abgespielt. Daß eine Frau mit einem Gewehrschuß die Ruhe gestört hatte, war schon schlimm genug; daß sie dabei mit der Waffe auch noch auf jemanden von Vermögen und Rang gezielt hatte, war unerträglich.

Ein Captain namens Massinger stellte die meisten Fragen; er ging dabei höflich und beharrlich vor und stellte Nudger im Gespräch raffinierte Fallen. Er war ein kleiner Dicker mit einem nach Pfefferminz riechenden Rasierwasser, fast quadratischen Augen und einem zaghaften Lächeln, bei dem man seine übereinanderstehenden, fleckigen Zähne sah. Nudger bewunderte sein Geschick. Er erzählte Massinger beinahe alles. Er erzählte ihm allerdings nichts von dem toten Mann in der Latimer Lane, den Wanzen in Rands Haus oder der heimlichen Kenntnis von Anlagegelegenheiten und der kurz bevorstehenden Wiederkehr der Federboa.

Als er schließlich in die schwüle Abendluft hinausging, war er ziemlich sicher, daß er sich an die Gesetze gehalten hatte und sein Lebensunterhalt nicht in Gefahr war. Im Gegenteil, er wurde noch immer als eine Art Held angesehen. Das war ein neues und ganz und gar nicht unangenehmes Gefühl.

Als er zu seinem Granada ging, sah er überrascht, daß der korpulente Hammersmith an den hinteren Kotflügel gelehnt stand. Hammersmith war leger gekleidet; ein graues Seidenhemd bauschte sich über Blue jeans, die er irgendwo in seiner Größe aufgestöbert hatte. Er paffte eine seiner entsetzlichen grünlichen Zigarren, und der Qualm hing wie eine Schadstoffwolke über ihm, als hätte es in einer Giftgasfabrik eine Explosion gegeben. Als Nudger nur noch wenige Schritte von ihm entfernt war, nahm Hammersmith die Zigarre aus dem Mund und balancierte sie vorsichtig auf den Fingerspitzen, als wäre sie ein Pfeil, den er gleich werfen wollte. »Man hat mich deinetwegen zu Hause angerufen, Nudge. Wegen der aufregenden Ereignisse hier in Ladue.«

»Darüber habe ich mich gerade die letzten drei Stunden lang mit der Polizei von Ladue unterhalten.«

»Wenn du von den Gummischläuchen nicht allzu wund bist, sollten wir trotzdem vielleicht irgendwohin gehen und ein bißchen miteinander plaudern.«

»Ich bin hundemüde«, sagte Nudger. »Und die haben keine Gummischläuche gebraucht. Die verstehen sich auf ihre Arbeit.«

»Das müssen sie auch hier draußen im Geldland. Die einflußreichen Steuerzahler machen ihnen ständig Feuer unter dem Hintern.«

»Leute wie Dale Rand?«

»Klar. Und als Polizisten sind sie natürlich neugierig, wer auf ihn geschossen hat.«

»Ich habe denen gesagt, wer auf den Abzug gedrückt hat.«

»Du bist eine heroische Gestalt, Nudge. Morgen früh wird es in der Zeitung stehen. Das wird dir garantiert einen dicken Kuß von Claudia einbringen.«

Nudger verspürte unwillkürlich einen Hauch von Hoffnung. Einen Anflug von Stolz. Hatte Biff Archway sich je auf einen bewaffneten Menschen gestürzt? »Gehen wir auf einen Kaffee und reden miteinander.«

»Okay.« Hammersmith wies mit dem Kopf auf seinen zivilen Pontiac. »Ich fahre dir hinterher.«

Nudger stieg in den Granada und fuhr zum Steak-'n'-Shake-Restaurant in der Manchester, ganz in der Nähe seiner Wohnung. Unterwegs begann es zu regnen. Ein dünner Sprühregen, der die Scheibenwischer des Granadas so frustrierte, daß sie auf der Windschutzscheibe vor Ohnmacht quietschten und Nudgers Nerven noch mehr strapazierten.

Als Hammersmith im Restaurant eintraf, saß Nudger bereits in einer Nische in der Nichtraucherzone, mit dem Gesicht nach Norden, so daß er die Autos auf der glatten, spiegelnden Straße sehen konnte. Ein Streifenwagen der Polizei von Maplewood raste ohne Sirene vorbei, doch der Lichtbalken auf dem Dach war eingeschaltet und warf wunderschöne rote und blaue Farbtöne, die über den nassen, grauen Asphalt und den Parkplatz des Gebrauchtwagenhandels auf der gegenüberliegenden Straßenseite tanzten. Hammersmith blieb in der Tür stehen, sah ihn wütend an, weil er sich in die Nichtraucherzone gesetzt hatte, drückte seine Zigarre in einem Aschenbecher aus und kam dann mit dem ihm eigenen anmutigen, schwebenden Gang, der den Eindruck vermittelte, er könnte vielleicht mit Helium aufgeblasen sein, auf die Nische zu.

Als die Kellnerin auftauchte, bestellte Nudger resigniert schwarzen Kaffee und fand sich damit ab, für sein Wachsein mit noch größerer Nervosität zu zahlen. Hammersmith bestellte sich einen Schokoladenmilchshake. Die Kellnerin, eine dicke Schwarze mit traurigen Augen, notierte sich pflichtbewußt ihre Bestellungen auf einem Notizblock und sagte, sie sei sofort wieder da. Doch da der Milchshake erst gemixt werden mußte, dauerte es einige Minuten, bis sie wiederkam. Beide Männer schwiegen, bis sie wieder hinter der Theke verschwunden war.

»Ich befinde mich in einer gefährlichen Grauzone wegen dem, was du mir über den Selbstmord in der Latimer Lane erzählt hast«, sagte Hammersmith. Er kostete den Milchshake und schmatzte begeistert. »Es gibt keinen Grund anzunehmen, daß Norva Beane etwas damit zu tun gehabt hat«, sagte Nudger.

Hammersmith stocherte mit dem Strohhalm in seinem Milchshake und versenkte die kandierte Kirsche, die auf einem Klecks Schlagsahne gethront hatte. »Du warst nur deshalb am Tatort, weil sie dich engagiert hatte, Nudge.«

Das war nicht von der Hand zu weisen. Nudger trank einen Schluck Kaffee und verbrannte sich dabei die Zunge. *Aua!* Warum machte er das immer, ohne vorher zu überlegen?

»Ich sollte besser alles wissen, was du der Polizei von Ladue erzählt hast.«

Nudger erzählte es ihm.

Als er zu Ende erzählt hatte, hatte die Kellnerin ihm frischen Kaffee nachgeschenkt, und Hammersmith war gerade bei seinem zweiten Milchshake angelangt. »Ich habe mit einigen Leuten gesprochen, während du von der Polizei vernommen wurdest«, sagte Hammersmith.

»Du willst wahrscheinlich wissen, was ich in Erfahrung gebracht habe.«

Nudger nickte. »Deshalb zahle ich ja die Rechnung für deine Milchshakes.«

»Deine Klientin hat – «

»Meine ehemalige Klientin«, berichtigte Nudger.

»Na schön. Norva Beanes erster Schuß durchschlug die Windschutzscheibe des Caddys und hat Rand nur um ein Haar verfehlt. Es besteht wohl kein Zweifel, daß sie ihn umbringen wollte.«

»Meiner Meinung nach nicht«, sagte Nudger, der daran dachte, wie Norva hektisch zur Seite gesprungen war, um beim zweiten Schuß an ihm vorbeizuzielen.

»Die erste Kugel ist vom Rückspiegel abgeprallt, hat den vorderen Sitz durchschlagen und ist dann in einem der Türpaneele steckengeblieben. Sie ist zu verbogen, als daß sie ballistisch untersucht werden könnte. Die zweite Kugel hat man noch nicht gefunden. Wird man wahrscheinlich auch nie.«

»Und was ist mit Norva?«

»Sie ist ebenso verschwunden wie die zweite Kugel. Ladue hat sich an uns gewandt, und wir haben eine Streifenwagenbesatzung, die sie verhaften sollte, zu ihrer Wohnung geschickt. Wir waren nicht sonderlich überrascht, daß sie nicht zu Hause war. Die Polizei von Ladue ist nun mit unseren Leuten dort. Sie durchsuchen die Wohnung, um zu sehen, was sie über die Dame herausfinden können. In ihrem Kleiderschrank, hinten in ihren Kommodenschubladen, in ihrem Tagebuch, falls sie eines führt. Sie wollen ihr Motiv herausfinden und so.«

»Motiv? Sie glaubt, Rand habe sie um ihr angelegtes Geld betrogen. Deshalb hat sie auf ihn geschossen. Vielleicht macht man das so unten in Possum Run.«

Hammersmith tupfte sich mit der Serviette Milchshake vom Mund und starrte Nudger an. »Possum Run?«

»So heißt das Kaff, aus dem sie stammt.«

»Falls dieses Kaff überhaupt existiert.«

»Ich habe extra auf einer Landkarte nachgesehen. Es existiert wirklich. Es liegt unten, nahe an der Grenze zu Arkansas.«

»Soviel man weiß, gibt es keinerlei Verbindung zwischen Norva Beane und Dale Rand. Kein Motiv. Es gibt keine Unterlagen, aus denen hervorginge, daß sie je geschäftlich mit Rand zu tun gehabt hätte.«

Nudger trank einen zu großen Schluck seines frischen Kaffees und verbrannte sich dabei wieder die Zunge. »Und weshalb hat sie mich dann engagiert?«

»Das weiß ich doch nicht, Nudge. Aber vieles in deiner Welt ist für uns Außenstehende ein Rätsel.«

»Und was ist mit Fred McMahon?«

»Der wird wohl in den Knast wandern.«

»Nein, ich meine, Norva glaubte, Rand hätte bei einem betrügerischen Junk-bond-Deal mit McMahon unter einer Decke gesteckt. Vielleicht gibt es irgendeine Verbindung zwischen McMahon und Norva.«

»Die Polizei von Ladue bestreitet das.« Hammersmith trank seinen Milchshake mit einem lauten Schlürfen aus, bei dem sich die Leute nach ihm umdrehten. Er lehnte sich zurück und zerknickte den Strohhalm, als wollte er dafür sorgen, daß er von einem anderen nicht mehr benutzt werden konnte. »Ich muß sicher sein, daß du mir nichts verheimlichst, Nudge. Wegen unserer Freundschaft befinde ich mich auf halb legalem Gebiet, das schon fast illegal ist, und wenn Norva Beane aus welchem Grund auch immer noch einmal versucht, Rand zu töten, könnte es dabei sogar um Mord gehen.«

Nudger sagte: »Du weißt doch alles. Alles. Bis auf ...«

Hammersmith beugte sich über sein leeres Glas mit dem zerknickten Strohhalm zu Nudger vor.

Nudger erzählte ihm von den Aktieninformationen und riet ihm, am nächsten Morgen gleich als erstes seinen Börsenmakler anzurufen.

Hammersmith schaute ihn mit seinen gleichgültigen blauen Augen an und sagte: »Du bist jetzt wohl völlig bekloppt. Ich fahre jetzt nach Hause und schau' mir Jay Leno an.«

»Sie stehen schon höher als zu dem Zeitpunkt, als ich sie gekauft habe«, sagte Nudger. »Fortune Fashions ist um einen halben Punkt gestiegen.«

Hammersmith grummelte verärgert und wuchtete seine Leibesfülle hoch. »Am besten verkaufst du sie sofort und legst deinen Profit in steuerfreien Kommunalanleihen an.«

Ohne noch einmal zu Nudger zurückzuschauen, ging er zur Tür und schwebte hinaus.

Nudger schwor sich, daß noch einmal der Moment kommen werde, an dem er mit Wonne den Wirtschaftsteil der Zeitung vor Hammersmith hinlegen würde, nachdem er einige Aktien rot eingekreist hatte.

Nein, schwarz eingekreist.

Immer noch erschöpft, aber aufgeputscht vom Kaffee, beschloß er, nach Hause zu fahren und ebenfalls noch etwas fernzusehen. Vielleicht würde ihn das so sehr langweilen, daß er einschliefe.

Er zahlte an der Kasse, ging in den Regen hinaus und stieg in den Granada. Das Innere der alten Karre blieb bei einem solchen Wetter zwar trocken, aber es roch modrig. Wie in einem schimmligen Keller.

Er fuhr die kurze Strecke zu seiner Wohnung und

parkte in der Sutton. Als er über die Straße ging, begann es heftiger zu gießen. Eine Sintflut. Er ließ Würde Würde sein und rannte los. Als er seine Wohnungstür aufmachte, keuchte er und war pitschnaß. Und wacher als je zuvor und möglicherweise gerade dabei, sich eine Sommergrippe zu holen. Wenn man so erschöpft war wie er und sich dann so mit Koffein aufputschte, daß man nicht schlafen konnte, schwächte das die körpereigenen Abwehrkräfte. Bakterien liebten so was. Das war ihr einziger Lebenszweck. Er würde im Arzneischränkchen nachschauen; vielleicht lag da etwas, was er einnehmen konnte.

Doch das alles vergaß er, als er Licht machte und Norva Beane auf dem Sofa sitzen sah.

20. Kapitel

Norva schaute besorgt drein und sagte: »Sie sehen ja aus, als hätten Sie stundenlang im Regen gestanden, Mr. Nudger.«

»Mich hat man schon öfter im Regen stehen lassen.« Er strich sich das nasse Haar aus der Stirn, kam dann ganz in seine Wohnung und machte die Tür hinter sich zu. Es brannte nur eine der beiden Lampen, die an den Sofaenden standen. In dem gedämpften, gelben Licht wirkte Norva jung wie ein Schulmädchen und ungeheuer verletzlich. Man konnte sie sich kaum mit einem Gewehr vorstellen. »Wie sind Sie hereingekommen, Norva?«

»Sie hatten die Tür nicht abgesperrt, und da bin ich einfach reingegangen.«

Er wußte, daß das gelogen war. »Die Polizei setzt gerade alles daran, Sie zu finden.«

»Das dachte ich mir.«

»Vielleicht sollten Sie ihr und sich helfen. Sich einen guten Anwalt nehmen und sich stellen.«

»Du lieber Himmel! Das würde ich nie tun. Außerdem gibt es so etwas wie einen guten Anwalt gar nicht.«

»Ich kenne ein paar, Norva, glauben Sie mir.«

»Es kommt gar nicht in Frage, daß ich mich jetzt stelle.« Sie rührte sich nicht, sondern saß mit übereinandergeschlagenen Beinen ganz ruhig auf dem Sofa. Sie wirkte ungeheuer gelassen und liebenswürdig, diese Frau aus der Provinz mit den vorstehenden Zähnen, die vor der Polizei auf der Flucht war und als bewaffnet und gefährlich angesehen wurde.

Nudger ging durchs Zimmer und ließ sich vis-à-vis

des Sofas in einen Sessel fallen. In der Wohnung war es schwül, aber das schien Norva nichts auszumachen. »Sie waren nicht ganz ehrlich zu mir«, sagte er.

»Das ist richtig, Mr. Nudger. Ich habe Ihnen ein paar Unwahrheiten erzählt.«

»Lügen, meinen Sie wohl.«

»Wenn Sie es unbedingt so drastisch ausdrücken müssen. Aber ich hatte meine Gründe dafür.«

»Die würde ich gerne einmal hören, da ich diesen Abend überlebt habe.«

»Deshalb bin ich ja hier, Mr. Nudger, um ganz ehrlich zu Ihnen zu sein. Um Ihnen die ganze Geschichte zu erzählen.«

Nudger lehnte sich in dem weichen Sessel zurück und legte den Kopf auf das Polster. Er schloß die Augen, aber nicht ganz. Er würde sehen, wenn Norva vom Sofa aufstand. Er sagte: »Sind Sie wirklich Norva Beane aus Possum Run?«

»Das ist wirklich wahr. Das meiste übrigens nicht.«

»Was ist denn sonst noch wahr, Norva? Wie lautet die reine Wahrheit?«

»Da muß ich weit ausholen, Mr. Nudger. Als ich in der ersten Klasse der High School war, hat mich ein Junge geschwängert und ist dann abgehauen und zur Marine gegangen. Ich bin nach Little Rock gezogen und hab das Kind zur Welt gebracht, es dann zur Adoption freigegeben und bin wieder nach Hause gezogen. Alle haben so getan, als wär nichts passiert, als hätt ich bloß eine Tante besucht, wie meine Ma gesagt hat. Bloß spricht sich in einem Kaff wie Possum Run so was schnell rum. Alle wußten, was wirklich passiert war. Aber das hat mir nix ausgemacht. Was mir was ausgemacht hat, war nur, daß ich mein eigenes Kind weggegeben hab. Seit damals bin ich von Gewissensbissen gequält worden, obwohl mir klar is, daß ich damals die für das Kind richtige Entscheidung getroffen hab. Eine fünfzehnjährige Mutter ohne einen Pfennig Geld, in einem solchen Kaff, was hätte ich da anderes machen sollen?«

Sie stellte die Frage so, als wollte sie gar keine ehrliche Antwort hören, und erzählte hastig weiter: »Meine Familie war so arm, daß sie sich kaum selbst ernähren konnte. Meine Ma und mein Pa hätten es sich nicht leisten können, noch einen Mitesser durchzufüttern. Es war klar, was ich tun mußte. Aber manchmal hört das Herz einfach nicht auf das, was der Verstand einem sagt.«

Nudger sagte ihr, das verstehe er, das sei auch die Ursache vieler seiner Probleme.

»Und vor kurzem ist Billy Halliman wieder in Possum Run aufgetaucht.«

Bei ihr klang das so, als hätte er durch den Illusionstrick eines Zauberkünstlers plötzlich Gestalt angenommen. »Der Vater?«

»Ja. Er war Berufssoldat, ein Mechaniker, der die großen Flugzeuge gewartet hat, und dann haben ihn die Kürzungen im Verteidigungshaushalt gezwungen, aus der Marine auszutreten. Zumindest hat er das behauptet. Er hat mir gesagt, jetzt is er unterwegs zu irgendeinem zivilen Job im Mittleren Osten, und er wollte noch mal mit mir reden, ehe er das Land verläßt.«

»Seltsam, daß er Sie nach so vielen Jahren wiedersehen wollte.«

»Billy war auch nicht frei von Gewissensbissen, Mr. Nudger. Er hat mir erzählt, er hätt' sich die Mühe gemacht, herauszufinden, was mit unserer Tochter geschehen ist, auch wenn die Adoptionsvermittlung solche Informationen geheimzuhalten versucht. Er dachte, ich sollte wissen, was er rausgekriegt hat, daß sie nämlich bei einer Familie hier in St. Louis aufgewachsen war. Ich war wild entschlossen, so viel wie möglich über sie herauszufinden, damit ich vielleicht wieder ein ruhiges Gewissen haben konnte. Aber von Billy und durch meine eigenen Erkundigungen habe ich erfahren, daß sie in Verhältnissen lebt, die sogar noch schlimmer sind als die, die ich ihr hätte geben können. Abartige und böse Verhältnisse, Mr. Nudger. Jetzt hab' ich sogar noch größere Schuldgefühle und Gewissensbisse, weil ich sie weggegeben hab', und ich hab' eine Sauwut auf die Adoptiveltern – vor allem auf den Vater –, die das Leben meiner Tochter ruiniert haben.«

Etwas Kaltes durchzuckte Nudger. Er beugte sich vor und starrte Norva an.

»Mr. Nudger, meine Tochter Luanne ist als Adoptivkind eines Drogendealers und Kinderschänders aufgewachsen. Ich bin unter Vorspiegelung falscher Tatsachen zu Ihnen gekommen, und dafür möchte ich mich bei Ihnen entschuldigen. Ich hab' von Fred McMahon in der Zeitung gelesen und mir gedacht, wenn ich ihn mit Dale Rand in Verbindung bringe, hätt' ich eine gute Geschichte, um Sie zu engagieren. Dale Rand hatte nie etwas mit Fred McMahon zu tun und auch nichts mit irgendeinem Junk-bond-Deal – ich weiß ja kaum, was ein Junk bond is' –, aber ich hatte allen Grund, ihn umzubringen, und den hab' ich immer noch.«

Nudger war immer noch dabei, das alles zu verarbeiten. »Sie wollen damit sagen, daß Luanne Rand Ihre Tochter ist?«

»Ja. So hat es das Schicksal gewollt.«

Nudger schwieg eine Weile und lauschte den nächtlichen Geräuschen in der Ferne. Dem Zischen des Verkehrs in der Manchester und drüben auf dem Highway

44. Einer entfernten Sirene. Sehr weit entferntem wütendem Hundegebell. »Sie haben mich engagiert, um etwas über Rand herauszufinden, aber in Wirklichkeit waren Sie vor allem an Luanne interessiert.«

»Ich hatte einiges über Dale Rand gehört, und ich wollte mehr in Erfahrung bringen. Ich dachte mir, ein Profi wie Sie könnte mir die Informationen beschaffen. Und Sie haben dabei wirklich gute Arbeit geleistet, Mr. Nudger. Was ich gehört hab', stimmte. Und jetzt kann ich das alles an Luanne nur wiedergutmachen, indem ich Dale Rand umbringe.«

Sie sprach so, als redeten sie hier von einem Huhn, das sie für das Abendessen umbringen wollten.

Nudger fuhr sich wieder mit den Fingern durch das feuchte Haar. »Ich glaube nicht, daß das so einfach ist, Norva.«

Sie starrte ihn unschuldsvoll an. »Ich schon.«

»Ich muß der Polizei sagen, daß Sie hier sind«, sagte er.

»Natürlich. Das hab' ich mir schon gedacht. Wenn ich eins von Ihnen weiß, dann daß Sie ein Berufsethos haben. Und ein privates sicher auch. Aber ich war der Meinung, daß ich Ihnen eine Erklärung schulde, ganz gleich, was Sie aus Pflichtgefühl tun müssen.«

»Wenn Sie Dale Rand umbringen, wird sich für Luanne nichts ändern, was nicht auch irgendwie anders geändert werden könnte«, sagte er. »Und es wird ihr nichts nützen, wenn Sie zu einer lebenslangen Freiheitsstrafe verurteilt oder gar hingerichtet werden.«

»Was mit mir passiert, ist ganz egal. Das Beste, was ich tun kann, ist, Rand aus dem Leben meiner Tochter zu entfernen, denn schließlich war ich es, die schuld daran ist, daß sie in seinem Leben gelandet ist. Der Kerl hat den Tod verdient, und ich bin das Werkzeug der Gerechtigkeit, ganz gleich, was das Gesetz oder die Polizei sagt oder tut.«

»Die Gerechtigkeit Gottes, wie?«

»Das hat mit Gott gar nix zu tun. Das hat nur was mit dem zu tun, was ich meiner eigenen Tochter vor langer Zeit angetan habe und was ich jetzt tun kann, um sie zu retten.«

Ihre Mundwinkel zuckten. Ihre Augen waren starr und gerötet, nicht so, als hätte sie geweint, sondern als hätte sie lange nicht mehr geschlafen. Nudger wußte, daß sie erschöpft war und sich nur noch durch schiere Willenskraft aufrecht hielt. Sie wäre zu allem fähig.

»Ich sag' Ihnen was«, sagte er. »Ich möchte, daß Sie mit einem Freund von mir reden. Einem gewissen Hammersmith.« Er griff nach dem Telefon, das auf einem nahegelegenen Tischchen stand.

Sie sagte: »Das werde ich, glaub ich, nicht tun, Mr. Nudger.«

Eine leichte Veränderung in ihrem Augenausdruck hätte ihn warnen sollen.

Ein Arm legte sich ihm von hinten fest um den Hals. Ein dicker, starker Arm. Nudger bohrte die Fingernägel hinein und versuchte, ihn wegzuziehen, doch der Arm besaß eine eiserne Kraft. Das einzige, was er dabei ausrichtete, war, daß er sich die Fingernägel abbrach und möglicherweise ein paar Kratzer verursachte. Er boxte linkisch mit den Fäusten nach hinten, aber außer ein paar leichten Treffern prügelte er dabei nur auf Luft ein. Die Schulter, mit der er auf den Boden geknallt war, als er sich neben Rands Einfahrt auf Norva gestürzt hatte, explodierte vor Schmerz. Der Arm um seinen Hals drückte noch fester zu, und Nudger rang nach Luft. Er spürte und hörte die Knorpel in seinem Hals knacken. Dabei geriet er in Panik, aber nur für einen kurzen Augenblick. Dann war er nicht mehr bei sich.

Alles verschwamm vor seinen Augen, und sein Kopf fühlte sich ganz schwerelos an, als hätte sich das Gehirn von ihm gelöst und wirbelte nun wie ein leicht bewußter Komet zwischen den Sternen umher. In der Schwärze blitzten Sternchen auf, als das Zimmer sich drehte und ihn ins Nichts davonwirbelte.

21. Kapitel

Da krabbelte eine Küchenschabe. Eine kleine, aber er
war sich sicher, daß es eine Küchenschabe war. Sie blieb
stehen. Sie bewegte ihre Fühler hin und her, als wollte
sie jeden verspotten, der sie beobachtete.

Nudger haßte Küchenschaben fast so sehr wie Tauben. Normalerweise war seine Wohnung frei von ihnen
– von Küchenschaben und Tauben. Doch die verdamm-
ten Biester – die Küchenschaben, nicht die Tauben –
wurden ab und zu in Kisten oder Einkaufstüten oder in
den Klamotten anderer Leute eingeschleppt. Ekelhafte
kleine Eindringlinge – die Küchenschaben, nicht die
Leute. Und hier war nun eine, nur wenige Zentimeter
von seinem Gesicht entfernt, und starrte ihn an. Keine
Person, sondern eine kleine Küchenschabe. Er dachte,
daß es seltsam war, sich mit einem Insekt auf gleicher
Augenhöhe zu befinden.

Hey, was hatte er da auf dem Boden zu suchen? Nudger, nicht der Eindringling.

Dann fiel ihm wieder der vergangene Abend ein,
Norva Beane und der eiserne Arm, der ihn bis zur Bewußtlosigkeit gewürgt hatte. Der Mann mußte sich in
der Wohnung versteckt und gewartet haben, während
sie ihm die Geschichte von ihrer unehelichen Tochter
erzählt hatte. Luanne. Dale Rands Adoptivtochter und
vielleicht sein Opfer. O Gott, was war das für eine Welt!

Nudger lag bäuchlings auf dem Teppich vor dem Ses-
sel, in dem er gesessen hatte, als er gewürgt worden war.
Seine Wange lag flach auf die rauhen Fasern gepreßt.
Nasse Fasern. Er hatte in der Nacht gesabbert.

Das war unerfreulich. Er stützte sich auf die Ellbogen, beobachtete, wie die erschreckte Küchenschabe davonkrabbelte, und dachte: Freu dich des Lebens, solange du noch kannst, du kleines Biest, denn bald hol' ich den Kammerjäger. Als er sich auf die Seite wälzte, um aufzustehen, durchzuckte ein blitzartiger Schmerz seine Schulter. Er schluckte den furchtbaren Geschmack in seinem Mund herunter und merkte, daß seine Kehle ausgedörrt und so wund war, als sei er . . . na ja, beinahe erwürgt worden.

Er setzte sich ganz auf, lehnte sich mit dem Rücken an die Vorderseite des Sessels und bewegte versuchsweise den linken Arm. Die Schulter brannte zwar vor Schmerzen, aber er konnte den Arm bewegen. Er schluckte wieder. Seine Kehle tat immer noch weh. Er fragte sich, ob er überhaupt sprechen konnte. Sagte: »*Testing, one, two, three.*« Hörte: »*Traagh, un, tooo, thray.*«

Vielleicht würden eine Dusche und ein heißer Kaffee helfen. Er verstärkte den Schmerz in seiner Schulter wieder, als er den Arm umdrehte, um auf die Uhr zu sehen. 9.35 Uhr. Er war mehr als neun Stunden ohne Bewußtsein gewesen. Das war eine Menge Schlaf. Abgesehen von den Schmerzen müßte er sich eigentlich wieder frisch fühlen. Ha!

Mühsam rappelte er sich auf und stolperte ins Bad. Nun hämmerte ihm der Kopf, als hätte er einen Riesenkater samt erweitertem Anhang. Er setzte sich auf den Toilettendeckel, zog sich aus, drehte das Wasser auf und stieg in die Dusche, wobei er beinahe den Plastikvorhang mit dem Fischmuster heruntergerissen hätte. Er blieb lange unter der Dusche und ließ die heißen Wasserstrahlen auf seine wunde Schulter prasseln.

Als er sich trockenrubbelte, hörte er das Telefon klingeln. Er lief nackt ins Schlafzimmer, wobei er eine Spur aus Wasserflecken hinterließ, und nahm den Hörer ab.

Danny aus dem Doughnutladen.

»Der Typ mit dem ausgefallenen Ohrring war heute morgen wieder da, Nudge. Ich dachte, das solltest du wissen, ehe du ins Büro kommst.«

»Ist er weg?« krächzte Nudger.

»Bist du erkältet, Nudge?«

»So was Ähnliches. Außerdem hab' ich eine wunde Schulter.«

»So was wie eine Schleimbeutelentzündung?«

»Nicht direkt.«

»Hast du noch etwas von dem *Mother's-Extra-Care*-Einreibemittel, das ich dir mal gegeben habe?«

Nudger erinnerte sich wieder an die Tube mit dem markenlosen Einreibemittel, die Danny ihm beim letzten Mal, als er an Muskelschmerzen gelitten hatte, gegeben hatte. Es stank zwar nach Benzin, aber es wirkte. »Ich glaube, die Tube liegt immer noch irgendwo hier rum, Danny. Was war nun mit dem Typ mit dem Ohrring?«

»Ach ja. Er ist vor zehn Minuten weg. Ich habe schon mal bei dir angerufen, aber da bist du nicht rangegangen.«

»Ich war unter der Dusche. Was hat er gesagt?«

»Gar nix. Er ist nicht einmal aus seinem Auto gestiegen, einem dicken weißen Lincoln mit einem dieser gepolsterten Dächer, die wie eine Matratze aussehen. Aber er ist ein paarmal ganz langsam vorbeigefahren und dann direkt vor dem Laden stehengeblieben. Er hat ein paar Minuten dort gesessen und ins Schaufenster geglotzt, als wollte er sichergehen, daß ich ihn auch ja sehe und dir Bescheid sage. Und es hat ja auch funktioniert, nicht? Ich sag dir ja gerade Bescheid.«

»Danke, Danny.«

»Gern geschehen, du Held.«

»Was?«

»Hast du denn noch nicht Zeitung gelesen, Nudge? Da steht drin, daß du diesem reichen Typen da draußen in Ladue das Leben gerettet hast. Mit deinem Foto und allem.«

Nun verstand Nudger, was Aaron diesmal von ihm wollte. Er und King Chambers würden neugierig sein, was Nudger der Polizei erzählt hatte.

»Nudge?«

»Ich bin noch immer dran, Danny. Ich denke gerade.«

»Du hast jetzt wohl an einiges zu denken.«

»Und es gibt heute morgen nicht viel, woran ich denken kann. Ich hatte gestern abend noch spät Besuch und hab' heute morgen verschlafen. Mein Kopf ist so dick wie eine Wassermelone.«

»Komm her und frühstücke erst einmal richtig, dann wirst du dich gleich viel besser fühlen.«

Nudgers Magen rumorte. »Ich habe jetzt keine Zeit, Danny. Ruf mich an, wenn dieser Typ noch einmal vorbeikommt, ja?«

»Wird gemacht. Glaubst du, er weiß, wo du wohnst?«

Hui! Auf die Idee war Nudger noch gar nicht gekommen. »Kann sein, Danny. Ich muß jetzt Schluß machen.«

»Okay, Nu –«

Nudger lief bereits ins Wohnzimmer und spürte dabei wieder, wie sein Bauch wackelte. Er versprach seinem neuen, dickwanstigen Ich, eine Schlankheitsdiät zu machen, falls er die Sache überlebte. Das war die Grundvoraussetzung. Nicht nur war die Tür zum Hausflur nicht abgesperrt, sie stand auch noch einige Zentimeter weit offen. Er machte sie rasch zu, schob den Riegel und legte die Kette vor.

Dann rieb er sich Schulter und Nacken mit Dannys Mittel ein und zog sich an. Einige Minuten lang glaubte er, zu sehr nach Benzin zu stinken, um aus dem Haus zu gehen, aber der Benzingeruch ließ bald wieder nach.

Er rief Hammersmith an und erzählte ihm, was letzte Nacht passiert war. Dann rief er Captain Massinger an. Massinger wollte unverzüglich mit ihm reden. Was für eine Überraschung.

Nudgers Kopf tat nun weniger weh, und er hatte Hunger. Er ging in die Küche, briet sich ein Ei und drei Streifen Schinkenspeck und aß es mit Toast, Erdbeermarmelade und Kaffee.

Dann fuhr er nach Ladue hinaus.

Massinger rümpfte die Nase und sagte: »Haben Sie auf dem Weg hierher Benzin getankt?«

»Nein«, sagte Nudger verdutzt.

»Macht nichts, ist nicht so wichtig.« Massinger setzte sich hinter seinen Schreibtisch und verschränkte die Hände über dem großen, aber straffen Bauch. Er war früher einmal sehr fit gewesen und besaß wahrscheinlich immer noch eine gute Kondition. Er betrachtete Nudger prüfend mit seinen fast quadratischen kleinen Augen und sagte: »In der Zeitung war heute ein hübscher Artikel über Sie. Und auch ein hübsches Foto. Freizeitanzüge sieht man heutzutage nur noch selten.«

»Ich habe die Zeitung noch nicht gelesen.«

»Bescheiden wie immer.«

Nudger ignorierte seinen Sarkasmus. »Sie wollten wissen, was gestern abend in meiner Wohnung passiert ist.«

»Ja, erzählen Sie es mir.«

Nudger tat es.

Massinger schaute beim Zuhören immer niedergeschlagener drein. Als Nudger zu Ende erzählt hatte, meinte der korpulente kleine Lieutenant: »Inzest, sexueller Kindesmißbrauch, Drogenhandel. Herrgott, Nudger, wir sind hier schließlich in Ladue!«

Nudger sagte: »Denken Sie nur einmal an Palm Beach.«

Massinger starrte ihn entsetzt an. »Sie wollen ein ehemaliger Polizist sein und haben den Mann, der Sie gewürgt hat, nicht einmal gesehen?«

»Nein, es ging alles viel zu schnell. Ich war bewußtlos, ehe ich mich an die Dienstregeln halten konnte.«

»Immerhin haben Sie ja mächtig Gegenwehr geleistet«, höhnte Massinger.

»Gestern war ich noch ein Held«, sagte Nudger. »Was wollen Sie mehr?«

»Eine ungefähre Personenbeschreibung. Was war mit Norva Beane? Hat sie einen Hinweis fallenlassen, wo sie sich vielleicht verstecken oder wohin sie fliehen will?«

»Nein, so dumm ist sie nicht, Lieutenant.«

»War sie bewaffnet?«

»Soviel ich gesehen habe, nicht. Sie hatte ihr Gewehr nicht dabei, aber sie hätte eine Pistole dabeihaben können. Sie stammt aus einer Gegend im Südwesten von Missouri, in der es mehr Waffen als Computer gibt, deshalb ist es für sie vermutlich selbstverständlich, immer eine Waffe dabeizuhaben.«

»Vielen Dank für diese Information.«

»Ist Rand wegen Drogen vorbestraft?«

Massinger rieb sich das Kinn, während er überlegte, ob er Nudger einweihen sollte. Ihm mußte klar sein, daß Nudger das auch selbst herausfinden konnte.

»Nein«, sagte er nach einer Weile. »Er hat eine blütenreine Weste. Nudger, er ist ein verdammt vorbildlicher Bürger. Er spendet wohltätigen Einrichtungen, besucht noble gesellschaftliche Feste. Und besucht sogar den Ball, auf dem die Debütantinnen in die Gesellschaft eingeführt werden.«

»Apropos Debütantinnen«, sagte Nudger. »Was ist mit Luanne Rand?«

»Sie war nie eine Debütantin.« Massinger machte eine strenge Miene. Seine Augen wurden dabei noch quadratischer.

Nudger wußte, daß es da noch etwas mehr geben mußte. »Ich meine, hat sie irgendwelche Vorstrafen?«

Massinger legte wieder die Hände über den Bauch und seufzte. »Zwei Verhaftungen wegen Drogenbesitzes. Das eine Mal ging es um Marihuana, das andere Mal um Kokain. Keine Verurteilungen. Keiner der beiden Fälle ist je vor Gericht gelandet.«

»Warum nicht?«

»Kohle.«

»Der Brennstoff?«

»Nein, der Einfluß, das Geld. Sie wissen sehr wohl, was ich meine. Das gesellschaftliche Schmiermittel. Die Leute hier haben Kohle und Einfluß, Nudger. Deren Söhne und Töchter kommen unbeschadet aus Klemmen heraus, die anderer Leute Kinder hinter Gitter bringen würden.« Massinger kaute auf der Unterlippe, als überlege er, ob er noch mehr sagen sollte. »Und die paar Male, in denen Luanne Rand in Schwierigkeiten gekommen war, waren keine große Sache. Sie ist nicht die einzige reiche Göre aus Laduc, die sich mit Drogen einläßt.«

Er schwieg einen Augenblick. »Sie hat noch etwas in ihrem Register stehen. Aber es kam nie zu einer Anklage. Sie wurde in einem Hotelsalon in Clayton wegen Prostitutionsverdacht verhaftet. Sie hatte einen verdeckten Ermittler des Rauschgiftdezernats abschleppen wollen. Doch dann stellte sich heraus, daß sie kein Geld verlangt hatte, jedenfalls nicht direkt. Die Sache könnte vielleicht ganz harmlos gewesen sein. Ein Mißverständnis. Und sie war damals erst fünfzehn, auch wenn sie älter aussah. Und wie es manchmal so geht, hat sich die ganze Sache wieder in Wohlgefallen aufgelöst, und keiner der Beteiligten war sich ganz sicher, um was es eigentlich ging, außer daß es etwas war, über das sie alle in zwanzig Jahren lachen werden, wenn sie um den Pool herumsitzen. Das gehört zum Erwachsenwerden, wie in einem Disney-Film. Zumindest in einem der neuen Disney-Filme.«

»Sonst noch etwas?« fragte Nudger. »Irgendwelche Mordanklagen?«

»Sie hatte keine Gelegenheit, sich das Gift zu kaufen«, sagte Massinger.

»Wie bitte?«

Massinger lächelte und sah dabei wie ein unglaublicher Kobold aus. »Ich hab' nur Spaß gemacht, Nudger. Keine Mordanklage gegen Sie oder Luanne Rand.« Er stand auf. Offensichtlich war das Gespräch beendet.

Nudger stand ebenfalls auf.

»Noch etwas«, sagte Massinger. »Da an der Geschichte mit dem Inzest, dem Drogendealen und an Norva Beanes Behauptungen vielleicht nichts dran ist, wäre es vielleicht besser, wenn wir beide den Nachrichtenmedien nichts davon sagten.«

»Von mir aus«, sagte Nudger. »Die würden eh nur wieder alles durcheinanderbringen.«

»Kaufen Sie sich unterwegs eine Zeitung«, sagte Massinger, »wenn Sie lesen wollen, was die alles falsch schildern.«

Da Nudger dachte, Massinger wolle ihn wieder auf den Arm nehmen, schwieg er. Er stand auf und ging zur Tür.

»Sind Sie auch ganz sicher, daß Sie auf dem Weg hierher nicht doch Benzin getankt haben?« rief Massinger hinter ihm her.

»Sicher bin ich sicher«, sagte Nudger und ging hinaus, wobei er überlegte, weshalb Massinger sich so hartnäckig nach dem Benzin erkundigt hatte. Das war wohl der Polizist in ihm.

22. Kapitel

Nudger blieb an einem Zeitungsautomaten stehen, warf zwei Vierteldollarmünzen ein und holte sich ein paar Kratzer am Handgelenk und die Morgenausgabe des *Post-Dispatch*.

Er setzte sich ins Auto, lehnte die Zeitung ans Lenkrad, schlug sie raschelnd auf und überflog die Seiten, die wegen der durch die Windschutzscheibe hereinströmenden Sonne blendend durchsichtig waren. Er fand sich auf Seite drei des ersten Teils. Eine Schießerei in Ladue stand immer im ersten Teil, sogar dann, wenn dabei niemand verletzt worden war. Ja, da war er in seinem Freizeitanzug. Das Foto war vor Jahren aufgenommen worden, als er an diversen Schulen und bei gesellschaftlichen Anlässen als Coppy, der Clown, aufgetreten war. Das war die Rolle gewesen, die ihm seine Dienststelle zugeteilt hatte, nachdem sie erfahren hatte, daß sein nervöser Magen es partout nicht zuließ, daß er die normale Polizeiarbeit erledigte. Doch ein neuer Polizeichef war der Meinung gewesen, daß ein Clown nicht dem von der Polizei gewünschten Image entspräche, und deshalb hatte Nudger mit seinem Punktmusterkostüm und seiner roten Nase plötzlich auf der Straße gestanden und war in der Privatdetektivbranche gelandet. Er erinnerte sich an die Journalistin, die ihm über seinen Vortrag in der Grundschule ein paar Fragen gestellt hatte, und an den Fotografen, der das Freizeitanzugs-Foto aufgenommen hatte. Nudger war sich damals ziemlich wichtig vorgekommen dabei. Es war wahrscheinlich das einzige Foto, das die Zeitung im Archiv hatte, auf dem er nicht sein Clownkostüm trug. Er mußte zugeben, daß er mit dem Fu-Manchu-Schnurrbart und den langen Koteletten ein wenig altmodisch aussah, aber er war jünger darauf und sah eigentlich gar nicht so übel aus. Ihm war klar, daß alles Ansicht des Betrachters war, aber das Foto war ihm nicht peinlich.

Er war sich nicht so sicher, ob der Zeitungsartikel ihn als eine heldenhafte Gestalt behandelte. Es hieß darin, daß er mit der Schützin (ein Zugeständnis an die politische Korrektheit) gerangelt und ihren Schuß abgelenkt habe. Dann habe ihn die Schützin überwältigt und sei geflohen. Er habe später offenbart (so der Artikel), daß die Schützin seine Klientin sei. Nudger faltete die Zeitung zusammen und legte sie neben sich auf den Sitz. Er fand, der Artikel lasse ihn wie einen Idioten aussehen und werde seinem Geschäft kaum nützen. Vielleicht würde sich das ändern, wenn die Presse ihn in etwaigen späteren Artikeln besser behandelte.

Er kniff sich mit Daumen und Zeigefinger in den Nasenrücken und hoffte, daß seine Kopfschmerzen nicht zurückkamen, um ihn zusammen mit seinem nervösen Magen zu quälen. Er verstand allmählich, weshalb er in der Privatdetektivbranche blieb, statt sich seinen Lebensunterhalt als Vertreter oder Arbeiter zu verdienen. Obwohl er wegen seines Magens für diese Arbeit untauglich sein mochte, hatte er doch seinen Stolz und seine Neugier. Die Folge davon war ein magenaufwühlender, unwiderstehlicher Drang, Norva Beane aufzuspüren und auf einige Fragen Antworten zu finden. Im Grunde ging es ihm nur darum, nicht aufzugeben und Antworten zu bekommen. Wenn er nur genug Antworten hätte, könnte er sein Leben vielleicht verstehen und etwas daran ändern.

Er blieb eine Weile im Granada sitzen, dessen Motor

im Leerlauf ungleichmäßig ratterte und wie üblich abzusterben drohte. Nudger dachte, es sei zwar durchaus denkbar, daß die Polizei von St. Louis Norvas Wohnung observierte, doch bei dem Personalmangel war das eher unwahrscheinlich. Sie war auf der Flucht vor der Polizei von Ladue und wurde wegen eines Verbrechens gesucht, das im Kreis begangen worden war. Wenn die Major Case Squad nicht an einer Ermittlung beteiligt war, gab es unter den diversen Polizeidienststellen, die im Raum St. Louis in einem verrückten Wust zusammengeballt waren, nur wenig Zusammenarbeit. Nudger legte den Gang ein und fuhr Richtung South St. Louis, denn er dachte sich, daß, wenn jemand das Haus observierte, derjenige ihn wohl kaum kennen werde, und deshalb könnte er ruhig einfach hineinspazieren. Er wäre nur ein weiterer Mieter oder Besucher. Er könnte ja darauf achten, daß niemand sah, wie er Norvas Wohnung betrat. Doch als er in der Nähe ihres Hauses um die Ecke bog, sah er eine halbe Querstraße weiter vorn einen weißen Lincoln mit einem gepolsterten Dach stehen. Als wäre er ein Beutetier, das nicht durch eine abrupte Bewegung die Aufmerksamkeit einer Raubkatze erregen wollte, brachte er den Granada ganz langsam zum Stehen.

Der Lincoln stand zwar am Straßenrand geparkt, doch Nudger sah einen Mann hinter dem Lenkrad sitzen. Das war kein Viertel, in dem es von neuen Luxuskarossen nur so wimmelte. Und Danny hatte gesagt, daß Aaron heute morgen einen weißen Lincoln mit einem gepolsterten Dach fuhr.

Nudgers Magen grummelte warnend. Da Nudger nicht glaubte, daß man ihn gesehen hatte, legte er den Rückwärtsgang ein und fuhr in eine Einfahrt, um zu wenden. Er wendete langsam und exakt, fuhr dann wieder auf die Straße und bog um die Ecke. Dann trat er aufs Gas, schlängelte sich durch schmale Seitenstraßen und schaute dabei ständig in den Rückspiegel.

Als er sicher war, daß ihn niemand verfolgte, fuhr er wieder auf die Grand Avenue und dann auf dem Highway 40 nach Westen Richtung Ladue. Rand hatte zwar bestimmt Polizeischutz, aber Nudger glaubte, es werde nicht allzu riskant sein, die letzte Kassette aus dem geparkten Chevy in der Parallelstraße hinter Rands Haus zu holen. Außerdem mußte er den Wanzenfritzen nach der Echtzeit bezahlen, die der Recorder anzeigte.

Er fuhr nicht an Rands Haus vorbei. Die Polizei würde die Dinge hier sicher im Auge haben.

Zumindest würden öfter Streifenwagen am Haus vorbeifahren, ganz gleich, wo Rand sich gerade aufhalten mochte.

Nachdem er den Granada hinter dem Chevy geparkt hatte, stieg er rasch, aber lässig aus und holte die letzte Kassette. Dann klappte er die Kofferraumhaube zu, stieg wieder in den Granada und fuhr davon.

Simpel.

Es gab gar keinen Grund dafür, daß seine Knie so weich waren und sein Herz raste.

Als er wieder in seinem Büro war, rief er den Wanzenfritzen an und hinterließ eine Nachricht auf dessen Anrufbeantworter, daß der Job beendet war. Er erwähnte auch die Zeit, die echte Zeit, damit der Wanzenfritze nicht in Versuchung kam, ihm zuviel zu berechnen.

Dann machte er es sich hinter seinem Schreibtisch bequem und hörte die letzte Kassette ab.

20.07 Uhr. Gestern abend, unmittelbar nachdem die Polizei wieder verschwunden war, vermutete Nudger.

Rand und Sydney unterhielten sich, wobei sie sich zur Abwechslung einmal nicht stritten.

RAND: »Ich habe noch nie zuvor von Norva Beane gehört, und ich habe Fred McMahon nie kennengelernt. Ich habe keine Ahnung, was zum Teufel da vor sich geht.«

SYDNEY: »Ich habe auch noch nie von ihr gehört.« Kurze Pause. »Sagst du mir auch die Wahrheit, Dale?«

RAND: »Natürlich tue ich das! Ich hatte mit dieser Frau noch nie geschäftlich zu tun, habe sie noch nie im Leben gesehen, und sie versucht, mich umzubringen. Ist das zu fassen?«

SYDNEY: »Glaubst du, daß sie wiederkommt? Ich meine, glaubst du, die Polizei kann uns wirklich beschützen?«

RAND: »Die wird sie schnappen. Die Polizei hat ihre Personenbeschreibung. Ihre Adresse. Alles. O Gott!«

SYDNEY: »Das ist schon dein dritter Scotch, Dale. Du trinkst zuviel.«

RAND: »Du mußt grad reden.«

Au weia, dachte Nudger.

SYDNEY: »Keiner von uns ist vollkommen, *Schätzchen*. So ist das eben im Leben. Aber wenigstens schleiche ich mich nicht immer heimlich in – «

RAND: »In was?«

SYDNEY: »Ist nicht so wichtig.«

RAND: »Ich weiß genausogut wie du, wie es im Leben ist. Also tu mir bitte den Gefallen und werde jetzt nicht auch noch philosophisch. Du bist eh schon schwierig genug.«

SYDNEY: »Ach, ich bin schwierig? Warum bist du denn in letzter Zeit so ungeheuer geizig? Was für einen beschissenen Deal fädelst du denn gerade ein? Deine mysteriösen Telefonate, die Erwähnung von – «

176

RAND: »Meine Telefonate sind rein geschäftlich. Da ist gar nichts Mysteriöses dabei. Mysteriös ist nur, weshalb diese Beane glaubt, ich hätte sie übers Ohr gehauen, und weshalb sie mir eine Kugel in den Kopf schießen will.«

Das versetzte Nudger einen Schock, bis ihm einfiel, daß Massinger zum Zeitpunkt der Bandaufnahme noch nicht gewußt hatte, daß Luanne Norvas Tochter war. Massinger hatte diese Information vielleicht immer noch nicht an Rand weitergeleitet. Norvas Geschichte war schließlich nichts als Behauptungen einer Frau, die vor der Polizei auf der Flucht war.

SYDNEY: »Glaubst du, Luanne weiß, wer sie ist? Ich meine, vielleicht gibt es irgendeine Verbindung zwischen den beiden?«

RAND: »Nein! Ich habe sie gefragt. Sie hat das verneint, und ich glaube ihr. Ich merke, wenn sie lügt.«

SYDNEY: »Wo steckt sie denn?«

RAND: »Wahrscheinlich bei Nan. Da ist sie viel zu oft.«

SYDNEY: »Ich habe vollstes Verständnis dafür, daß sie nicht oft hier bei dir sein will. Jedenfalls nicht öfter, als du sie dazu zwingst.«

RAND: »Ich scheiß auf dich! Und auch auf diesen dämlichen Privatdetektiv.«

SYDNEY: »Ja. Scheiß nur auf die Leute, die dir das Leben gerettet haben.«

RAND: »Ja, so ist's recht, sauf du nur. Am besten gleich einen doppelten.«

SYDNEY: »Ich muß dich schließlich einholen, mein Lieber.«

Schweigen.

21.16 Uhr.

Sydney, die anscheinend allein im Haus ist, ruft Eberhardt's Liquor an und gibt eine Bestellung auf.

9.30 Uhr.

Heute morgen. Sydney ruft bei Kearn-Wisdom an und möchte Rand sprechen. Eine Frau sagt ihr, daß er heute nicht ins Büro kommen werde. Sydney sagt etwas, das wie »Mhm!« klingt. Als sei sie nicht überrascht.

Damit war die Aufnahme zu Ende.

Nudger drückte auf Rewind. Sein Stuhl quietschte, als er sich darauf hin- und herdrehte und dem gleichmäßigen Rauschen des Recorders lauschte, bis er sich ausschaltete. Anscheinend war Rand in der vergangenen Nacht nicht mehr nach Hause gekommen. Und Luanne auch nicht. Familienwerte hatten hier keine Chance. Die Rands schienen unter dem Druck von innen und demjenigen von außen auseinanderzubrechen.

Er holte die übrigen Kassetten aus der Schublade und legte eine davon in den Recorder. Hörte geduldig zu, spulte ein paarmal schnell zurück und wieder vor und legte dann eine andere Kassette ein. Er spielte mit den Kassetten herum, bis er fand, was er suchte.

Nans Nachnamen. Er erinnerte sich, daß Rand ihn erwähnt hatte, als er Luanne ins Kreuzverhör genommen hatte. Nan Grant. Nudger notierte sich den Namen auf einem Zettel und starrte ihn an.

Eine Fährte, dachte er. So nannte man das manchmal in seinem Metier.

Wer konnte schon sagen, wo sie ihn hinführen mochte?

23. Kapitel

»Ich brauche das«, hatte Nudger zu Claudia gesagt, aber sie hatte sich geweigert, ihn als Held zu bewundern. Sie hatte darauf hingewiesen, daß er am vergangenen Abend leicht hätte erschossen werden können.

»Ich habe nur meinen Job getan«, hatte er erwidert.

»Dann war ja nichts Heldenhaftes dabei.«

»Ich brauche das«, sagte er ihr zwei Stunden später wieder, als die Mets im siebten Inning ihren Werfer auswechselten. Da Claudia an diesem Tag nur vormittags unterrichten mußte, hatte Nudger sie in ihrer Wohnung besucht, und nachdem ihm dort kein Erfolg beschieden war, hatte er vorgeschlagen, ins Stadion zu gehen, zu Mittag Hot dogs und Nachos zu essen und sich den Rest des Nachmittagsspiels anzusehen. Er glaubte nicht, daß er sich wegen King Chambers oder Aaron allzu große Sorgen machen mußte oder darüber, daß ihn Norvas Freund hier im strahlenden Sonnenschein unter vierzigtausend Menschen wieder überfallen könnte.

Claudia sagte: »Ich verstehe das wirklich nicht.«

»Der Beruf bringt gewisse Verpflichtungen mit sich«, sagte Nudger. »Dinge, die man jedem Klienten schuldet. Es war wohl eine Frage der Ehre.« Ehre. Er war erstaunt, wie leicht ihm das Wort herausgerutscht war.

»Ich meine, ich verstehe nicht, weshalb die Mets nicht einen Linkshänder aufstellen.« Claudia kannte sich mit Baseball aus. Sie und ein paar andere Lehrer hatten sich gemeinsam zwei Saisonkarten gekauft. Sie war an der Reihe, die Karten zu benutzen, was mit ein Grund gewesen war, weshalb Nudger ein Mittagessen und ein Baseballspiel vorgeschlagen hatte. Er fragte sich, ob Biff

Archway je dort gesessen hatte, wo er nun saß. Nudger sagte: »Im Telefonbuch stehen mehr als zweihundert Grants.«

»Das hat aber nichts damit zu tun, daß sie in dieser kritischen Phase einen rechtshändigen Werfer aufstellen, wenn der Schlagmann ein Linkshänder ist. Dann haben die Cardinals doch viel bessere Gewinnchancen.«

»Gut. Nan Grant geht noch zur Schule, wahrscheinlich auf dieselbe Schule, die auch Luanne Rand besucht. Es müßte eigentlich ein leichtes für dich sein, die richtigen Leute anzurufen und ihre Adresse herauszufinden.« Auf der anderen Seite des Stadions wurde gejubelt, und die Fans standen blockweise kurz auf und hoben die Arme, so daß eine wellenartige Bewegung rings um das Stadion lief. La ola. Nudger liebte Baseball, aber La ola konnte er nicht ausstehen. Und auch keine pelzigen oder gefiederten Maskottchen oder Ballspieler, die sich im letzten Jahr ihres Vertrages weigerten, kopfüber ans Mal zu rutschen, oder Teambesitzer, die mehr an ihrer Bilanz interessiert waren als daran, Spiele zu gewinnen. Aber vor allem La ola.

Anstatt zu antworten, stand Claudia auf und schrie, wobei sie die Arme auf und ab schwenkte. Sie trug ein rotes Cardinals-T-Shirt, und Nudger gefiel es, wie ihre kleinen Brüste hervorstanden, wenn sie die Arme hochhob und streckte, aber das war auch das einzig Gute, was er über La ola sagen konnte. Er sagte: »Der Manager der Mets stellt keinen linkshändigen Werfer auf, weil er weiß, daß die Cardinals daraufhin einen rechtshändigen Schlagmann einwechseln würden, der dann gute Chancen hätte, einen Homerun zu schlagen.«

Claudia setzte sich wieder und starrte ihn an. »Warum hast du das nicht gleich gesagt?«

»Ich hatte dich gefragt, ob du deine Beziehungen

spielen läßt, um mir Nan Grants Adresse zu besorgen, und habe auf deine Antwort gewartet.«

Der bärtige Hüne im ärmellosen T-Shirt hinter Nudger brüllte plötzlich: »Na los! Spielt endlich Baaaaaall!« Nudger zuckte zusammen und verschüttete dabei den Großteil des Biers aus seinem Pappbecher.

Claudia verzog das Gesicht und sagte: »O Mann, diese Uniform.«

»Du hast die Uniform der Mets doch schon öfter gesehen«, sagte Nudger verdutzt.

»Ich meinte die Klamotten, die du auf dem Zeitungsfoto heute morgen anhattest.«

»Freizeitanzüge waren damals, als das Foto aufgenommen wurde, eben groß in Mode.«

»Es war keine besonders vorteilhafte Mode, auch wenn du damals noch viel schlanker warst.«

Der Hüne trat frustriert gegen Nudgers Rückenlehne. Nudger richtete seine Wut vernünftigerweise gegen Claudia. »Verdammt noch mal! Da will ich mich mit dir unterhalten, und du gibst mir nicht einmal Antwort. Das ist doch wirklich die Höhe! Du – « Sie grinste. »Reg dich ab, Nudger, ich hab dich doch bloß necken wollen. Ich mach' dir einen Vorschlag. Wenn du uns noch ein paar Nachos holst, werde ich nach dem Spiel versuchen, Nan Grants Adresse rauszukriegen.«

Nudger schien das ein guter Deal zu sein. Er brauchte ohnehin ein neues Bier. Er stand auf, quetschte sich zwischen Rückenlehnen und Knien zum Gang hindurch und ging dann hinunter in den Schatten des Ganges unter den Tribünen.

Er griff am Imbißstand gerade in seine Hosentasche, um die Nachos zu bezahlen, als die Menge in Jubelschreie ausbrach.

Sie jubelte noch immer, als er wieder zu seinem Block

zurückkam. Er kniff die Augen zusammen, um in der Sonne besser sehen zu können. Claudia und der Hüne waren beide aufgestanden und klatschten einander begeistert auf die offenen Handflächen. »Drei Runhomer!« brüllte der Hüne ständig, als Nudger sich mit den Nachos und dem Bier zu seinem Platz durchschlängelte. Dabei schwabbte etwas Bier aus dem Becher und rann ihm den Arm hinunter. »Drei Runhomer! Toller Ball ins rechte Feld. Der längste, den ich je gesehen hab! Sie haben es verpaßt, Herr Nachbar!« Der Hüne umarmte Claudia, als würden sie sich schon jahrelang kennen. Die beiden klatschten einander wieder auf die Handflächen.

Es mußte wirklich ein phantastischer Homerun gewesen sein. Sogar die Spieler auf der überdachten Reservebank der Mets waren ganz aus dem Häuschen. Allmählich setzten sich die Zuschauer wieder auf ihre Plätze, aber sie waren noch immer aufgeregt. Nudger setzte sich hin und beobachtete, wie Fredbird, das Maskottchen, auf dem Dach über der Reservebank der Cardinals prahlerisch hin und her stolzierte. Er wünschte, der alberne rotbraune Vogel würde stolpern und hinfallen.

Er liebte Baseball.

In der Innenstadt herrschte nach dem Spiel ein derart starker Verkehr, daß es schon fast halb vier war, als sie in Claudias Wohnung ankamen. Nudger setzte sich auf das Sofa, hörte sich im Radio Blues an und genoß die Klimaanlage, während Claudia ins Schlafzimmer ging, um sich vom dortigen Telefon aus nach Nan Grant zu erkundigen.

Eine Viertelstunde später hörte er sie rufen, und als er sich umdrehte, sah er sie, nur in Slip und BH, in der Schlafzimmertür stehen.

Er stand auf und ging zu ihr, doch als er sie packen und

küssen wollte, wirbelte sie herum, packte seine Hand und zog ihn zum Bett. Die Luft im Schlafzimmer war kühl. Die Laken waren kühl. Abgesehen von Nudger und Claudia war alles kühl. Auf Ellbogen und Knie gestützt, war er über sie gebeugt, und sie keuchte ihm ins Ohr, als das Telefon klingelte.

»Wahrscheinlich geht es um Nan Grant«, keuchte sie.

»Vielleicht auch nicht. Es könnte auch dein Vermieter sein. Geh lieber nicht ran.«

»Mein Vermieter ruft mich nie an.«

Das Telefon schien mit jedem Klingeln lauter zu werden. Nudger ließ sich ein paar Zentimeter tiefer sinken. »Claudia . . .«

»Nicht. Wenn ich jetzt nicht rangehe, vergeht mir die Lust.« Sie rutschte halb unter ihm weg und nahm den Hörer ab. Sie hielt sich das Plastik ans Ohr und meldete sich auf eine Art, die sogar Mikrochips zum Schmelzen gebracht hätte. Nudger wartete.

»Für dich«, sagte sie.

Nun stützte er sich auf die Knie und einen Ellbogen und hielt den Hörer ans Ohr. Hammersmith sagte: »Nudge?«

»Ja.«

»Störe ich gerade?«

»Ja.«

»Sie ist verschwunden.«

»Wer?«

»Luanne.«

»Das ist sie doch schon öfter.«

»Aber diesmal ist Sydney Rand zur Polizei gegangen und hat sie als vermißt gemeldet.«

»Dazu ist Luanne doch noch nicht lange genug verschwunden.«

»Woher willst du das denn wissen?«

»Ich weiß es eben.«

»Wir reden hier von Ladue, Nudge. Da draußen herrschen andere Regeln. Das Mädchen ist gestern vormittag aus dem Haus gegangen und war am Abend nicht nach Hause gekommen. Es ist möglich, daß sie von Norva Beane entführt wurde. Luanne war nicht in der Schule, und kein Mensch scheint zu wissen, wo sie steckt. Und da erst gestern abend auf ihren Vater geschossen wurde, genügt das Massinger. Ehrlich gesagt, mir würde das auch genügen. Glaub mir, sie ist verschwunden.«

»Ich weiß jedenfalls nicht, wo sie ist.«

»Paß nur auf, daß das auch stimmt, Nudge. Ich dachte mir, du solltest darüber Bescheid wissen, für den Fall, daß die Polizei von Ladue dich kontaktiert. Massinger hat bereits hier angerufen. Er hat mir gesagt, er habe Dale Rand darüber informiert, daß Norva Beane behauptet, Luannes leibliche Mutter zu sein. Wenn das stimmt, ist es nur schwer zu glauben, daß Norva mit dem Verschwinden des Mädchens nichts zu tun gehabt haben soll.«

»Das hat Massinger gesagt?«

»Hat er. Außerdem hat er mich noch gefragt, ob ich dich gesehen hätte. Er hat gesagt, er habe den ganzen Nachmittag vergeblich versucht, dich im Büro oder in deiner Wohnung telefonisch zu erreichen.«

»Ich war beim Baseballspiel.«

»Du Glücklicher. Das muß ein tolles Spiel gewesen sein. Ein historischer Homerun, was? Im Radio haben sie gesagt, der Ball sei mehr als 140 Meter hoch geflogen, hoch genug, um Regen zu bringen. Das muß ein phantastischer Anblick gewesen sein.«

»Muß es wohl.«

»Ich habe Massinger daran erinnert, daß du mit dem Fall nichts mehr zu tun hast, jetzt, da du deine Klientin verloren hast. Du hast doch damit nichts zu tun, oder?«

»Nur noch sehr beschränkt.«

»Okay. Ich werde dich nicht fragen, wie beschränkt. Ich überlass dich jetzt wieder deiner Tätigkeit, Nudge. Ich nehme an, daß es etwas Wichtiges war.« Hammersmith' Ton war völlig neutral. Bei ihm wußte man nie, woran man war. Er legte auf.

Nudger reichte Claudia den Hörer, und sie legte ihn wieder auf die Gabel. »Worum ging es?« fragte sie. »Luanne Rand ist verschwunden.«

Sie schaute an ihm herab und lächelte. »Deine Erektion auch.«

Nudger sagte: »Scheiße!« und wälzte sich auf den Rücken.

»Mach dir keine Sorgen, Schatz. Entspann dich.« Sie küßte ihn leicht auf den Mund. »Entspann dich!« sagte sie noch einmal.

Kaum hatte er sich entspannt, als wieder das Telefon klingelte.

Diesmal war es für Claudia. Jemand rief zurück, um ihr Nan Grants Adresse zu sagen.

Obwohl Claudias Schulbehördeninformantin bestätigte, daß Nan Grant tatsächlich eine Mitschülerin von Luanne war, wohnte sie keineswegs in Luannes Nähe. Sie hatte ein Stipendium für die teure Privat-High-School und wohnte in einer rauhen und verarmten Gegend von North Saint Louis, in der es von Gangs nur so wimmelte.

Nudger wußte nicht, wie er das sehen sollte.

Jedenfalls nicht entspannt.

24. Kapitel

Das schlanke, adrett gekleidete schwarze Mädchen, das am nächsten Morgen aus dem baufälligen Apartment- haus trat, sah nicht so aus, als gehörte es in eine derart heruntergekommene Gegend. Es trug braune Tuch- hosen, eine gelbe Bluse mit einem weißen Kragen und weißen Aufschlägen an den kurzen Ärmeln und weiße Joggingschuhe mit einem bunten Design an den Seiten, das jeden Schuh wie einen Mini-Rand-Prix-Rennwagen aussehen ließ. Nudger vermutete, das es Nan Grant war. Da die Ferienkurse in der Herbert-Hoover-High- School in einer knappen Stunde begannen, paßte so- wohl die Zeit, als auch das ungefähre Alter des Mäd- chens und die Tatsache, daß es einen Stapel Bücher unter dem Arm trug. Nudger saß im geparkten Granada und beobachtete sie. Zwei massige Jugendliche, die an der Straßenecke herumlungerten, beobachteten ihn. Ihm wurde allmählich mulmig. Nan Grant ging nicht, wie er angenommen hatte, zu der zwei Querstraßen weiter entfernten Bushaltestelle. Statt dessen blieb sie unten an der rissigen Betontreppe des Apartmenthauses stehen und starrte auf einen Zettel in ihrer linken Hand. Sie schien weder die Graffiti an den vernagelten Fenstern hinter sich zu bemerken noch den Müll im Rinnstein oder den Penner oder Obdachlosen, der schlafend, be- wußtlos oder tot im Eingang des benachbarten Apart- menthauses lag.

Ein verrosteter Toyota-Pick-up mit überdimensiona- len Reifen und einem nicht besonders gut funktionie- rendem Auspufftopf knatterte am Granada vorbei. Der junge schwarze Fahrer bedachte ihn mit dem ausdruckslosen Blick eines Revolverhelden. Nudger beobachtete, wie der Pick-up an den Randstein fuhr. Der Fahrer öffnete die Beifahrertür und streckte eine Hand heraus, um Nan Grant ins Führerhaus hinaufzuhelfen.

Nudger ließ den Granada an und folgte dem knatternden Pick-up die Straße hinunter. Einer der Herumlungerer, ein dürrer Junge in einem Hemd, das aus einem Fischnetz hergestellt zu sein schien, grinste ihn an und hüpfte wie wild herum. Sein Gefährte starrte Nudger ebenso ausdruckslos an wie der Junge, der Nan Grant abgeholt hatte. Ein etwa zwölfjähriger schlaksiger Junge kam Nudger auf der anderen Straßenseite entgegen, blickte ihn finster an, fiel in den Moonwalk und machte eine obszöne Geste. Vielleicht hatte das alles ja etwas zu bedeuten, doch Nudger kam nicht dahinter, was. Der Pick-up führte ihn nicht zu Luanne Rand, wie er gehofft hatte. Er ratterte nach Ladue hinaus, wo er unter den eleganten, haiähnlichen neueren Luxusautos wie ein seltsamer Eindringling wirkte, und hielt vor der Herbert-Hoover-High-School. Nan Grant stieg wortlos aus und eilte den heckengesäumten Weg entlang auf den Schuleingang zu.

Nudger beobachtete, wie der Pick-up mit Absicht einen Mercedes schnitt, als er sich wieder in den Verkehr einfädelte und dann die Straße hinunter verschwand. Nudger fuhr zu einem Münztelefon, das er neben einem großen Drugstore gesehen hatte, rief bei Nan Grant zu Hause an und sagte, er wolle sie sprechen. Die Frau, die an den Apparat gekommen war, sagte, Nan komme um halb drei aus der Schule. Ob er nicht dann noch einmal anrufen könne. Nudger sagte, das könne er, es sei nichts Wichtiges.

Um zwei stand er mit einem Schweregefühl und einem

schlechten Gewissen wegen der MunchaBunch-Doughnuts, die er zu Mittag gegessen hatte, im Granada vor der Schule und beobachtete, wie eine Parade von BMWs, Mercedesen und Volvos am Randstein Schlange stand, um Schüler abzuholen. Den ramponierten Toyota-Pick-up sah er nicht. Nan Grant, die wieder die Bücher unter dem Arm trug, kam mit zwei blonden Mädchen aus der Schule, die wie höhere Töchter aussahen. Sie alle stiegen in einen neuen blauen BMW, der von einem jungen Mädchen mit dunklem Haar gefahren wurde, das auf der einen Seite beinahe militärisch kurz geschnitten war und auf der anderen eine Art Hahnenkamm bildete. Als der BMW an Nudger vorbeifuhr, hörte er aus ihm Musik herausdonnern, obwohl seine Klimaanlage an und seine Fenster geschlossen waren. Er fuhr hinterher und staunte dabei darüber, daß alle Insassen gleichzeitig gestikulierend aufeinander einredeten und dabei auch noch mit brennenden Zigaretten herumfuchtelten. Trotz der mehrspurigen Gespräche und der aus der Stereoanlage donnernden Musik schienen sie zu verstehen, was sie einander sagten. Und irgendwie gelang es ihnen, sich dabei nicht in Brand zu stecken. Jugendliche mußten, wie Besoffene auch, einen Schutzengel haben.

Das Mädchen mit der Hahnenkammfrisur fuhr zu einem riesigen Einkaufszentrum in der Clayton Road und dann langsam über den flughafengroßen Parkplatz, bis sie einen freien Platz fand. Nudger mußte weiter entfernt am Ende des Parkplatzes parken und zum Eingang des Einkaufszentrums rennen, um die vier Mädchen einzuholen.

Sie amüsierten sich bei ihrem Bummel durch das Einkaufszentrum prächtig, gingen ab und zu in ein Bekleidungsgeschäft und probierten Sachen an. Sie hörten nie auf zu reden und schienen einander ungeheuer amüsant zu finden.

Sie hatten mehr Energie als Nudger. Nach einer knappen Stunde waren seine Füße wie Blei. Er hatte keine Lust mehr, vor noch einem Geschäft warten oder neben noch einem Brunnen oder noch einem Bäumchen auf noch einer harten Bank sitzen zu müssen. Es war schon nach drei. Anscheinend war Nan Grant, was das Heimkommen betraf, auch nicht zuverlässiger als Luanne.

Schließlich hatte Nudger doch noch Glück. Kurz vor vier verabschiedeten sich die anderen drei Mädchen vor einem Geschäft, das Platten, Kassetten und CDs verkaufte, unter großem Gekicher von Nan. Nudger war nicht überrascht; er konnte sich nicht vorstellen, daß drei höhere Töchter sich in einem BMW in Nans Viertel wagten, um ihre Freundin zu Hause abzusetzen.

Was nun? fragte sich Nudger und wackelte mit den Zehen, damit seine wunden Füße nicht einschliefen. Würde sie zu einer Bushaltestelle gehen? Würde der Junge mit dem Toyota auftauchen?

Sie ging zielstrebig los. Keuchend hetzte Nudger ihr hinterher. Den ganzen Weg bis zur Imbiß-Plaza. Sie holte sich ein volles Tablett mit einem Riesenhamburger in der Mitte, Pommes frites und einem Riesenbecher Cola und setzte sich allein an einen der kleinen Tische aus Marmorimitation. Nudger kaufte sich an einem der Imbißstände ein Busch-Bier, setzte sich einige Tische von ihr entfernt hin und war dankbar, daß er sich nun für längere Zeit nicht mehr rühren mußte, auch wenn der winzige Stuhl vielleicht einen dauerhaften Wirbelsäulenschaden verursachen mochte. Er beobachtete, wie Nan, die nun, da sie allein war, ernst war, sich langsam ihrem Essen und ihrer Cola widmete. Sie schien es überhaupt nicht eilig zu haben. Schien nicht auf jemanden zu warten. Sie schien die Menschen, die auf dem Weg von oder zu den nahegelegenen Rolltreppen vorbeiströmten oder sich um eine Imbißtheke drängten, gar nicht zu bemerken. Die Plaza wurde mit Musik bedudelt, einem alten Rolling-Stones-Hit, der kastriert worden war. Nach einer Weile ging Nudger hinüber und setzte sich ihr gegenüber. »Können wir uns kurz unterhalten, Nan?«

Sie hatte an einem derart belebten Ort keine Angst, sondern starrte ihn nur ausdruckslos an und überlegte, ob sie ihn vielleicht von irgendwoher kannte. Von nahem sah sie viel jünger aus. Runde Wangen, ein schmales Gesicht, aparte Augen, in denen unter den dunklen Pupillen weiße Halbmonde zu sehen waren. Zuviel roter Lippenstift und violetter Lidschatten. Sie hätte ordinär gewirkt, wenn sie nicht so jung gewesen wäre. Nach einer halben Minute sagte sie: »Sie sind der Mann, der die Frau zu Boden gerissen hat, die auf Mr. Rand geschossen hat. Ich habe Ihr Foto in der Zeitung gesehen, in diesem Freizeitanzug.«

»Genau. Kann ich Ihnen ein paar Fragen über Luanne stellen?«

Nan nahm einen Schluck Coke und starrte ihn über den Strohhalm hinweg an. Ihr Blick war jetzt wachsam, intelligent. Sie setzte sich gerade hin und leckte sich die Lippen. Ihr Strohhalm war mit Lippenstift verschmiert. »Ich weiß nicht. Kann ich Ihnen vertrauen?«

»Kann ich Ihnen vertrauen?«

»Wobei?«

»Daß Sie mir die Wahrheit sagen.«

Sie sah ihn forschend an. In ihrem Innern war sie wohl weise geworden von den Mühen, die allein schon der Versuch kostete, über ihre Verhältnisse hinauszuwachsen. Das war etwas, was ihre Freundinnen aus der

Herbert-Hover-High-School nicht verstehen würden. Er hatte selten das Gefühl gehabt, derart unter die Lupe genommen zu werden. Es dauerte nur ein paar wenige Sekunden, dann war sie wieder ein naiver Teenager. »Ja, schon. Ich meine, warum sollte ich lügen?«

»Warum sollte ich lügen? Die erste Frage lautet: Wissen Sie, wo Luanne steckt?«

»Die erste Antwort lautet nein. Ist sie etwa verschwunden oder so was?«

»Ja.« Er hatte sein Bier mit herübergenommen. Er trank einen großen Schluck und stellte das Glas dann neben die Flasche. »Ich mache mir Sorgen um sie.«

Nan fragte ihn nicht, weshalb. Sie sagte: »Sie haben auch allen Grund dazu.«

Nudger versuchte, sie genauer auszuhorchen. »Sie meinen wegen ihres Vaters?«

»Ja. Der Kerl ist ein richtiges Arschloch.«

»Wegen der Art, wie er sie behandelt?«

Nana schaute ihn unverwandt an; nun war sie wieder die weise Nan. »Sie wissen, daß er sie bumst?«

»Ja.« Nudger versuchte dabei, eine neutrale Miene zu machen, wußte aber, daß ihm das nicht gelungen war.

»Nun schauen Sie nicht so schockiert und wütend drein. Ich habe noch ein paar andere Freundinnen mit demselben Problem. Vielleicht hätten Sie die Verrückte nicht daran hindern sollen, ein Loch in Mr. Rand zu schießen. Ihm seinen beschissenen Schwanz abzuschießen.«

»Vielleicht«, sagte Nudger und dachte darüber nach. »Warum, glauben Sie, könnte Luanne abgehauen sein? Wegen dem, was ihr Vater macht?«

»Nein, daran hat sie sich schon vor Jahren gewöhnt. Jedenfalls so sehr, wie sich ein Mensch daran eben gewöhnen kann. Ich glaube, sie ist abgehauen, weil er sie in etwas mit hineingezogen hat. Er hat sie mit ein paar Typen zusammengebracht, und das mehr als einmal.«

»Zusammengebracht?« Es dauerte ein paar Sekunden, bis Nudger begriff, was dieses junge Mädchen mit dem grellen Lidschatten ihm da gesagt hatte.

»Moment mal, Sie meinen, er betätigte sich als ihr Zuhälter?«

»Klar. Luanne hat mir erzählt, er habe sich in eine Lage manövriert, in der ihm gar keine andere Wahl bleibt, aber sie haßt ihn trotzdem deshalb.«

Nudger starrte auf die vorübergehenden Passanten, auf Gäste, die sich mit Essenstabletts zwischen den Tischen hindurchzwängten. Sie alle sahen so aus, als führten sie ein ruhiges, normales Leben. Aber er wußte, daß dem nicht so war. Es war eine Welt voller Fassaden. Seine Arbeit hatte ihn das gelehrt. Und sie lehrte es ihn jetzt wieder. Er fragte: »Hat er sie dazu gebracht, Drogen zu nehmen, Nan?«

»Nein, die hat sie ganz von allein genommen. Aber als er dann dahintergekommen ist, hat er keinen Finger gerührt, um ihr zu helfen.« Sie schob den Rest des Hamburgers von sich und sah angeekelt drein. »Er hat tatenlos zugesehen, wie sie immer mehr von dem Zeug geschnupft hat. Wie sie dann Crack geraucht hat und schließlich an der Nadel hing. Wenn jemand so süchtig ist wie Luanne, dann macht er alles. Lügen, ficken, stehlen. Dann wird er wegen seiner Sucht alles ertragen.«

»Sollte ich fragen, ob Sie Drogen nehmen?«

Sie sagte: »Sollten Sie nicht.«

»Kennen Sie einen Mann names King Chambers?«

»Nein.«

»Einen Schwarzen namens Aaron? Trägt als Ohrring ein Hakenkreuz an einer Goldkette!«

»Nein.«

»Was wäre, wenn Luanne Rand bei der Polizei anzeigen würde? Würden Sie dann aussagen und helfen, daß er verurteilt wird?«

»Wenn ich das täte, bekäme ich Ärger mit ihm. Größeren Ärger als das, was er Luanne angetan hat. Er hat ein paar Geschäftspartner, die wirklich üble Typen sind. Verstehen Sie, was ich meine?«

»Ich glaube schon. Aber ich würde nur ungern tatenlos zusehen, wie er weiter Luannes Leben kaputtmacht.«

»Wenn Luanne abgehauen ist, hat sie vielleicht selber etwas dagegen unternommen.«

»Sie sind doch eng befreundet, ja?«

Nan nickte.

»Es wäre nur natürlich, wenn sie sich bei Ihnen melden würde.«

»Hat sie aber nicht«, sagte Nan. »Deshalb rede ich ja mit Ihnen. Mir liegt sehr viel an Luanne. Und ihr an mir.«

Nudger dachte eine Weile nach und fragte dann: »Weiß Luanne, daß sie adoptiert ist?«

Zum ersten Mal sah Nan schockiert aus. Ihr klappte die Kinnlade herunter, als wäre sie eine Falltür. Das Violett verschwand, als rings um ihre Pupillen das Weiß im Auge zu sehen war. »Adoptiert? Nein. Ich bin sicher, daß sie das nicht weiß.«

»Wenn Sie sie sehen, sollten Sie es Ihr, glaube ich, sagen. Sagen Sie ihr, daß ihre leibliche Mutter sie liebt, vielleicht zu sehr, und sich Sorgen um sie macht.«

Nan hatte ihre Fassung wiedererlangt und starrte Nudger an. Sie war nicht nur intelligent, sondern auch schnell von Begriff. »Wow! Die Frau mit dem Gewehr! Sie machen wohl Witze!«

»Nein«, sagte Nudger. »Luanne muß wissen, daß es

Menschen gibt, denen an ihr liegt und die ihr helfen wollen. Ihre Mutter – ihre beiden Mütter. Sie, aber von Ihnen weiß sie das schon. Und sagen Sie ihr, daß ich ihr helfen möchte.«

»Warum sollten Sie Luanne helfen wollen?«

»Weil es mein Job ist.«

Nan warf ihm einen bösen, violetten Blick zu. Wieder mit weisen Augen. »Wollen Sie ihr so helfen, wie ihr Vater ihr geholfen hat? Sind Sie daran interessiert?«

Nudger begriff zuerst gar nicht, was sie meinte. Dann fiel der Groschen. Er mußte an sich halten, um nicht auszuholen und Nan Grant eine Ohrfeige zu geben. Er sagte sich, daß sie ein junges Mädchen sei und nichts dafür könne, daß ihr Leben sie dazu getrieben hatte, gegenüber allen Männern ein bitteres Mißtrauen zu empfinden. Das sagte er sich, aber er war nicht sehr überzeugt davon.

Nan lächelte. »Sind wir fertig mit Reden?«

Er atmete tief aus. »Wenn Sie wollen.«

»Gut. Ich bin hier nämlich gleich mit jemandem verabredet. Mit einem Freund aus meinem Englischkurs. Wir müssen zusammen auf eine wichtige Klausur lernen, die wir demnächst schreiben.«

Nudger trank sein Bier in zwei Schlucken aus und stand auf. Er wischte sich mit Daumen und Zeigefinger Schaum von Mund. »Danke, daß Sie mit mir geredet haben, Nan. Und als ich gesagt habe, daß ich Luanne helfen will, hab ich genau das gemeint.«

Sie nickte, sah aber nicht auf.

Er ging davon. Als er sich noch einmal umdrehte, sah er, wie sie ihn beobachtete und dabei wieder ihren riesigen Hamburger mampfte.

Er verließ das Einkaufszentrum und ging an einem weißen Gebäude aus Gußbeton zum Eingang eines

Kaufhauses. Dann ging er durch das Geschäft wieder ins Einkaufszentrum und kehrte aus einer anderen Richtung zur Imbiß-Plaza zurück. Er setzte sich auf eine weitere harte Bank neben einem weiteren eingetopften Bäumchen und beobachtete von fern Nan Grant.

Er beobachtete sie beinahe eine halbe Stunde lang, bis ihr Freund auftauchte.

Es war kein Schulfreund. Es sei denn, Aaron mit dem Ohrring besuchte den Förderunterricht.

25. Kapitel

Auf der Arbeit und zu Hause stand Dale Rand ständig unter Polizeischutz. Aber eine Kugel war ein kleines Ding, das eine große Entfernung zurücklegen konnte, und das auch noch mit einer erstaunlichen Geschwindigkeit. Der Polizeischutz könnte es Norva Beane vielleicht erschweren, Rand bei ihrem zweiten Versuch zu töten, aber er könnte es nicht verhindern. Nudger nahm an, daß sie warten würde, bis der Polizeischutz nachlässiger wurde und Rand sich mit der Zeit wieder sicherer fühlte, ehe sie einen erneuten Versuch unternehmen würde. Sie kam vom Land und besaß neben den Augen eines Scharfschützen auch die Geduld eines Jägers. Nudger war froh, daß er nicht in Rands Haut steckte, dessen Schicksal im Fadenkreuz der Frau aus Possum Run lag.

Nudger war immer noch fest entschlossen, Norva und Luanne zu finden. Rand könnte ihm dabei vielleicht helfen, aber er weigerte sich, Nudger zurückzurufen. Die Beschattung von Nan Grant hatte Nudger nicht weitergebracht. Sie benahm sich wie eine ganz normale High-School-Schülerin. Sie hatte sich nicht wieder mit Aaron getroffen, und Nudger war sich sicher, daß sie nicht wußte, wo Luanne steckte. Er wußte, daß es zwecklos wäre, sie nach Aaron zu fragen, der wahrscheinlich ohnehin nur ihr Dealer war. Oder möglicherweise dealte Nan ja auch selbst an der Schule. Eine interessante Möglichkeit. Sogar beunruhigend. Aber nicht wirklich überraschend und höchstwahrscheinlich nicht weiter von Bedeutung, soweit es Nudger betraf.

Nach einer Woche voller Frustrationen beschloß er,

sich an die einzige andere beteiligte Person zu wenden, die vielleicht eine Ahnung haben könnte, wo Norva oder Luanne steckten und ob sie vielleicht zusammen sein könnten.

Er wartete, bis Rand in seinem schwarzen Caddy zur Arbeit gefahren war, und beobachtete, wie sich ihm an der Ecke ein Polizeiauto anschloß. Es war zwar möglich, daß auch das Haus selbst nach einer Woche immer noch bewacht wurde, aber Nudger wußte, daß er das Risiko eingehen mußte. Er verstieß schließlich gegen kein Gesetz; schlimmstenfalls würde man ihn festnehmen und zu einem heftigen und unerfreulichen Gespräch mit Massinger aufs Revier bringen.

Er stieg aus dem Granada, überquerte die Straße und ging quer über den vorderen Rasen zu Rands Haustür. Er drückte lange auf den verzierten Messingklingelknopf und hörte, wie tief drinnen im Haus die Glocke erklang. Während er wartete, starrte er auf das verschwommene Muster aus Sonne und Schatten auf dem gepflegten Rasen. Die Kombination von Rasen, Sommer und Sonne weckte bei ihm nostalgische Gefühle. Er hatte als Kind viel Baseball gespielt, und der flache, grüne Rasen erinnerte ihn an den Geruch von Grasflekken und von eingefettetem Leder, an die Schmerzen in seinen Knöcheln, wenn er vor Aufregung die unbehandschuhte Hand in seinen Fanghandschuh geboxt hatte. Das laute Knallen, wenn der Ball auf den Baseballschläger traf, und das Gefühl, wenn er den winzigen runden Klumpen mit der idealen Stelle des Schlägers traf und hoch in die Luft hieb. Er hatte damals zwar ziemlich gut geschlagen, aber er –

Die Tür ging auf. »Mr. Nudger. Hallo.«

Sydney trug einen spitzenbesetzten pinkfarbenen Morgenmantel, unter dem am Knie der Saum eines hellblauen Nachthemds hervorschaute. Sie war barfuß, was ihn an Norva Beane erinnerte. Sie trug kein Make-up, und er roch keine Ginfahne. Sie schien nüchtern zu sein.

Nudger schenkte ihr sein altbekanntes, reizendes Lächeln, bei dem sie tatsächlich ein bißchen zu schmelzen schien. »Ich dachte mir, wir sollten einmal miteinander reden«, sagte er.

Sie lächelte auch, zwar schwächer als er, aber, so dachte er, sicher aufrichtiger. »Mein Mann hat mir gesagt, ich dürfe nicht mit Ihnen reden. Für ihn gehören Sie eher zum Problem als zur Lösung.«

»Das klingt aber reaganesk.«

»Nun, mein Mann ist reaganesk. Das würden zumindest einige Leute sagen.«

»Und Sie?«

»Nein, ich bin zeit meines Lebens Demokratin.«

»Ich meine, werden Sie mit mir reden?«

Sie betrachtete ihn prüfend. Ihre Augen waren verquollen. Hatte sie geweint? »Sie haben Dale immerhin das Leben gerettet.« Sie trat einen Schritt zurück, damit er in den kühlen Luftzug treten konnte, der aus dem Haus strömte. »Wir sind Ihnen verpflichtet, ob er das nun wahrhaben will oder nicht. Und außerdem sollte eine Frau nicht immer das tun, was ihr Mann ihr sagt.«

»Damit würde sie einen gefährlichen Präzedenzfall schaffen«, pflichtete Nudger ihr bei.

Er ging an Sydney vorbei und roch dabei ihr Fliederparfum. Nett. Trotz der verheerenden Wirkung, die Dale Rand und der Alkohol auf sie gehabt hatten, schien sie eine Frau zu sein, die ihre Weiblichkeit und ihre Hoffnung nicht aufgab. Doch sie hatte auch etwas Sprödes an sich, einen leichten Hauch von Verzweiflung, den das Parfum nicht überdecken konnte.

Sie führte ihn durch eine kleine Eingangshalle in ein

großes Wohnzimmer mit einem grünen Teppichboden und makellosen verschnörkelten, viktorianischen Möbeln, die offensichtlich im letzten Jahrzehnt hergestellt worden waren. Die Sessel und die Vorhänge waren aus demselben Blumenmuster. In einer Ecke stand eine hohe Vitrine aus knorrigem Walnußholz, in der sich vermutlich die Stereoanlage befand. Auf dem verschnörkelten Sofa und auf einem der Sessel waren durchsichtige Plastikschoner. Sydney mußte bemerkt haben, daß Nudger die Schoner anstarrte. Sie sagte: »Das ist nicht das Zimmer, in dem wir uns meistens aufhalten. Das liegt nach hinten raus und hat Blick auf den Pool.« Sie ging zu dem Sessel mit dem Plastikschoner hinüber und setzte sich auf seine Sitzkante. »Haben Sie eine Ahnung, wo Luanne steckt, Mr. Nudger?«

Er fand sie bemitleidenswert. Eine Plastikfrau auf einem Plastiksessel in einem Plastikvorort erkundigte sich nach einer Tochter, die nicht ihre eigene war und für die sie offensichtlich Plastik war. »Ich suche Luanne und Norva Beane, Mrs. Rand.«

»Natürlich. Das tun wir alle.«

Wenn sie fand, daß ihn die Suche nach Luanne nichts anging, so ließ sie es sich jedenfalls nicht anmerken. Warum sollte sie auch? Je mehr Menschen nach Luanne suchten, desto wahrscheinlicher war es, daß sie gefunden wurde. Er sagte: »Ich glaube nicht, daß Norva sie entführt hat oder daß die beiden zwangsläufig zusammen sind.«

»Wenn sie bei dieser Frau ist, glaube ich kaum, daß sie in Gefahr ist.«

»Warum sagen Sie das?«

Ein Ausdruck von Erschöpfung, vielleicht von Resignation, huschte über ihr Gesicht. »Das ist nur so ein Gefühl.« Hammersmith hatte gesagt, daß Massinger

Dale Rand informiert hatte, daß Norva behauptete, Luannes leibliche Mutter zu sein. Aber hatte Rand seine Frau informiert?

»Haben Sie Luanne gesucht?« fragte Nudger

»Ich habe jeden angerufen, von dem ich meinte, daß er vielleicht helfen könnte, aber niemand weiß etwas. Ich würde ja persönlich draußen nach ihr suchen, aber mein Wagen . . . ist seit Monaten nicht mehr aus der Garage gekommen. Wegen eines Mißverständnisses ist mir der Führerschein entzogen worden.«

Nudger überlegte kurz, ob er sich aufs Sofa setzen sollte, dachte dann aber, daß es bequemer wäre, stehenzubleiben. »Ich dachte, Sie könnten mir vielleicht etwas sagen, was mir helfen würde, sie zu finden«, sagte er. »Sie sind doch schließlich ihre Mutter.«

Sie schaute erst auf ihre Füße und sah dann mit einem tapferen Lächeln wieder zu ihm hoch. »Luanne ist adoptiert, wissen Sie.«

»Ich sehe nicht, inwiefern das einen Unterschied macht. Sie müssen sie besser kennen als irgend jemand sonst.«

Sydney holte tief Luft. So etwas wie Schmerz flackerte in ihren Augen auf. »Diese Norva Beane ist Luannes leibliche Mutter, stimmt's?«

»Wie kommen Sie denn auf die Idee?«

»Am Abend der Schießerei hatte ich so ein Gefühl, und das wurde noch stärker, als ich ihre Personenbeschreibung in der Zeitung gelesen habe. Natürlich hat man Dale und mir nie gesagt, wer Luannes leibliche Mutter war, aber wir haben doch erfahren, daß sie aus den Ozarks stimmt. Also ist es durchaus möglich. Außerdem hatte ich immer Angst davor, daß sie eines Tages in unserem Leben auftauchen würde. Aber vielleicht geht das allen Müttern so, die ein Kind adoptiert haben.«

Nudger schwieg, denn er dachte daran, daß er unmöglich verstehen konnte, wie es Adoptivmüttern ging.

»Und es würde erklären, weshalb sie Dale umbringen wollte.«

»Ich sehe da keinen Zusammenhang«, log er.

»Aber es gibt einen.«

»Hat Massinger Ihnen gesagt, daß Norva behauptet, Luannes leibliche Mutter zu sein?«

»Nein. Ist sie es? Hatte ich mit meinem Verdacht recht?«

»Das sagte sie jedenfalls.«

»Und Sie glauben ihr?«

»Ja.«

Sydney nickte schwach, als wäre sie eine alte Frau, deren Kopf zu schwer für ihren dürren Hals geworden war. »Irgendwie muß sie das über Dale herausgekriegt haben.«

»Was denn?«

»Er ist nicht ganz der Vater gewesen, der er hätte sein sollen.«

»Inwiefern?«

Sydney hatte aufgehört zu nicken und hielt den Kopf gesenkt. »Er hat sie ignoriert. Ihr ganzes Leben lang hat er sie ignoriert. Er hat sie behandelt, als wäre sie ein Gespenst.«

Sydney machte immer noch einen großen Bogen um das, was sie insgeheim wußte, um ihre Schuldgefühle darüber, daß sie der Sache nicht Einhalt geboten hatte. Nudger hatte nicht vor, sie mit der Wahrheit zu quälen.

»Mein Mann hat darum gebeten, daß der Polizeischutz eingestellt wird«, sagte sie. »Das heißt, genau genommen hat er es verlangt. Ihm ist nicht klar, wie sehr Norva Beane ihn tot sehen will.«

Nudger fragte sich, ob sie auch von allem anderen wußte, von den Drogen, der Zuhälterei und von der Sache mit Horace Walling und den illegalen Insiderinformationen. Er konnte verstehen, weshalb Dale Rand die Polizei nicht in seiner Nähe haben wollte. Sie mochte ihm vielleicht etwas Schutz geben, aber er hatte von ihr auch etwas zu befürchten. »Ich glaube, er nimmt sie jetzt ernst genug«, sagte er.

»Kann sein.«

»Haben Sie mit Nan Grant gesprochen? Ich habe gehört, sie und Luanne seien eng befreundet.«

»Ich habe mit ihr geredet«, sagte Sydney. »Sie weiß nicht, wo Luanne ist. Sie weiß gar nichts von all dem.«

»Was ist mit dem Tag der Arbeit?« fragte Nudger. Sie riß den Kopf hoch und sah ihn eigenartig an. »Keine Ahnung. Was soll damit sein?«

»Ich habe nur mal irgendwo gehört, daß davon die Rede war. Ich habe vergessen, wo. Aber es scheint etwas mit dem zu tun zu haben, was hier vor sich geht. Hat Ihre Familie am Tag der Arbeit irgend etwas vor?«

»Nein. Ich glaube, mein Mann arbeitet an irgendeinem Geschäft, das damit etwas zu tun hat. Sonst weiß ich nichts über den Tag der Arbeit. Außer, daß das die Woche ist, in der Luanne wieder ganztags in die Schule gehen wird.«

»Kennen Sie Dr. Horace Walling?«

»Nein. Dale hat ein paar mysteriöse Telefonate mit jemandem geführt, den er *Doktor* nennt. Ich nehme an, das könnte er sein. Ist Dale vielleicht krank? Ich habe gehört, wie er von einer Krankheit geredet hat.«

»Was für eine Krankheit?«

»Nichts Ernstes. Eine Erkältung oder eine Grippe. Mehr ist es doch nicht, oder? Er ist doch nicht etwa krank und verheimlicht es mir?«

»Nicht, daß ich wüßte. Walling ist kein Arzt, er ist ein Geschäftspartner Ihres Mannes.«

»Dann weiß ich bestimmt nichts davon. Genausowenig wie von einer Menge anderer Dinge.« Ihre Stimme wurde schriller. »Dale erzählt mir nichts, Mr. Nudger! Von gewissen Sachen weiß ich nichts! Verstehen Sie das? Ja?« Plötzlich schlug sie die Hände vor die Augen. Sie begann zu weinen. Nicht zu schluchzen, sondern zu weinen. Heulte lauthals. Nudger hatte keine Ahnung, wie er darauf reagieren sollte. Er trat unbehaglich von einem Bein aufs andere, stapfte dann hinüber und legte ihr sanft die Hand auf die zuckende Schulter. Doch er schien für sie gar nicht vorhanden zu sein. Mitgefühl schnürte ihm die Kehle zu. Ihre problematische Tochter war verschwunden, und jemand wollte ihren Mann umbringen. Dale Rand war vielleicht ein Schwein, aber sie liebte ihn nun mal. Das war ihr großes Problem. Nudger haßte es, sich so nutzlos vorzukommen. Haßte die Feuchtigkeit, die ihm in die Augen trat und überzufließen drohte.

Er schluckte. »Ist mit Ihnen alles in Ordnung, Mrs. Rand?«

Er glaubte, daß sie nickte, doch er war für sie immer noch nicht vorhanden. Sie war so einsam, wie eine Frau es nur sein konnte.

Nach einer Weile verließ er sie und ging aus dem Haus.

Am Abend rief ihn Hammersmith bei Claudia an und teilte ihm mit, daß der Tod ein Mitglied der Rand-Familie dahingerafft hatte.

Aber nicht Dale. Sondern Luanne.

Sie war auf einem unbebauten Grundstück gefunden worden. Mit auf dem Rücken gefesselten Händen und einer Kugel im Kopf.

26. Kapitel

Als er noch zwei Querstraßen vom Tatort entfernt war, sah Nudger zwischen den kahlen Silhouetten der zwei- und vierstöckigen Häuser helle Lichter schimmern. Als er noch eine Querstraße entfernt war, bremste er den Granada und sagte einem Streifenpolizisten, daß Hammersmith nach ihm geschickt hatte. Nudger wurde mit einem finsteren Blick bedacht und durchgewunken. Er parkte neben einem gelben Spurensicherungsband, das sich wie Festschmuck im warmen Wind verdreht hatte. Am Tatort standen ein Rettungswagen, vier Streifenwagen und mehrere Zivilfahrzeuge der Polizei, die alle kreuz und quer geparkt waren. Der weiße Lieferwagen der Spurensicherung stand an der Ecke des unbebauten Grundstücks, das von unbewohnbaren und offensichtlich verlassenen Backsteinapartmenthäusern gesäumt wurde.

Nudger stieg aus dem Auto in die warme Nachtluft, schob sich durch eine Menge teils ernster, teils heiterer Schaulustiger, duckte sich unter dem gelben Band hindurch und ging auf eine Gruppe von Polizisten in Zivil und in Uniform zu, die auf dem Bürgersteig in einer Traube zusammenstanden. Einige der geparkten Fahrzeuge hatten den Motor laufen; Auspuffgase hingen in der schwülen Luft. Als er näherkam, erkannte ihn ein weißhaariger Zivilpolizist namens Smatherwell und nickte ihm zu. Nudger fragte ihn, wo Hammersmith sei, und Smatherwell wies mit dem Kopf auf einige Männer, darunter auch einige uniformierte, die in der Mitte des dunklen Grundstücks in einem hellen Lichtkegel zusammenstanden.

Einer der Zivilpolizisten sagte etwas, und alle lachten, als Nudger durch das kniehohe Unkraut watete, das unbeirrt aus dem kargen Bogen schoß. Steine und Glasscherben knirschten unter seinen Sohlen, und das Unkraut schnappte nach seinen Knöcheln, als wollte es ihn zum Stolpern bringen. Zwar gab es außer den hellen Lampen, die am Tatort aufgebaut waren, auch viel Mondlicht, doch der Boden vor Nudgers Füßen lag im Finstern, und gelegentlich wehte ein Müllgestank zu ihm hoch. Er wollte lieber nicht daran denken, auf was er da vielleicht trat.

Als er seine Knöchel aus einem verrosteten Drahtknäuel befreite, wäre er um ein Haar hingefallen und machte dadurch Hammersmith auf sich aufmerksam. Als er sich befreit hatte, ging er langsam zu dem hellen Lichtkreis und dem Objekt auf dem Boden, auf das alle ihre Aufmerksamkeit gerichtet war. Hammersmith löste sich aus der Traube von Polizisten und Technikern und gesellte sich zu ihm.

»Ein einsamer Platz zum Sterben, was, Nudge?«

»Das ist wohl jeder Platz.« Nudger schaute kurz auf das Bündel aus dunkler Kleidung und heller Haut auf dem Boden. Zwei Männer beugten sich aufmerksam über Luanne Rands Überreste, erfahrene Dolmetscher in der Sprache der Gewalt, die von ihrer Leiche eine Anleitung ablasen, wie das Rätsel ihres Todes zu lösen war. Eine Kamera blitzte und tauchte die Szene einen Augenblick lang in einen Schattenriß, als hätte dahinter ein Blitz eingeschlagen. »Bist du sicher, daß sie es ist?«

»Leider ja, Nudge. Bei der Leiche waren zwar keine Papiere, aber sie sieht genauso aus wie Luanne auf ihren Fotos. Wir werden uns endgültig sicher sein, wenn wir die Fingerabdrücke verglichen haben, und wir werden sie von der Mutter oder dem Vater identifizieren lassen, wenn die Eltern ins Leichenschauhaus kommen. Du hast das Mädchen doch schon mal gesehen, stimmt's?«

O je. Nudger nickte widerwillig.

»Dann schau sie dir doch mal an. Überprüfe, was wir zu wissen glauben. Es ist gar nicht so schlimm. Sie ist nicht übel zugerichtet, und es sieht nicht so aus, als hätte es irgendwelche Sexsachen gegeben.« Nudgers Magen verkrampfte sich. »Wie lange, glaubt der Gerichtsmediziner, ist sie schon tot?«

»Etwa zwei Tage.«

»O Gott, Jack!«

»Du kannst ja die Luft anhalten, Nudge. Na, komm schon.« Hammersmith ging bereits auf die Leiche zu. Er drehte sich um und sagte noch einmal: »Na, komm schon, Nudge!« Als riefe er beim Gehorsamstraining einen störrischen Hund.

Nudger wußte, daß er es tun mußte. Er atmete durch den Mund und ging in einem schrecklichen Traum auf die beleuchtete Szene zu. Nicht ganz wirkliche Menschen machten ihm Platz. In seinem Traum war es ganz still. Er hielt die Luft an. Er nahm all seinen Mut zusammen. Er sah hin.

Zuerst schien es gar nicht so schlimm zu sein, eine jener Erfahrungen, die nach der vorweggenommenen Angst eine Erleichterung waren. Hammersmith hatte recht. Sie war nicht übel zugerichtet. Sie lag bäuchlings da, als schliefe sie, den Kopf zur Seite gedreht. Ihre Handgelenke waren mit einem braunen Leitungskabel auf ihrem Rücken gefesselt. Beide Hände waren zu Fäusten geballt. Es war kein Blut zu sehen, und ihre Haare waren kaum verwuschelt. Es war die Kreideblässe der verwesenden Haut, die Nudger plötzlich an den Magen und ans Herz ging. Obwohl ihre Lippen in dem gespenstischen Licht leicht purpurfarben und schlaff und ihre geschlossenen Augen eingesunken waren, war es offensichtlich, daß sie weinend gestorben war. Eine fette schwarze Küchenschabe krabbelte über ihren weißen Nacken und verschwand in ihrem Kragen. Sie hätte eigentlich aufkreischen müssen, diese grausige Parodie eines jungen Mädchens, aufspringen und wie wild an ihrer Bluse herumzupfen müssen, um das Insekt wieder herauszuschütteln. Doch das tat sie nicht. Sie würde es auch nicht tun. Nie mehr. Nudger unterdrückte ein Schluchzen, schluckte dabei den faulen Gestank und wirbelte herum. Er mußte würgen. Er beugte sich vor und spuckte mehrmals aus, aber er erbrach sich nicht. Er weigerte sich, das zu tun.

Hammersmith war neben ihm. »Ist sie es?«

»Ja«, sagte Nudger, richtete sich wieder auf und atmete tief durch. Einige der Leute, die um die Leiche herumstanden, starrten ihn an, doch niemand lächelte.

»Tut mir leid, Nudge. Ist dein Bauch wieder okay?«

»Nein!«

»Gehen wir da rüber.« Hammersmith packte ihn eigenartig sanft am Arm und führte ihn zu einer kleinen Lichtung im Unkraut, die etwa sechs Meter von der Leiche entfernt war. Er zündete sich eine seiner riesigen grünlichen Zigarren an, weil er wußte, daß Nudger unter diesen Umständen nichts dagegen haben würde. Er wußte, welchen Geruch Nudger immer noch in der Nase hatte. Zigarrenqualm würde angenehmer sein. »Scho«, sagte Hammersmith und zog dabei an seiner Zigarre, um das Ding zum Glühen zu bringen, »wasch hältscht du davon?« Er nahm die Zigarre aus dem Mund und stieß eine ätzende grüne Qualmwolke aus, die vor dem Nachthimmel schwarz war.

Nudger stemmte die Hände in die Hüften und starrte zu den strahlenden Sternen empor; die Entfernung zwischen ihnen war so groß, daß man sie in Zeit messen konnte. Er starrte inmitten des Elends, des Todes und der zerstörten Träume hinauf. Da oben war alles sauber und klar und für ewig. Ein Vakuum, das ihm hier unten auf der Erde einen Stich versetzte.

Er sagte: »Was hatte sie in einem so verrufenen Viertel zu suchen? Die Hälfte der Häuser hier ist völlig heruntergekommen, und der Großteil der Menschen hier auch.«

»Ich habe gedacht, du hättest vielleicht eine Idee, Nudge. Sie wurde hier ermordet; die Leiche ist nicht mehr bewegt worden. Die Hände wurden ihr mit einem gewöhnlichen Leitungskabel auf dem Rücken gefesselt, das so gekräuselt ist, als sei es mit einem Drahtschneider zerschnitten worden. Male an ihren Knöcheln deuten darauf hin, daß sie auch dort gefesselt worden war. Es schaut ganz so aus, als hätte man sie hierhergefahren, ihr dann die Beine losgebunden, damit sie auf das Grundstück gehen konnte, und sie dann erschossen. Eine einzige kleinkalibrige Kugel durch die Schläfe, die immer noch in ihrem Kopf steckt.«

»Wie bei einer Hinrichtung«, sagte Nudger.

»Ja.« Hammersmith zog an der Zigarre und stieß eine Qualmwolke aus, die einige Sterne verdeckte.

»Captain Springer wird mit dir reden wollen, um alles zu erfahren, was du über Norva Beane weißt.«

»Das habe ich doch alles schon Massinger draußen in Ladue erzählt«, sagte Nudger in einem Versuch, sich bedeckt zu halten. Springer konnte ekelhaft sein. Eigentlich konnte er gar nicht anders sein. Das war bei ihm genetisch bedingt.

»Springer wird nichts dagegen haben, wenn du dich wiederholst. Er glaubt, dieser Mord gehe auf Norvas Konto.«

»Sie würde ihre eigene Tochter vielleicht entführen«, sagte Nudger. »Aber sie würde sie nie umbringen.«

Hammersmith blies die Backen auf und stieß noch mehr Qualm aus. »Du weißt, daß das nicht stimmt, Nudge. Manchmal laufen die Dinge aus dem Ruder. Norva hat das vielleicht nicht so geplant, aber sie könnte dennoch für den Tod des Mädchens verantwortlich sein.«

Das ist wie ein Polizist gedacht, dachte Nudger. Hammersmith war zuerst ein Polizist und dann ein Freund. So mußte es auch sein, wenn es um einen Mord ging. »Ich habe heute mit Sydney Rand gesprochen«, sagte Nudger. »Sie hat Luanne sehr geliebt. Das wird sie völlig fertigmachen.« Hammersmith schaute einen Augenblick zu Boden und leckte dann über das feuchte Mundende der Zigarre, das sich abzublättern begann. »Ich bin froh, daß sie jemand draußen aus Ladue davon benachrichtigen wird«, meinte er.

Nudger fragte: »Glaubst du wirklich, daß Norva das Mädchen erschossen hat, Jack?«

»Ich habe bis jetzt noch keine Meinung dazu. Ich schlage mich mit Fakten herum, nicht mit Eingebungen. Ich weiß jedoch, daß Springer Norva Beane als Hauptverdächtige sieht. Sie hat auf den Vater des Mädchens geschossen, und sie könnte das Mädchen entführt haben. Norva hat nicht gerade eine stabile Geistesverfassung an den Tag gelegt. Daß sie angeblich Luannes Mutter ist, ist vielleicht nur eine Wahnvorstellung von ihr.«

»Ich glaube es aber«, sagte Nudger. »Und es ist durch Adoptionsunterlagen und DNA-Untersuchungen leicht zu beweisen. Sydney hat mir erzählt, daß Luanne adoptiert worden ist. Aber ich muß zugeben, daß Nan Grant überrascht zu sein schien, als ich es ihr gesagt habe.«

»Nan Grant?«

»Luannes beste Schulfreundin. Jemand, mit dem ihr mit Sicherheit reden solltet.«

»Oh, werden wir schon noch.« Hammersmith schaute kurz zu dem toten Mädchen hinüber, gab für eine Sekunde die Maske der professionellen Ungerührtheit auf und sah wütend drein. Er wollte schon seine halbgerauchte Zigarre wegwerfen, als ihm gerade noch rechtzeitig einfiel, daß er sich an einem Mordtatort befand, und er sie sich wieder in den Mund steckte.

»Wir werden jetzscht mit einer Menge Leute reden.«

Captain Springer, ein skrupelloser, ehrgeiziger Bürokrat mit einem verkniffenen Gesicht, wollte nicht erst am nächsten Tag mit Nudger reden. Er wollte noch am selben Abend mit ihm reden, unten im Polizeipräsidium in der Tucker, Ecke Clark. In Springers Büro erzählte Nudger ihm, einem weiteren Polizisten, der als Zeuge fungierte, und einem Recorder fast alles. Springer verschränkte die Hände fest vor der Brust und ging – nein, stolzierte – im Zimmer auf und ab, während er Nudger vernahm, zog für den anderen Polizisten eine Show ab und bemühte sich, für den Recorder wie Walter Cronkite zu klingen. Er machte keinen Hehl daraus, daß Nudger seiner Vermutung nach wahrscheinlich irgendwie in den Mord an Luanne, den Diebstahl des Hope-Diamanten und den Überfall auf Brinks verwickelt war. Von den beiden Kennedy-Attentaten sagte er nichts.

Nudgers Aussage wurde dann abgetippt und von ihm unterschrieben. Er war erschöpft. Springer dagegen schien munter und begierig, noch sechs weitere Übeltäter zu vernehmen.

Es war schon Mitternacht vorbei, als Nudger müde aus dem mausoleumähnlichen Polizeipräsidium taumelte und zum Rathaus hinüberging, wo sein Wagen stand. Er hatte Springer nichts davon gesagt, daß er Rands Haus und Telefon angezapft hatte; er hatte es ihm zwar nur ungern verschwiegen, aber sein Schweigen gehörte zur Abmachung mit dem Wanzenfritzen. Falls die Abhörgeschichte je herauskam, würde Nudger sich eben einfach mit seiner Strafe abfinden müssen. Das war die Abmachung, und sie galt für beide Teile. Der Wanzenfritze, einer der wenigen Gläubiger, die von Nudger prompt ihr Geld erhielten, hatte inzwischen alle Beweise dafür vernichtet, daß die Wanzen je installiert worden waren, und würde selbst schweigen, es sei denn, er werde in einem Maße gefoltert, bei dem Nudger schon seit langem gebrochen worden wäre.

Nudger hatte dem wieselgesichtigen, verabscheuungswürdigen Springer auch nichts von den Aktienmarkt-Informationen gesagt. Sie schienen nebensächlich zu sein. Außerdem konnte er von ihnen nichts sagen, ohne dabei zuzugeben, daß Rands Telefonate mitgeschnitten worden waren. Und sie schienen nicht sachdienlicher zu sein als Sydneys häufige Spirituosenbestellungen.

Außerdem studierte Nudger täglich die Börsenkurse, und weder Synpac noch Fortune Fashions hatten mehr als einen halben Punkt geschwankt. Wie wichtig konnten sie da schon sein? Bei dem Mord an Luanne ging es um Drogen, Jugend und Prostitution einer Minderjährigen, nicht um den Dow-Jones-Index. Um Doppelleben und schlechte Gesellschaft dort, wo man am wenigsten damit rechnen wurde.

Warum hatte Springer nur höhnisch das Gesicht verzogen und sich weiter auf Norva konzentriert, als Nudger die Vermutung geäußert hatte, daß es vielleicht eine Verbindung zur Prostitution oder zu Drogen geben

könnte, daß möglicherweise sogar ein Freund der Familie oder ein Nachbar Luanne ermordet haben könnte?
Sogar Massinger würde zugeben müssen, daß einige der
angesehenen, reichen Leute in Ladue stahlen. Warum
sollten einige von ihnen nicht auch ungesetzlich kopu-
lieren? Oder Drogen schnupfen, rauchen oder spritzen?
Warum sollten einige von ihnen nicht morden?

27. Kapitel

Der Mann, der in Nudgers Wohnung und in Nudgers Lieblingssessel saß, sagte: »Ich glaube, Sie brauchen gar kein Licht anzumachen. Die Straßenlampe ist hell genug, damit ich Sie sehen kann.«

Nudger erkannte die Stimme. Stellte sich die Pistole vor. Er kam ganz herein und machte die Tür zu. Sowie der Riegel ins Schloß fiel, packte ihn die Angst tief in den Eingeweiden. Er sagte sich, wenn Aaron ihn umbringen wollte, hätte er das schon längst getan. Das war Hammersmith' unvoreingenommene Meinung gewesen. Nudger fand sie immer noch plausibel, doch sein Magen offensichtlich nicht.

»Gehen Sie zum Fenster, damit ich Sie besser sehen kann«, sagte Aaron. Er wies mit dem Kopf auf das Fenster, wobei sein Hakenkreuz-Ohrring im trüben Licht glitzerte.

Nudger torkelte auf gummiartigen Beinen ans Fenster. Er starrte auf die im trüben Schein der Straßenlampen daliegende Sutton Avenue hinaus, die um Viertel vor eins in der Nacht menschenleer war. In dieser Gegend waren nach Mitternacht kaum noch Menschen unterwegs. Höchstens Menschen, die andere Menschen umbrachten. Und Menschen, die Angst hatten, umgebracht zu werden.

»Schauen Sie mal her, Nudger«, sagte Aaron. »Damit wir von Angesicht zu Angesicht miteinander reden können.«

Als Nudger hinschaute, sah er überrascht, daß neben dem schwarzen Rechteck der Küchentür noch eine andere Gestalt im Zimmer stand. Eine große, breitschultrige Gestalt, bei der es sich nur um King Chambers handeln konnte. Chambers stand ganz im Schatten, sein Gesicht war nicht zu sehen. Diese Typen benutzten Licht und Schatten wie Orson Welles bei seinen alten Schwarzweißfilmen.

»Ich sehe, daß Sie meinen Freund bemerkt haben. Er interessiert sich auch für unser Gespräch. Können Sie erraten, was das Thema sein könnte?«

»Was ich der Polizei über den Mord an Luanne Rand gesagt habe?« vermutete Nudger.

»Richtig. Und was die Ihnen gesagt hat.«

Nudgers Gedanken wirbelten genauso schnell umher wie sein Magen, als er seine Stärken und Schwächen bei dieser Begegnung herauszufinden versuchte. Die Schwächen waren ein Klacks.

Doch dann fiel ihm in seiner an Panik grenzenden Verzweiflung eine große Stärke ein. Die Wahrheit. Wenn Chambers wußte, daß er erzählt hatte, daß er ihn mit Rand beim Mittagessen gesehen hatte, und der Polizei auch gesagt hatte, daß Aaron ihn draußen am Golfplatz belästigt hatte, würde Chambers auch wissen, daß Nudgers Tod oder Verschwinden polizeiliche Ermittlungen auslösen würden, die sich auf Chambers und Aaron konzentrieren würden. Die Wahrheit, dachte Nudger nicht ohne Ironie, könnte ihn frei machen. Eine tapfere Fassade, ermahnte er sich. Es war Zeit, sich eine tapfere Fassade zuzulegen. Sein Magen rumorte. Nudger sagte: »Hallo, Mr. Chambers.« Die Gestalt im Schatten blieb lange Zeit reglos, doch irgend etwas in der Atmosphäre veränderte sich. Die Dynamik des mitternächtlichen Treffens war im Fluß. Irgendwo in der düsteren, stillen Wohnung summte eine Mücke. Nudger beneidete sie um ihre Freiheit und ihre Unsichtbarkeit. Die Möglichkeit, daß er mehr wußte, als sie ursprünglich angenommen hatten, und vielleicht mehr ausgeplaudert hatte, hatte das Gleichgewicht im Raum verschoben. Nicht sehr, aber genug. Hoffte Nudger zumindest.

Chambers trat ein paar Schritte vor, so daß das trübe Licht schräg auf sein Gesicht fiel und sein knochiges Antlitz dabei wie ein Totenkopf aussah. Welles hätte das gefallen.

»Vielleicht sollte ich Sie beide förmlich miteinander bekannt machen«, sagte Aaron, »da Sie einander ja schon einmal zwanglos begegnet sind.«

»Unnötig«, schnauzte Chambers, der Boß, seinen hochnäsigen Handlanger an. Der Totenkopf wandte sich Nudger zu. »Nudger. So werden Sie von allen gerufen. Und so stehen Sie auch im Telefonbuch. Haben Sie auch einen Vornamen?«

»Ich heiße nur Nudger.« Ihm fiel auf, daß Chambers ein eigenartiges Eau de toilette oder Rasierwasser benutzte, das nach Muskatnuß roch.

»Nur ein einziger Name«, meinte Chambers amüsiert. »Wie dieser Rockstar Sting.«

»Eher wie dieser Slapstickkomiker Doof«, sagte Aaron. »Wenn wir ihn schon unbedingt mit jemandem aus dem Showbusineß vergleichen wollen.«

Chambers sagte: »Mr. Nudger ist keineswegs doof, auch wenn er nicht gerade Mensamaterial ist. Erzählen Sie uns, was wir wissen wollen. Erzählen Sie uns alles.«

Nudger berichtete von den Aussagen, die er vor der Polizei gemacht hatte. Er erzählte, daß er unter anderem ausgesagt hatte, daß Aaron ihn ermahnt hatte, Rand nicht länger zu beschatten, und daß er gesehen hatte, wie Rand mit Chambers in Clayton zu Mittag gegessen hatte. Das müßte eigentlich ausreichen, um ihn etwas zu schützen. Doch er hielt es für das Beste, nichts davon zu sagen, daß er Rand, Chambers und Aaron im Haus des toten Mannes in der Latimer Lane gesehen hatte. Dann könnte sich nämlich für Chambers das Risiko lohnen, dafür zu sorgen, daß Nudger verschwand. Außerdem hatte Nudger auch Springer nichts davon gesagt. Dazu gab es auch keinen Anlaß, es sei denn, der Selbstmord würde doch noch als Mord eingeordnet. Er sagte: »Momentan möchte die Polizei Norva Beane wegen des Mords an Luanne verhaften, Sie glaubt, Norva hätte sie entführt und ermordet, als Luanne ihr Schwierigkeiten gemacht hat.«

»So was kommt vor«, meinte Aaron.

»Und was glauben Sie?« fragte Chambers.

Nudger zögerte.

»Er hat Schiß, zu antworten«, sagte Aaron.

»Glauben Sie, daß Aaron das Mädchen umgelegt hat, Nudger?« fragte Chambers.

»Ich glaube, daß das durchaus möglich ist.«

»Es ist durchaus möglich«, sagte Chambers. »Und wenn Sie sich weiter in meine Domäne einmischen, ist es mehr als durchaus möglich, daß Sie viel langsamer sterben werden als das Mädchen, aber genauso sicher. Ist das klar, Nudger?«

»Klar. Sonnenklar.« Nudger schämte sich, daß seine Stimme um mehrere Oktaven gestiegen war. In einem bestimmteren Ton sagte er: »Ich habe keine Klientin mehr. Warum sollte es mich interessieren, wie die Sache ausgeht?«

»Er ist genau der Typ, den es interessiert«, sagte Aaron. »Er pfeift bei der Arbeit.«

»Nein, ich glaube, Nudger hat die Situation verstanden und wird aufhören, dort herumzuschnüffeln, wo er nichts zu suchen hat. Stimmt's Nudger?«

»Ja.«

Aaron stand auf. »Soll ich ihm noch einmal mit Nachdruck deutlich machen, weshalb wir hergekommen sind?« fragte er. »Dafür sorgen, daß er sein klares Verständnis der Sache nicht wieder verliert?«

»Vielleicht. Was meinen Sie, Nudger? Brauchen Sie ein bißchen Nachdruck, um sicherzustellen, daß Sie keinen Bedarf für einen Bestattungsunternehmer haben werden?«

»Nein«, sagte Nudger. »Ich verspreche, nicht mehr herumzuschnüffeln.«

»Der Totenkopf stieß ein widerliches Lachen aus. »So gefallen Sie mir«, sagte Chambers. »Sanftmütig. Bleiben Sie so, dann bleiben Sie auch am Leben. Sie kommen mir nicht besonders mutig vor.«

»Bin ich auch nicht.«

»Manchmal ersetzt er das durch Dummheit«, sagte Aaron. »Ich würde diese Idee gern aus ihm herausprügeln, ehe sie sich bei ihm festgesetzt hat.«

»Ich glaube nicht, daß Mr. Sanftmütig sich mit einer solchen Idee tragen wird. Sie haben doch nicht etwa vor, widerspenstig zu sein, Mr. Sanftmütig?«

»Nö. Ich bleibe lieber am Leben und besitze das Erdreich.«

Aaron sagte: »Ich würde Sie lieber darunter bringen.«

»Hat die Polizei irgendwelche Hinweise, wo Norva Beane stecken könnte?« fragte Chambers.

»Nein«, sagte Nudger. »Niemand hat die leiseste Ahnung, wo sie sich aufhält.«

»Wenn Sie es herausfinden, Mr. Sanftmütig, rufen Sie den Happynights Escort-Service an, fragen nach Alice und sagen ihr, daß Sie eine Nachricht für mich haben. Sie wird meinen Piepser anrufen, und ich rufe Sie zurück, wo immer Sie auch sind. Und Sie werden am Telefon kleben und auf meinen Anruf warten, als wäre es der

Abend vor dem Schulball und Sie hätten noch kein Mädchen, das mit Ihnen hingeht. Verstanden?«

»Happynights. Alice. Kein Problem.«

»Das will ich aber auch gehofft haben.«

»Typen wie er«, meinte Aaron, »sind immer ein Problem. Er ist beschissen problematisch.«

»Aber er hat der Polizei nichts wirklich Wichtiges über uns gesagt, und er kann nicht beweisen, daß wir hier waren. Vielleicht ist er ja doch schlau genug für Mensa. Was er der Polizei erzählt hat, genügt völlig, um uns mit ihm in Verbindung zu bringen, wenn ihm irgend etwas zustößt. Die Bullen würden wie die Killerbienen hinter uns her sein. Sind Sie so schlau, Mr. Sanftmütig?«

»Nee!«

Aaron sagte: »Ich möchte ihm so gern wenigstens ein Auge ausschießen.«

»Später vielleicht«, sagte Chambers. Er ging zur Tür und blieb kurz reglos stehen. »Ciao, Mr. Sanftmütig.«

»Passen Sie auf sich auf«, sagte Aaron, ging zur Tür und hielt sie Chambers auf. Die beiden Männer glitten geräuschlos in den Korridor hinaus. »Schönen Abend noch«, sagte Nudger.

Er glaubte nicht, daß sie ihn gehört hatten. Aber das machte nichts, es war ohnehin nicht ernst gemeint gewesen.

28. Kapitel

O Gott, sie sind wieder zurück.

Das dachte ein schlaftrunkener Nudger, als er von einem leisen Geräusch und dem Gefühl, nicht länger allein zu sein, aus dem Schlaf gerissen wurde und sich abrupt im Bett aufsetzte. Sein Herz und sein Magen stießen zusammen, als er die beiden Gestalten in seinem halbdunklen Schlafzimmer stehen sah. »Ich war doch einverstanden!« stöhnte er. »Ich habe doch versprochen, mich aus dem Fall Luanne Rand herauszuhalten!« Er konnte sich zwar nicht daran erinnern, das versprochen zu haben, aber dann tat er es eben jetzt.

»Wir wollten Sie wirklich nicht erschrecken, Mr. Nudger.« Die Deckenlampe flackerte und tauchte das Zimmer in ein Licht, das Nudger in den Augen weh tat. Er kniff die Augen zusammen. Linste. Norva Beane stand neben der Tür und hatte die Hand immer noch auf dem Lichtschalter liegen. Ein hünenhafter rothaariger Mann mit dicken Armen, einem Stiernacken und einem Bauch, der ihm wie ein übervoller Sack über dem Gürtel hing, stand am Fußende des Betts. Er war um die Vierzig, aber sein schütteres, zurückgekämmtes Haar würde ihn in ein paar Jahren wahrscheinlich wie Fünfzig aussehen lassen. Obwohl er wie ein Schrank gebaut war, wirkte er freundlich. Auf seinem gleichmäßigen, rötlichen Gesicht lag ein Lächeln. Er trug Jeans und ein tief ausgeschnittenes, rotes ärmelloses T-Shirt, auf dem »*Say No to Drugs*« stand. Seine beindicken Arme waren mit verblaßten Tätowierungen geschmückt. Ein Marine-Emblem prangte auf einem der hervortretenden Bizepse. Nudger vermutete, daß das einer der mächtigen Arme war, die ihn beim letzten Mal, als Norva in seiner Wohnung aufgetaucht war, bis zur Bewußtlosigkeit gewürgt hatten.

»Das is mein Cousin Bobber Beane«, sagte Norva. »Als er von meinem Problem gehört hat, is er schnurstracks hergekommen, um mir zu helfen.«

»Von wo?« fragte Nudger. »Aus Possum Run?«

»Aus der näheren Umgebung«, sagte Bobber. Er hatte eine tiefe, träge Stimme, die einen an schwarzgebrannten Whisky und die breitesten Stellen langsam dahinströmender Flüsse denken ließ.

»Das ist ein Traum«, sagte Nudger.

»Nee«, sagte Bobber.

Norva sagte: »Ich hab' das mit Luanne in den Nachrichten gehört.« Und plötzlich wirkte keiner der beiden Beanes mehr freundlich. Bobbers winzige blaue Augen funkelten wie Stahl, und Norvas abgehärmtes Gesicht machte eine Miene, die Nudger irgendwie an King Chambers erinnerte. »Ich muß wirklich mit Ihnen reden, Mr. Nudger.«

»Sie werden von der Polizei gesucht«, sagte Nudger dümmlich. Warum wäre sie sonst um – er schaute auf die Uhr – vier Uhr nachts hier, wenn sie das nicht wüßte.

»Nur sie wird gesucht und niemand sonst«, sagte Bobber. »Und genau das is ja das Problem.« Nudger sah, daß eine seiner Tätowierungen eine Südstaatenflagge über gekreuzten Säbeln war. Gütiger Himmel!

Norvas kam in ihrem Eifer ein paar Schritte auf das Bett zu. »Es wird behauptet, daß ich meine eigene Tochter umgebracht hätte, Mr. Nudger, aber das hab' ich nicht! Das schwör ich!«

»Ich habe nie geglaubt, daß Sie sie umgebracht haben«, sagte Nudger. Was auch stimmte.

»Meine Luanne hatte mit einigen üblen Typen zu tun. Drogensüchtigen, Dealern . . . solchen Leuten.«

»Für solche Leute ist töten so leicht wie pissen«, sagte Bobber.

Nudger hatte feststellen müssen, daß das stimmte. »Mr. Nudger und ich, wie vertrauen einander«, meinte Norva zu ihrem hünenhaften Cousin. »Er hat ein gutes Herz und sagt immer die Wahrheit.«

Bobber schaute auf Nudger hinunter. »Stimmt das so etwa?«

»Momentan schon«, sagte Nudger.

Bobber sagte: »Dann sagen Sie uns mal was, was mit Sicherheit wahr ist.«

Nudger dachte nach. Er wußte, daß Bobber nicht an philosophischer Erbauung interessiert war; es war eine Art Test. »Wenn Sie beide hier weggehen«, sagte er, »bleibt mir nichts anderes übrig, als die Polizei zu verständigen.«

Bobber lächelte.

Norva sagte: »Das wissen wir. Sie haben auch Ihre beruflichen Verpflichtungen und so. Wir haben das durchdiskutiert und beschlossen, trotzdem hierherzukommen, weil wir Sie haben wollen.«

Bobber lächelte immer noch. »Norva sagte, Sie wären einmalig, Nudger. Ich hab' ihr gesagt, das kann man von jedem sagen, und Fingerabdrücke und DIN beweisen das.«

»Das heißt DNA.«

»Worauf es ankommt, ist nicht, ob Sie einmalig sind, sondern ob Sie außergewöhnlich sind.«

»Oh, aber er ist außergewöhnlich«, sagte Norva.

»Das hab ich mir schon gedacht, als ich sein Foto in der Zeitung gesehen hab. Der Mann hat irgendwas Außergewöhnliches an sich, hab ich mir gesagt. Seine

Haltung und seine Kleidung. Deshalb wollen wir Sie ja haben.«

»Wofür?« fragte Nudger, dem allmählich etwas schwante und der den Sog des Strudels zu spüren begann.

»Wir wollen Sie engagieren, Luannes Mörder zu finden«, sagte Norva.

»Wir werden Sie auch gut dafür bezahlen«, versicherte Bobber.

Norva sagte: »Bobber hat ein besonderes Interesse an diesem Fall, ich meine, abgesehen davon, daß er mein Cousin is'.«

»Norva, Sie werden wegen Mordes gesucht. Ich kann nicht –«

»Ich habe Norva gesagt, daß Sie höchstwahrscheinlich kooperativ sein werden«, sagte Bobber, »da Sie wissen, worum es geht. Das hab ich mir nämlich gleich gedacht, als ich Ihr Foto gesehen hab. Das hab ich schon an Ihren Augen gesehen.«

»Uns ist klar, daß Sie die Polizei ständig auf dem laufenden halten müssen«, sagte Norva. »Wir haben ja auch gar nichts dagegen. Vielleicht hilft das sogar, die Polizei davon zu überzeugen, daß ich mit Luannes Tod nichts zu tun habe.«

»Sie würden gegen das Gesetz verstoßen, wenn Sie uns helfen«, sagte Bobber. Er griff unter sein T-Shirt, das er über der Hose trug, und holte einen weißen Umschlag hervor. »Hier sind tausend Dollar Vorschuß.« Er warf den Umschlag neben Nudgers Füße auf die Matratze. »Wir werden Sie nicht mal um eine Quittung bitten. Wir werden Sie bloß ab und zu anrufen, um zu hören, was Sie in Erfahrung gebracht haben.« Er ging um das Bett herum und kam ganz dicht an Nudger heran.

Norva sagte: »Bobber! Mr. Nudger ist nicht nur vertrauenswürdig, sondern auch vernünftig.«

»Na, dann wird er wohl für uns arbeiten. Uns helfen.«

»Es ist nich so, als hätten Sie gar keine andere Wahl«, sagte Norva.

»Nein«, meinte Bobber, »bloß keine große.«

Nudgers Kehle war trocken. Seine Zunge war dick und belegt. Seine Kehle und sein Magen fühlten sich an, als hätte er Abflußreiniger hinuntergeschluckt. Nun, da Bobber drohend vor ihm aufragte, schien ihm die Bedrohung durch King Chambers und Aaron nicht mehr so unheilvoll zu sein. Er kam sich vernünftig vor. Außerdem war er von Norvas Unschuld überzeugt. Wenn sie schuldig wäre, wäre sie nicht hierhergekommen. Da war er sich ganz sicher.

»Sie sind wieder meine Klientin«, sagte er.

»Hab ich dir nicht gleich gesagt, daß er uns helfen wird?« sagte sie zu Bobber.

Sie hüpfte hinüber und legte Nudger die Arme um den Hals. Küßte ihn auf die Wange. Bobber schaute scheinbar ungerührt zu.

Als Norva sich aufgerichtet hatte und wieder neben ihm stand, sagte Bobber: »Sie müssen Ihre Pflicht tun, also machen Sie nur und rufen Sie ruhig die Bullen an, sowie wir aus der Tür sind. Bis die hier sind, sind wir schon meilenweit weg.«

»Das ist nur fair«, sagte Nudger.

Norva grinste und sagte: »Ich danke Ihnen, Mr. Nudger. Wir beide danken Ihnen.«

Nudger zuckte die Achseln. »Ich konnte gar nicht anders.«

Die Beanes gingen zur Schlafzimmertür. Bobber knipste das Licht aus, Kurz bevor die Dunkelheit hereinbrach, winkte Norva Nudger zaghaft zu. »Ich glaube, was mir an dem Foto so gut gefallen hat«, sagte Bobber, »war dieser Freizeitanzug.« Nudger blieb im Dunkeln sitzen und hörte, wie die beiden durch seine dunkle Wohnung stolperten und dann die Treppe hinunter zur Haustür gingen. Wenige Minuten später hörte er, wie ein Automotor angelassen wurde.

Dann Stille.

Er gab seinen Klienten noch weitere fünf Minuten Vorsprung, ehe er die Nachttischlampe anknipste und das Telefon zu sich herüberzog.

Hammersmith, beschloß er, als er mit dem Telefon im Schoß dasaß. Wenn er schon jemanden um vier Uhr früh wecken mußte, dann Hammersmith.

Die Polizei von Maplewood kam sofort mit gellenden Sirenen. Dann kam die Major Case Squad. Dann kamen Springer und Hammersmith. Nudger trank Kaffee und erzählte Springer alles genau so, wie er es Hammersmith am Telefon erzählt hatte.

»Und wer zum Teufel ist dieser Bobber Beane noch mal?« fragte Springer.

»Norvas Cousin. Aus Possum Run. Oder aus der näheren Umgebung.«

»Und was gehen ihn ihre Probleme an?«

»Sie sind miteinander verwandt«, sagte Nudger. Springer verdrehte die Augen und schüttelte den Kopf. »Wenn ihm so viel an ihr liegt, sollte er sie besser davon überzeugen, daß sie sich einen Anwalt nehmen und sich dann der Polizei stellen sollte.«

»Das habe ich auch gesagt«, sagte Nudger. Das hatte er zwar nicht, aber er wußte, daß er es hätte tun sollen. Aber, verdammt noch mal, er war schließlich aus einem unbehaglichen Traum über Aaron und King Chambers geweckt worden. Und da waren Norva und Bobber

Beane um vier Uhr nachts in der wirklichen Welt zuviel für ihn. Als er aus dem Schlaf geschreckt worden war und sein Herz vor Angst gerast hatte, hatte er sich doch nicht aufgesetzt und dann ganz ruhig seine Alternativen durchdacht. Jeder Polizist hätte dafür Verständnis. Jeder Polizist außer Springer.

»Sie dürfen diese Leute nicht als Klienten haben«, sagte Springer. »Damit behindern Sie eine offizielle Mordermittlung.«

»Das Gesetz ist in diesem Punkt nicht so eindeutig.«

Hinter Springers Schulter zog Hammersmith eine Grimasse.

Springer fragte: »Haben Sie etwa Ihren Anwalt angerufen?«

»Klar«, sagte Nudger. »Würden Sie das nicht tun, wenn Sie es mit sich zu tun hätten?«

»Nein. Warum sollte ich Ihren Anwalt anrufen? Hören Sie auf mit Ihren frechen Bemerkungen, hören Sie auf, mir Schwierigkeiten zu machen, Nudger. Sie reiten sich damit nur in die allertiefste Scheiße.« Hinter Springer verzog Hammersmith keine Miene. »Hat dieser Bobber Beane irgend etwas angefaßt?« fragte Springer.

»Nein, nichts. Er hat bloß neben dem Bett gestanden und geredet. Ich glaube nicht, daß Sie seine Fingerabdrücke brauchen. Norva hat gesagt, er sei ihr Cousin, und wahrscheinlich ist er das auch. Sie können das ja von der Polizei in Possum Run, falls es eine gibt, überprüfen lassen.«

»Ja, ja. Sheriff Andy oder so etwas.« Springer verzog sein Wieselgesicht, als hätte er etwas Widerliches gerochen. »Ich nehme es nicht als erwiesen an, daß dieser Typ ihr Cousin ist oder daß er auch nur tatsächlich Bobber Beane heißt. Wie kann man es nur als erwiesen ansehen, daß jemand einen solchen Namen haben sollte?

Diese Beane ist eine Geistesgestörte, die geglaubt hat, Luanne Rand sei ihre Tochter, also hat sie das Mädchen entführt, und dann ging die Sache schief, und sie hat es umgebracht. So schaut es aus, und so hat es sich höchstwahrscheinlich auch abgespielt. Warum sollte sie mitten in der Nacht hier hereinplatzen und ausgerechnet Ihnen die Wahrheit sagen?«

»Weil sie unschuldig ist. Sie hätte ihre eigene Tochter nie umgebracht –«

»Ich habe Ihnen doch gesagt, daß sie wahrscheinlich gar nicht ihre Tochter war. Sie ist bloß ein dummer Bauerntrampel mit einer Wahnvorstellung. Wie der Typ, der Lenin erschossen hat.«

»Er hat aber nicht geglaubt, daß John Lennon sein Sohn war.«

»Nicht John. Den anderen Lenin. In Rußland.«

»Dieser Lenin ist aber nicht erschossen worden.«

»Das sagen Sie. Sie glauben wohl auch den Russen, nur weil sie sich aufgespaltet haben. Als würden die einem nicht immer noch einige Informationen vorenthalten.«

Nudger dachte, daß Springer wahrscheinlich sauer sei, weil er aus dem Bett steigen und hierherfahren mußte, und daß er seine Wut nun an ihm ausließ. Wenn Nudger erwähnen würde, daß King Chambers und Aaron ihm ebenfalls einen Besuch abgestattet hatten, hätte Springer wohl nichts gegen die Unannehmlichkeiten gehabt. Aber wahrscheinlich hätte Springer ihm das gar nicht geglaubt. »Die Rands sind wütend, Nudger.« Springer besprühte Nudgers bloßen Arm mit Spucke. »Sie wollen, daß Norva Beane gefunden wird, und sie wollen, daß Sie als ihr Beihelfer verhaftet werden.«

»Das klingt aber nicht sonderlich vernünftig«, sagte Hammersmith, der nicht mehr länger schweigen konnte. »Nudger hat sie schließlich daran gehindert, Rand zu erschießen.«

»Das hindert ihn aber nicht daran, ihr zu helfen, unterzutauchen und ihr zu helfen, Luanne zu entführen und zu ermorden.«

»Oder Lenin zu erschießen«, sagte Hammersmith halblaut.

»Was war das?«

»Nichts. Was hatte Norva Beane an?« fragte Hammersmith und wechselte das Thema.

»Levi's, eine ärmellose weiße Bluse und Sandalen.« Hammersmith schrieb sich das ostentativ auf. »Das haben wir doch alles schon«, herrschte Springer ihn an. »Wir haben alles, was wir von diesem Wichser brauchen.« Nur ein einziger Streifenpolizist war in der Wohnung, Springers Fahrer, ein junger Mann namens Charles. »Gehen wir runter zum Auto«, sagte Springer zu Charles, der im Stehen eingeschlafen zu sein schien, aber sofort wieder hellwach wurde.

»Warum nimmst du nicht noch eine Mütze Schlaf, Nudger?« sagte Hammersmith, als er Springer und dem Fahrer zur Tür folgte.

»Es ist zu spät, um noch mal ins Bett zu gehen. Ich bleibe wahrscheinlich auf, frühstücke und höre mir ein paar Beatles-Platten an.«

Hammersmith sagte: »Tu uns allen den einen Gefallen und unterlaß deine sarkastischen Bemerkungen.« Das hörte Springer gern. Er lächelte, als die Tür hinter den dreien zuviel. Bourgeoises Schwein.

29. Kapitel

Sie wollte an diesem Morgen mit dem Bus zu Schule fahren. Ein gescheites Mädchen, das auf dem Weg zur Bushaltestelle und ihren Ferienkursen den abfallübersäten Bürgersteig entlang eilte. Sie ignorierte das Johlen und die zweideutigen Bemerkungen derselben beiden Herumlungerer, die anscheinend am Randstein dieser Kreuzung wohnten. Der Dürre, der tanzte, brüllte Nan Grant etwas zu und vollführte dann eine makellose Pirouette, wobei er kicherte und sich in den Schritt griff. Der andere starrte Nudger wütend an; vielleicht war es derselbe wütende Blick wie beim letzten Mal. Die beiden starrten ihn an, als er im Granada langsam an ihnen vorbeifuhr, um Nan abzufangen.

Sie ging auf der anderen Straßenseite, aber da es keinen Verkehr gab, fuhr Nudger, der sich dabei wie ein Kinderschänder vorkam, zu ihr hinüber und kurbelte das Fenster herunter. Die hereinströmende warme Luft verdrängte den mäßig kühlen Luftzug, der aus der Autoklimaanlage kam. »Kann ich Sie zur Schule bringen?« fragte er. Möchtest du ein Bonbon haben, meine Kleine?

Sie zögerte keine Sekunde. Wortlos trat sie vom Bürgersteig und ging vorn um den Wagen herum. Ihm war so, als zöge sie dabei für die beiden Herumlungerer eine kleine Show ab. Sie stieg ein, zog die Tür zu, nahm den Bücherstapel auf den Schoß und starrte dann geradeaus. Immer noch wortlos. »Was hat denn der, was wir nich hab'n!« brüllte einer der beiden Herumlungerer. »Hey, Süße! Gib Antwort!«

»Das muß seine Karre sein!« rief der Dürre. Nudger

sah im Rückspiegel, wie er eine Pirouette drehte. Der Junge hatte wirklich ein paar tolle Tanzfiguren drauf.

Nan sagte: »Ignorieren Sie sie einfach. Das mache ich auch immer.«

Nudger gab langsam Gas und fuhr vom Randstein weg. »Was sagen Sie zu dem Mord an Luanne?«

Sie packte ihre Bücher fester. »Zuerst war ich ganz schön erschüttert. Aber ich habe schon öfter erlebt, daß jemand ermordet wurde. In diesem Viertel geht das gar nicht anders. Hier machen sich allmählich die Gangs breit. Selbst die älteren Jungs, wie diese Deppen an der Kreuzung da hinten, haben Schiß vor denen.«

»Die Polizei glaubt, Luanne könnte von ihrer leiblichen Mutter entführt und ermordet worden sein«, sagte Nudger.

Nan schwieg. Sie fuhren an der Bushaltestelle vorbei, zu der sie hatte gehen wollen. Eine alte Frau und ein sehr kleiner Junge standen nebeneinander neben dem verbeulten Schild der Bushaltestelle und sahen so unglücklich drein, als führen sie zu einer Beerdigung. Vielleicht taten sie das ja auch.

Schließlich sagte Nan: »Die Polizei irrt sich wahrscheinlich, wie meistens.«

»Und wer, meinen Sie, könnte sie umgebracht haben?«

»Ich hab' da zwar so meine Vermutungen, aber die werd' ich schön für mich behalten. So, wie es auf dieser Welt zugeht, muß man immer damit rechnen, daß der Feind mithört.« Redete dieses Mädchen in den strategisch zerrissenen Jeans und den Baseballstiefeln tatsächlich so?

»Von Feindspionage einmal abgesehen, werden Sie mir ein paar ehrliche Antworten geben, Nan? Ich verstehe, was Sie damit sagen wollen, und ich werde nicht weiter nachbohren, wenn Sie sagen, daß etwas tabu sei, aber ich möchte Luannes Mörder finden, und ich brauche mehr, als Sie mir das letzte Mal gegeben haben.«

»Glauben Sie das, was die Polizei glaubt? Daß Luannes wirkliche Mutter sie umgebracht hat?«

»Nein.«

»Aber diese Frau ist wirklich ihre Mutter, stimmt's?«

»Ich glaube schon.«

Sie schaute zur Seite auf den deprimierenden Anblick todgeweihter Häuser, die wie ein böser Traum vorbeiglitten. Sie fragte: »Funktioniert das Radio hier«

Er schaltete es ein. Nachrichten. Nan drückte auf die Tasten, bis ihr die Musik gefiel, und drehte dann die Lautstärke auf. Rap. Nudger haßte Rap. Er biß die Zähne zusammen, als tiefe Bässe und Stakkatobeschimpfungen durchs Auto wummerten. Nan brüllte: »Schießen Sie los! Fragen Sie!«

»Wie oft hat Luanne Drogen benutzt?«

»Öfter, als andere Leute gemeint haben. Sie war regelrecht süchtig. Deshalb war ihr Vater stinksauer auf sie, und darüber war sie stinksauer, weil er selbst welche nahm.«

Das Radio brüllte: *Got a* yearn *to* burn, *got a* fit *to* hit!

»Ist seine Sucht so groß, wie es die von Luanne war?« Nan machte eine hilflose Geste und ließ die Hände wieder auf ihre Bücher sinken. »Wer weiß? Vielleicht. Es hat Luanne gestunken, daß er sie ab und zu ermahnt hat, damit aufzuhören, ihr gesagt hat, daß sie damit ihr Leben ruiniert. Sie wissen schon, dieser ganze Sag-einfach-nein-Scheiß. Die Leute können selbst nicht mal mit dem Rauchen aufhören, aber alle anderen müssen sie mit dem Scheiß belabern.«

»Hat Luane je etwas vom Tag der Arbeit gesagt?« Nudger schrie wie Nan, um den Rap zu übertönen. Nun, das war nicht zu ändern, sonst könnte sie sich vielleicht entschließen, Schweigen zu bewahren. Es war so, als unterhielte man sich neben einem Düsenjet.

»Von dem Feiertag? Nein. Wieso?«

»Es war ein paarmal von ihm die Rede, sonst nichts. Wahrscheinlich ist es nicht so wichtig.«

»Am Freitag vor dem Tag der Arbeit gibt es in der Schule einen Orientierungstag, und Luanne hätte dabei als Beraterin mitmachen sollen. Das ist die einzige Sache, die mir dabei einfällt.«

»*An the brother*hood *gonna spill some* blood!«

Ein alter Mann an der Ecke, an der Nudger für ein Vorfahrt-achten-Schild gebremst hatte, starrte ihn neugierig an. Die Musik war wahrscheinlich noch in einiger Entfernung vom Auto zu hören.

»Was hat Luanne wirklich von ihren Eltern gehalten?« fragte Nudger. »Von denen, bei denen sie aufgewachsen war?«

»Ich glaube nicht, daß sie viel über sie nachgedacht hat, außer daß das eben Leute waren, die ihr mit ihren albernen Regeln ab und zu in die Quere kamen. Ich kann nicht einmal behaupten, daß sie ihren Vater wirklich gehaßt hätte. Sie war bloß verwirrt deswegen. Wir haben viel darüber gesprochen, und sie konnte nicht verstehen, weshalb er so etwas tat.«

»Haben Sie jemals von einem Mann namens King Chambers gehört?«

»Nein.«

»Tabu?«

»Bloß nein.«

»Wir hatten doch ausgemacht, ehrlich zueinander zu sein«, sagte er.

»Sind wir ja auch. Soweit es möglich ist.«

»Ich werde ganz ehrlich mit Ihnen sein. Bei King Chambers bin ich mir nicht sicher, aber ich glaube, daß

Sie den anderen Mann kennen, nach dem ich Sie schon im Einkaufszentrum gefragt hatte. Einen gewissen Aaron, der einen baumelnden goldenen Hakenkreuz-Ohrring trägt. Ich glaube, Sie nehmen Drogen, und er ist Ihr Dealer. Vielleicht dealen Sie ja sogar für ihn. Hab' ich recht?«

Scheinbar unerschüttert von seinen Behauptungen, drehte sie sich um und schaute ihn mit ihren wissenden dunklen Augen an, aber um ihren Mund lag ein leicht angespannter Zug. »Jetzt schnüffeln Sie.«

»Okay. Entschuldigung.« Er bremste ab und bog um eine Ecke. Jetzt befanden sie sich in einer besseren Gegend, in der Welt, in der Nan eines Tages für immer leben wollte. Er sagte: »Sagen Sie mir etwas über Luanne, was ich noch nicht weiß.« Sie fuhr mit den Fingern langsam über den verblaßten purpurnen Einband des obersten Buchs, als enthalte seine rauhe Struktur eine Botschaft in Brailleschrift. »Es gibt wahrscheinlich eine Menge, was keiner von uns weiß. Sie hatte vor irgend etwas Angst.«

Nudger warf einen kurzen Blick auf ihr ruhiges Profil. »Wovor?«

»Keine Ahnung. Und das sage ich jetzt nicht, weil Sie schnüffeln. Ich weiß es wirklich nicht. Sie wollte es weder mir noch irgend jemandem sonst sagen.«

So you better pray, *cause you be in the* fray! »Was hat sie denn gesagt – was hat sie gesagt oder getan, was Sie glauben machte, daß sie Angst hatte?«

»Sie hat nichts gesagt, was direkt etwas bedeutet hätte. Aber wir waren eng befreundet, und sie konnte es vor mir nicht verbergen. Als ich sie gefragt hab', wovor sie Angst hat, wollte sie es mir zwar nicht verraten, aber sie hat nicht geleugnet, daß sie Angst hatte.«

»Vielleicht war es das Problem mit ihrem Vater?«

»Nein, das hat sie zwar genervt, aber es hat ihr keine Angst gemacht. Es ging nicht um ihren Vater.«

»Um was dann? Haben Sie irgendeine Vermutung?«

»Nein. Aber was immer es auch war, ich glaube, es hat sie umgebracht.« Sie setzte sich anders hin und rückte den Bücherstapel auf ihrem Schoß wieder gerade. In diesem Moment wirkte sie ungeheuer klein und verletzlich, so jung, daß Nudger ein überwältigendes Mitleid und eine große Bewunderung für sie empfand. Zuviel war ihr aufgebürdet worden, mehr, als ein Kind tragen oder leisten sollte. Aber trotzdem hatte sie sich auf den langsamen Zermürbungskrieg eingelassen, der allmählich die Seele zerstörte. Ferienkurse statt Ferienlager, Drogen statt Junk food, Lernen statt Kindheit. Sie würde sich dabei verschließen, und vielleicht würde sich der etwaige Sieg nicht gelohnt haben.

Vielleicht war der einzige Unterschied zwischen ihr und ihren weniger opportunistischen Schwestern aus dem Ghetto, daß sie einen MBA haben würde, wenn sie eines Tages an einer Überdosis Drogen starb.

Sie schaute kurz zu Nudger hinüber und sagte: »Könnten Sie nicht ein bißchen schneller fahren? Ich habe heute morgen einen Test.«

Er dachte »jeden Morgen« und fuhr auf die Überholspur.

Sie lächelte und schaltete das Radio aus. Teenager. Als sie vor der Schule ankamen, fuhr Nudger den Granada an den Randstein und ließ den Motor laufen. »Danke für Ihre Hilfe, Nan.«

Plötzlich sagte sie: »Wenn Sie mehr über Luanne erfahren wollen, sollten Sie mal mit dem da reden.« Sie wies durch die Windschutzscheibe auf einen großen, schlaksigen Jungen mit einer Glatze. Er trug weite Bundfaltenhosen, ein buntes T-Shirt und hatte über der

Schulter eine Segeltuchbüchertasche mit einem langen Riemen hängen.

»In welcher Beziehung stand er zu Luanne?« fragte Nudger.

»Er war so eine Art Freund. Zwar nur für kurze Zeit, aber Chuck ist der letzte, mit dem sie überhaupt etwas gehabt hat – jedenfalls hier in der Schule.«

»Hat Chuck auch einen Nachnamen?«

»Chuck Wise. Er ist aus dem Abschlußjahrgang. Das heißt, das wäre er, wenn er wieder alles auf die Reihe brächte.«

»Und was ist sein Problem?«

Nan tippte sich an die Nase, schnüffelte und warf Nudger einen verschwörerischen Blick zu. Dann öffnete sie die Tür, stieg aus, lächelte Nudger zu und knallte die Tür so fest zu, daß seine Plomben wackelten. Ohne einen Blick zurückzuwerfen, rannte sie die breite Betontreppe zum Eingang hinauf, während Nudger aus dem Auto stieg und auf Chuck zuging, der es gar nicht eilig zu haben schien, in das verhaßte Gebäude hineinzukommen.

»Chuck Wise?«

Der Junge mit dem kahlrasierten Kopf blieb stehen und drehte sich langsam um, als könnte er nicht so recht glauben, daß jemand seinen Namen kannte. Von nahem konnte man auf seinem Kopf dünne, dunkle Stoppeln sehen, als hätte dort jemand Ruß verrieben. »Das bin ich«, sagte er. Für einen dürren Jungen hatte er ein erstaunlich rundes Gesicht. Aber vielleicht ließ ihn seine Haarlosigkeit auch nur so aussehen.

»Ich war ein Freund von Luanne«, sagte Nudger.

»Ja, ich auch.«

»Ich ermittle in ihrem Mordfall.«

Chucks gerötete blaue Augen wurden mißtrauisch.

»Ein Bulle?«

Nudger lachte. »I wo. Ich bin Privatdetektiv.«

»Sie haben gerade Nan Grant zur Schule gebracht, stimmt's?«

»Ja. Sie hat mir erzählt, was sie über Luanne weiß. Sie hat gesagt, Sie könnten mir vielleicht mehr erzählen.«

»Ich bin aber schon ziemlich spät dran.«

»Vorhin schienen Sie es aber gar nicht eilig gehabt zu haben. Es dauert nur ein paar Minuten.«

Chuck dachte darüber nach und hängte sich dann die Büchertasche auf die andere Schulter. »Also fragen Sie, was Sie wissen wollen, und dann verschwinde ich von hier.«

»Wie gut haben Sie Luanne gekannt?«

»Nicht so gut, wie ich gemeint hatte. Wir sind ein paarmal miteinander ausgegangen, sonst nichts. Ich hatte gedacht, wir seien mehr als bloß Freunde, aber dann hab ich gehört, daß sie außerhalb der Schule üblen Umgang haben soll.«

»Was für eine Art von üblem Umgang?«

»Ältere Knacker. Sie wissen schon. Ich bin ihr eines Nachmittags nachgegangen, und da hat sie sich tatsächlich mit einem älteren Knacker getroffen.«

»Und dann?« fragte Nudger, als Chuck schwieg.

»Sie haben sich unterhalten, sonst nichts. In einer Bar unten in South St. Louis. Ich bin nicht hineingegangen, aber ich habe sie durch das Fenster beobachtet. Sie haben an einem Tisch gesessen und sich unterhalten, und dann sind sie wieder gegangen.«

»Kannten Sie den Mann, mit dem sie sich getroffen hat?«

»Nein, ich hatte ihn noch nie zuvor gesehen.«

»War es zufällig ein Schwarzer mit einem ausgefallenen goldenen Ohrring?«

»Nö. Es war ein Weißer, der oben am Kopf eine Glatze, aber über den Ohren einen dichten, lockigen Haarkranz hatte. Alt. Etwa fünfzig, wenn nicht noch älter.«

Horace Walling? fragte sich Nudger.

»Hinterher hat Luanne sich mit ein paar Freundinnen getroffen«, sagte Chuck. »Und als ich sie ein paar Tage später nach dem Mann gefragt habe, hat sie gesagt, ich solle mich um meinen eigenen Scheiß kümmern. Wir hatten einen Riesenkrach, und dann ist unsere Beziehung kühler geworden und kühl geblieben. Das ist etwa sechs Monate her.« Zum ersten Mal schien Chuck die mühsam bewahrte Nonchalance ein wenig zu verlieren. Er schien kurz davor, zu schluchzen, faßte sich aber wieder und sagte dann: »Sie fehlt mir. Ich hoffe, Sie finden das beschissene Schwein, das sie umgebracht hat.«

»Hat sie je – «

Nudger hatte Chuck fragen wollen, ob Luanne je über ihren Vater gesprochen hatte, aber der Junge drehte sich um und lief die Treppe zum Schuleingang hinauf, wobei die Segeltuchtasche wiederholt gegen seine Hüfte schlug. Nudger war sich sicher, daß er kurz davor gewesen war, völlig die Fassung zu verlieren, und nicht wollte, daß ihn jemand sah. Nudger konnte das gut verstehen.

Er drehte sich um und ging wieder zu seinem Auto. Dann fuhr er davon, ehe jemand die Polizei holte, weil eine verdächtige Person vor einer High School herumlungerte.

Er beschloß, woanders herumzulungern.

Vor Mirabelle Rogers' Wohnung.

30. Kapitel

Nudgers vermutete, daß King Chambers etwas mit Luannes Tod zu tun gehabt hatte. Die Beschattung von Chambers könnte vielleicht neue Erkenntnisse bringen, und Mirabelles Wohnung war der nächstliegende Ort, um ihn zu finden und damit zu beginnen.

Der silberfarbene Mercedes stand vor dem Haus. Das mußte zwar nicht zwangsläufig bedeuten, daß Chambers bei seiner Geliebten war, aber es war durchaus möglich. Nudger fuhr einmal ums Karree und parkte in einer vorsichtigen Entfernung in derselben Fahrtrichtung hinter dem Mercedes. Er stellte den Motor ab und richtete sich auf eine lange Wartezeit ein. Ein Großteil seiner Arbeit bestand aus Warten, und er hatte gelernt, sich dabei in eine Art schwebender Geisteszustand zu versetzen und eine Hälfte seines Gehirns auszuschalten. Zumindest sah er das so. Er ruhte mit halbgeschlossenen Augen und halbausgeschaltetem Bewußtsein, war aber zugleich wachsam.

Es war heiß im geparkten Auto, und es wurde immer heißer, doch Nudger bemerkte es kaum. Er schwitzte stark, und ihm wäre unbehaglich gewesen, wenn er sich gestattet hätte, etwas zu empfinden. Er sagte sich, wenn ihm die Hitze wirklich zuzusetzen begänne, könnte er ja den Motor anlassen und die Klimaanlage einschalten. Das war aber kein großer Trost, da die Klimaanlage des Granadas übelriechende Dämpfe ausstieß und kaum mehr als ein Ventilator war und sich der Motor leicht überhitzte, wenn man sie bei stehendem Auto längere Zeit laufen ließ. Trotzdem –

Er setzte sich etwas auf und spähte durch die Wind-

schutzscheibe, als ein Mann aus Mirabelles Apartmenthaus kam.

Als er sah, daß es nicht King Chambers war, legte er
den Kopf wieder auf die warme, aber weiche Rückenlehne, klopfte mit dem Finger den Takt zu einer alten
Hoagy-Carmichael-Nummer aufs Lenkrad und dachte
daran, daß es einmal ein Hoagy-Carmichael-Revival geben sollte.

Als der Mann, der aus dem Haus gekommen war, das
Eisentor geöffnet hatte und zwischen den beiden steinernen Wolfshunden hindurchging, hörte Nudger auf,
an Hoagy Carmichael zu denken, und setzte sich aufrecht hin.

Der Mann sah zwar immer noch nicht wie King
Chambers aus, aber das lag daran, daß es sich um Dale
Rand handelte.

Traf Rand sich heimlich mit Chambers' Geliebten?
Nein. Wahrscheinlicher war, daß er sich in der Wohnung geschäftlich mit Chambers getroffen hatte. Rand
ging über die Straße und stieg in einen blauen Cadillac.
Einen Leihwagen. Sein eigenes Auto stand wahrscheinlich immer noch in der Werkstatt, nachdem Norva
Beane es mit ihren Schüssen getroffen hatte. Seine Voll-
kaskoversicherung müßte das eigentlich abdecken. Börsenmakler standen schließlich ständig unter Beschuß.

Nudger beugte sich seitlich hinunter, bis er den
Caddy vorbeirauschen hörte. Dann richtete er sich wieder auf und ließ den Motor an.

Er raste die Straße entlang und bog scharf nach rechts,
gerade noch rechtzeitig, um den blauen Caddy über die
Kreuzung fahren zu sehen. Nudger zählte an der Ecke
bis zehn, bog dann links und folgte Rand mit einer halben Querstraße Abstand, wobei er sich fünf Autos hinter ihm hielt. Ohne den Blick von der Straße zu wenden,

kurbelte er die beiden Vorderfenster herunter. Dann verrenkte er sich und kurbelte auch das hintere Seitenfenster auf der Fahrerseite herunter. Ein Wind wirbelte durch das Auto; er war zwar auch warm, aber er vertrieb die schlimmste Hitze.

Rand fuhr nicht weit. Der Cadillac schlängelte sich durch ein Labyrinth von Nebenstraßen, von denen einige permanent gesperrt waren, um das Viertel weniger zugänglich und vermutlich sicherer zu machen, und bog dann auf den Kingshighway. Einige Querstraßen weiter bog Rand wieder ab, diesmal nach Osten, und fuhr in die Euclid Avenue. Dort parkte er in der Nähe eines Restaurants, das unter einer grünen Markise auf dem Bürgersteig Tische stehen hatte. Er stieg aus dem Wagen, steckte ein paar Münzen in die Parkuhr und ging dann zum Restaurant. Nudger parkte eine Querstraße weiter und ging auf der anderen Straßenseite wieder zurück. Er sah Rand im Schatten der Markise an einem Tisch im Freien sitzen und ein Glas Bier trinken. Beinahe direkt vis-à-vis des Restaurants gab es eine kleine Buchhandlung. Nudger ging schnell hinein und tat so, als schaue er sich nach einem Taschenbuchkrimi um, während er Rand durch das Schaufenster im Auge behielt.

Rand schaute beim Biertrinken ab und zu auf seine Armbanduhr und wartete offensichtlich auf jemanden. Nudger dachte, er warte wahrscheinlich auf Horace Walling.

Wieder falsch.

Als Nudger über das Cover eines Rex-Stout-Neudrucks hinwegschaute, sah er einen kleinen, muskulösen Mann mit dunklen Haaren und einem dunklen Vollbart vis-à-vis von Rand Platz nehmen. Er trug ordentlich gebügelte Tuchhosen und ein kurzärmeliges Hemd, das offenstand und glitzernde Goldketten sehen ließ. Er hatte einen wiegenden Gang, als wäre er ein kleiner dressierter Bär, der so tat, als wäre er ein Mensch. Er kam Nudger zwar bekannt vor, aber er wußte nicht so recht, von wo. Die beiden Männer unterhielten sich etwa eine Viertelstunde lang, während Nudger Zeit schindete und ein Buch nach dem anderen in die Hand nahm und sich dabei fragte, weshalb so viele von ihnen Katzen auf dem Cover hatten. Rand und der Mann schienen einander gut zu kennen. Einmal tippte der Bärtige Rand wiederholt auf die Brust, als wolle er seinen Worten Nachdruck verleihen. Zwar lächelte keiner der beiden, aber das Gespräch schien ruhig und keineswegs feindselig zu verlaufen.

»Das kann ich empfehlen«, sagte eine Stimme hinter Nudger.

Die anderen Kunden hatten gezahlt und waren hinausgegangen, und die attraktive Blondine, die hinter der Theke gestanden hatte, war herübergekommen, um Nudger zu helfen. Sie trug graue Tuchhosen, weiße Socken und Birkenstock-Sandalen.

»Haben Sie es gelesen?« fragte Nudger, ohne den Blick vom Restaurant zu wenden. Die Kellnerin stand nun neben Rands Tisch. Bestellten die beiden Männer gerade Brunch oder ein Getränk für den Bärtigen, oder zahlte Rand, weil die beiden gehen wollten?

». . . alles von Kaminsky«, sagte die Buchhändlerin.

Rand und der Bärtige standen nun auf.

»Ihr Wort ist mir gut genug«, sagte Nudger.

Er bezahlte rasch das Buch, das er in der Hand gehalten hatte, schob es in seine Gesäßtasche und verließ die Buchhandlung im selben Moment, als Rand und der andere Mann das Restaurant verließen.

»Sie werden gefesselt sein«, sagte die Frau mit einem Lächeln, als Nudger die Tür hinter sich zuzog.

Genau das befürchtete Nudger ja. Und auch, daß er gefoltert und ermordet werden könnte. Er lehnte sich mit dem Rücken an die Backsteinmauer der Buchhandlung und versuchte, sich so klein zu machen wie nur möglich, als Rand und der andere Mann neben Rands Auto standen und sich unterhielten.

Und da erkannte Nudger den Mann mit dem Bart. Al Martinelli.

Nudger hatte sein Foto im Jahr zuvor zigmal in der Zeitung und im Fernsehen gesehen, als Martinelli bei einem Mordprozeß als einer der Hauptzeugen vorgeladen worden war. Laut Zeitungen und laut Hammersmith hätte er einer der Tatverdächtigen sein sollen. Martinelli war der berüchtigste und reichste Drogendealer der Stadt. Er besaß außerdem ein Restaurant, das er als Fassade benutzte und für das er mit einer Kochmütze auf dem Kopf im Spätfernsehen warb. Anscheinend war das eine persönliche Sache. Hammersmith hatte gesagt, Martinelli sei schon seit Jahren nicht mehr in dem Restaurant gewesen. Hammersmith hatte gesagt, er selbst sei einmal dort gewesen, und die überbackenen Ravioli hätten so scheußlich geschmeckt, daß er nie mehr wiedergekommen war.

Die beiden Männer trennten sich, ohne einander die Hand zu geben. Martinelli schlenderte auf der anderen Straßenseite mit seinem wiegenden Gang den Bürgersteig entlang. Er hatte die Hände in die Taschen gesteckt und schien vor sich hin zu pfeifen. Rand machte eine grimmige Miene, als er in seinen Leihwagen stieg und davonfuhr.

Da Nudger sich nicht dazu überreden konnte, Martinelli zu beschatten, lief er zum Granada und versuchte Rand einzuholen.

Das gelang ihm, wenn auch erst auf dem Kingshighway. Rand fuhr erst nach Süden und dann auf dem Highway 40 nach Osten.

Es dauerte nicht lange, bis Nudger merkte, wo sie hinfuhren: zum Chadwood Country Club.

Nudger entspannte sich und ließ sich weit hinter den blauen Cadillac zurückfallen. Er beschattete Rand nur so lange, bis er sah, daß dieser auf den Parkplatz des Clubs fuhr und sich dort mit Horace Walling traf. Beide Männer hievten Golftaschen aus dem Kofferraum ihrer Autos und verschwanden dann in einem flachen Seitenflügel des Clubhauses.

Es war sinnlos hierzubleiben, dachte sich Nudger. Aber es könnte auch die hartnäckige Angst gewesen sein, die diese Überlegung angestellt hatte. Eine Art umgekehrter Pawlowscher Reflex: Sowie er diesen Golfplatz sah, bekam er einen trockenen Mund.

Er wendete und fuhr wieder zu seinem Büro zurück, um Hammersmith anzurufen und ihm zu berichten, daß er Dale Rand sowohl mit King Chambers als auch mit Al Martinelli gesehen hatte. Rand spielte möglicherweise eine wichtige Rolle im Drogenhandel der Gegend.

Im Büro war es so schwül, daß jeden Augenblick Giftpilze aus dem Boden schießen konnten, aber da Nudger nicht lange bleiben wollte, schaltete er die Klimaanlage erst gar nicht ein.

Auf seinem Anrufbeantworter war eine Nachricht. Hammersmith hatte angerufen.

Das traf sich ja gut, dachte Nudger und tippte die Nummer des Third District. Als er bat, mit Hammersmith verbunden zu werden, wurde er sofort durchgestellt.

»Ich habe ein paar Informationen für dich«, sagte er, als Hammersmith den Hörer abnahm.

»Prima«, sagte Hammersmith. »Die kannst du mir erzählen, wenn du hier bist.«

»Wenn ich hier bin?«

»Im Third District. In meinem Büro.«

»Ich weiß, wo ›hier‹ ist«, sagte Nudger. »Ich hab dich
doch angerufen. Aber warum soll ich dort hinkom-
men?«

»Um mit mir zu kommen und eine Leiche zu identifizieren.«

Nudger merkte, daß er die Luft anhielt, und zwar
nicht allzuviel davon. Ihm wurde schwummrig.

»Nudge?«

»Ja?« keuchte er.

»Jemand hat unserem Freund Aaron die Kehle durchgeschnitten. Die Fingerabdrücke bestätigen zwar seine
Identität, aber wir hätten trotzdem gern einen Augen-
zeugen, der ihn für uns identifiziert. Mit Rücksicht auf
deinen empfindlichen Magen mußt du dir bloß ein Foto
der Leiche ansehen.«

»Danke, Jack.«

»Paßt es dir jetzt gleich?«

»Ja.«

»Prima. Anschließend könnten wir ja irgendwo zu
Mittag essen. Ich lade dich ein.«

Nudger drehte sich der Magen um. »Jack?«

Aber Hammersmith hatte aufgelegt.

31. Kapitel

Da war der goldene Hakenkreuz-Ohrring.

Da war der bleistiftdünne Schnurrbart.

Da war das selbstgefällige Lächeln. Nur lag es jetzt eher unter als über dem Kinn.

»Das ist Aaron«, sagte Nudger und gab Hammersmith das Schwarzweiß-Foto aus dem Leichenschauhaus zurück.

Sie saßen in Hammersmith' Büro im Third District. Hammersmith hatte das Foto dorthin bringen lassen, um Nudger den Gang ins Leichenschauhaus zu ersparen. Manchmal war er rücksichtsvoll; wenn er sich nämlich erlaubte, nach dem zu handeln, was sich unter dem sarkastischen Schutzpanzer verbarg, der bei der Polizeiarbeit unabdingbar war. Er wußte, wie Nudger bei dem Gedanken daran, ins Leichenschauhaus gehen zu müssen, zumute war und daß ihn so etwas noch tagelang mitnahm.

»Laut der Fingerabdrücke lautet sein voller Name Aaron Burr Washington Smith – ungelogen. Ein paar Kinder haben die Leiche in einer Gasse unten am Laclede's Landing beim Fluß hinter ein paar Mülltonnen gefunden.« Hammersmith schob das Foto wieder in den gelben Umschlag. »Im Bericht des Gerichtsmediziners steht, daß Aaron um vier Uhr heute morgen gestorben ist. Ich denke, wer um diese Zeit noch unterwegs ist, ist den Rest des Tages eh tot, deshalb kommt mir der Mord etwas überflüssig vor.«

»Glaubst du, da besteht eine Verbindung zu dem Mord an Luanne Rand?« fragte Nudger, ohne auf Hammersmith' schwarzen Humor einzugehen.

»Die Major Case Squad tendiert in diese Richtung.«

»Ich tendiere in King Chamber's Richtung.«

»Er tötet aber nicht selbst, Nudge.«

»Ich weiß. Aber hat er sonst nicht immer Aaron geschickt?«

»Ja. Deshalb hatte er ihn ja immer dabei, damit er andere Leute einschüchterte und dann das Notwendige tat, wenn sie nicht eingeschüchtert genug waren. Aber ich sehe trotzdem nicht, daß Chambers Aaron umgebracht haben könnte, und schon gar nicht auf eine so blutige Art. Der alte Aaron war nützlich, vielleicht sogar unersetzlich. Warum sollte Chambers sich seiner bösen rechten Hand entledigen?«

»Aaron war zu einem losen Ende geworden, das gekappt werden mußte. Sieh das doch mal realistisch, Jack. Chambers oder Aaron waren noch nie verdächtigt worden, jemanden ermordet zu haben, der in einem anständigen Viertel wohnte, geschweige denn in Ladue. Da die Polizei beim Mord an Luanne Rand mit großem Einsatz arbeitet, wäre Chambers, falls Aaron sie auf seinen Befehl umgelegt hat, auf Nummer Sicher gegangen und hätte dafür gesorgt, daß Aaron nichts ausplaudern konnte.«

Hammersmith lehnte sich auf seinem Stuhl zurück und verschränkte die Hände über dem hervorstehenden Bauch. Seine Fingernägel waren ordentlich geschnitten und schienen poliert zu sein, als hätte er sie vor kurzem maniküren lassen. »Ich bin sicher, daß Chambers früher schon öfter so etwas getan hat, aber jetzt ist er über schmutziges Morden hinaus. Er sieht sich selbst als so eine Art Chefmanager. Jemandem die Kehle durchzuschneiden ist ein Hilfsarbeiterjob. Eine Aushilfstätigkeit. Auch wenn sie jahrelang andauert wie bei Aaron, ehe er fällig wurde.«

»Du glaubst also, Chambers hätte sich an eine Zeitarbeitsagentur gewandt?«

»So etwas Ähnliches.«

»Aber dabei wäre doch bloß ein weiteres gefährliches loses Ende entstanden«, sagte Nudger. »Es gibt Dinge, die jemand wie Chambers selbst erledigen muß. Er ist durchaus fähig, jemandem die Kehle durchzuschneiden.«

»Natürlich. Unter den entsprechenden Umständen sind wir das alle.«

Nudger war sich da nicht so sicher. Er sah wieder das grausige Foto vor sich, auf dem Aaron auf dem Seziertisch lag. Diese Tische waren mit Abflüssen versehen. Sein Magen krampfte sich zusammen.

»Wir werden uns Chambers ohnehin noch vornehmen, Nudge. Er hat nicht genügend Einfluß, um sich aus einem Mordfall heraushalten zu können, bei dem das Opfer einer seiner Angestellten war.«

»Apropos Chambers«, sagte Nudger. Und er erzählte Hammersmith, daß er gesehen hatte, wie Dale Rand aus Mirabelle Rogers' Wohnung gekommen war und sich dann im Central-West-End-Restaurant in der Euclid mit Al Martinelli getroffen hatte.

Hammersmith liebkoste die grünliche Zigarre, die aus seiner Hemdtasche ragte, aber er zog sie nicht heraus, um das Zellophanpapier abzuwickeln. Vielleicht dachte er an Aarons Foto und wollte nicht die Luft verpesten und dazu beitragen, daß Nudger in seinem Büro eine Schweinerei anrichtete.

»Nun wird Captain Massinger Rand in einem ganz anderen Licht sehen«, sagte er. »Der glaubt nämlich, die Bewohner von Ladue seien nur zu unblutigen Wirtschaftsverbrechen fähig, bei denen es um die Fonds erstklassiger Firmen geht.«

»Nun sieht man aber auch, daß Chambers etwas mit Martinelli zu tun hat.«

»Darüber hat es nie einen Zweifel gegeben, Nudge. Wer in dieser Stadt in größeren Mengen Drogen kauft oder mit Drogen handelt, ist entweder ein Kunde von Al Martinelli oder arbeitet für ihn.«

»Dann könnte Martinelli Chambers' Boß sein.«

»Davon kann man wahrscheinlich ausgehen. Mit Sicherheit steht er in der Hackordnung über ihm.«

»Das ist ja wie bei einem dieser chinesischen Puzzlekästchen«, sagte Nudger. »Wenn man ein Kästchen auf hat, stößt man gleich auf das nächste.«

»Wie im Leben. Und wenn du glaubst, King Chambers sei ein übler Zeitgenosse, dann brauchst du dich nur mal mit Martinelli anzulegen. Er läßt Leute für sich arbeiten, die man kaum als Menschen bezeichnen kann. Einige von denen haben wahrscheinlich immer noch Schwänze, und zwar lange.«

Nudger ließ sich das durch den Kopf gehen. »Glaubst du, daß Federboas je wieder groß in Mode kommen?« fragte er.

»Häh? Ist das eine Schlangenart?«

»Nein, das sind so lange, schmale Dinger, die man sich um den Hals legt. Mit Federn dran.«

Hammersmith schaute ihn an, wie er sonst Übeltäter anstarrte, die unerklärliche Gewalttätigkeiten begangen hatten. »Um deinen Hals vielleicht, aber nicht um meinen.«

»Für Frauen, meine ich. Um hochmodisch zu sein.«

Hammersmith schaute ihn mit zusammengekniffenen Augen an. »Warum?«

»Aus demselben Grund, aus dem Frauen viele Sachen tragen – damit sie attraktiver aussehen.«

»Ich meine, warum interessiert dich das?«

Nudger bekam plötzlich Angst vor der Börsenaufsichtsbehörde. Eine Reihe von Insidern war in den letzten Jahren ins Kittchen gewandert, weil der Börsenausschuß Wertpapiergeschäfte untersuchen ließ, die auf vertraulichen Informationen beruht hatten. Wie legal waren diese belauschten Gespräche gewesen, die Nudgers Aktienkäufen zugrunde lagen? Nudger wußte, daß sie legal bleiben würden, solange niemand von ihnen erfuhr. Warum Hammersmith da mit hineinziehen? Er war schließlich ein Freund. »Nur so«, sagte Nudger. »Claudia und ich haben uns vor ein paar Tagen darüber unterhalten.«

»Claudia braucht keine Federboa in ihrer Garderobe, um attraktiv auszusehen, Nudge.«

»Ich werde ihr ausrichten, daß du das gesagt hast.« Nudger stand auf. Er wußte, daß er die Raketenlenksysteme besser nicht erwähnen sollte. Hammersmith würde über sie auch nichts wissen, außer daß Claudia keines brauchte. »Danke, daß du mir den Besuch ins Leichenschauhaus erspart hast, Jack.« Er ging zur Tür.

»Wohin gehst du, Nudge?«

»Ich muß arbeiten. Ich hab noch ein paar andere Fälle, um die ich mir Sorgen machen kann.«

»Deine größte Sorge ist es doch, daß irgendein anderer Detektiv diese Fälle bearbeitet. Einer, der kompetent ist.«

»Ich gehe jetzt irgendwohin, wo ich mir keine Beleidigungen anhören muß«, sagte Nudger ein wenig verärgert, obwohl er Hammersmith kannte und dessen Bemerkungen gewohnt war.

Hammersmith nahm die Hände von seinem Bauch, seufzte dann und beugte sich auf seinem Stuhl vor. Es war, als hätte sich ein Berg verlagert. »Okay, Nudge. Danke, daß du so prompt hergekommen bist.«

Nudger nickte und ging zur Tür.

Im Hinausgehen hörte er Hammersmith sagen: »Ich glaube, die Federboa ist als wichtigstes Accessoire so tot wie Aaron Smith.«

Nudger wußte, was er tun mußte. Wo er vielleicht einige Hinweise darauf finden könnte, was hier wirklich vor sich ging. Nun, da Aaron tot war, hatte er nicht mehr soviel Angst, und wenn King Chambers Aaron umgebracht hatte, wie Nudger vermutete, würde Chambers sicher dafür sorgen, daß er nicht so leicht gefunden werden konnte.

An einem Münztelefon in der Ecke einer Tankstelle wollte Nudger die Telefonnummer von Mirabelle Rogers nachschauen. Doch die Rs gehörten zu den vielen Seiten, die aus dem an einer Kette befestigten wettergebleichten Telefonbuch herausgerissen worden waren. Er rief die Auskunft an, um sich die Nummer geben zu lassen, und erfuhr, daß es eine Geheimnummer war.

Nudger fand das vernünftig bei einer Frau, die so aussah wie Mirabelle. Ihre Art von Schönheit war ein Magnet für häßliche Gefahren.

Er beschloß, das Risiko einzugehen.

Als er vor Mirabelles Wohnung ankam, stand der silberfarbene Mercedes immer noch an derselben Stelle in der Waterman. Nudger hielt das nicht für bedeutsam.

Er parkte auf der anderen Straßenseite, kaute zwei Antacidtabletten, stieg dann aus dem Auto und ging über den von der Sonne erwärmten Asphalt zum gegenüberliegenden Bürgersteig.

Sein Plan war simpel. Er würde aus dem Foyer bei Mirabelles Wohnung läuten, und wenn sich jemand in der Sprechanlage melden würde, würde er schleunigst wieder verschwinden.

Wenn niemand antwortete, würde er hinaufgehen und in die Wohnung einbrechen. Ob King Chambers nun schuldig war oder nicht, er würde sicher wissen, daß er nach dem Mord an Aaron von der Polizei gesucht wurde, und deshalb war es unwahrscheinlich, daß er hier in der Wohnung seiner Geliebten war. Und wo immer Chambers war, dort war höchstwahrscheinlich auch Mirabelle.

Nudger hielt sich an diesem Gedanken fest, als er im stillen, gekachelten Foyer stand und auf den Knopf über Mirabelles Briefkasten drückte.

Die Sprechanlage blieb stumm.

Er drückte noch dreimal auf den Knopf und ließ zwischen jedem Läuten eine volle Minute verstreichen.

Niemand meldete sich.

Gut! Hoffte er zumindest.

Da das Haus nicht mit Sicherheitstüren ausgestattet war, stieg er einfach die Treppe zu Mirabelles Wohnungstür hinauf. Er schaute sich rasch um, um sich zu vergewissern, daß er allein im Korridor war, und holte dann seine zugefeilte VisaCard aus der Brieftasche. Das Schloß ließ sich vielleicht leicht knacken, wenn es eines der billigen Modelle war, die es an vielen Apartmenttüren gab. Aber das war es offensichtlich nicht. Es fraß seine VisaCard. Er bückte sich und hob das kaputte Plastik auf, damit seine Kontonummer nicht auf dem Teppichboden im Korridor liegenblieb. Das Problem war nur, daß die andere Hälfte der Karte, mit seinem Namen drauf auf der anderen Seite der Tür, in der Wohnung, zu Boden gefallen war.

Obwohl er glaubte, daß es zwecklos sei, drehte er den Türknauf und fluchte dabei im stillen vor sich hin. Überrascht stellte er fest, daß die Tür nicht abgesperrt war. Entweder war sie von Anfang an nicht abgesperrt gewesen, oder die VisaCard hatte ganze Arbeit geleistet.

Er öffnete sie eine Handbreit und spähte hinein. Kühle Luft strömte auf sein verschwitztes Gesicht. Aus seiner Perspektive schien die Wohnung leer zu sein. Er sah nichts als ein weißes Ledersofa, einen dazu passenden Sessel und einen Glastisch, auf dem in einem Fächer arrangierte, bunte Hochglanzzeitschriften lagen.

Er schluckte die Angst hinunter, die ihm die Kehle hochkriechen wollte, machte die Tür ganz auf und ging hinein.

Sein Magen und sein Herz machten im selben Moment einen Satz und schienen miteinander zusammenzustoßen.

Mirabelle Rogers lag auf dem Boden und sah überrascht zu ihm auf.

Einen Augenblick lang glaubte Nudger, er hätte sie bei ihren Gymnastikübungen überrascht und sie hätte sich rücklings ausgestreckt, um sich nach einem anstrengenden Aerobicprogramm abzukühlen. Dann merkte er, daß sie gar nicht überrascht war und ihn auch nicht ansah.

Aber sie kühlte sich ab.

Denn sie war tot.

32. Kapitel

Nudger mußte die Leiche nicht genauer untersuchen, um sich zu vergewissern, daß Mirabelle Rogers tot war. Sie war brutal zusammengeschlagen worden. Ihre Nase war ungeheuer verbogen, und ihr Kiefer war ausgerenkt. Ein Wurm aus schwarzem Blut war aus ihrem linken Nasenflügel zu der geronnenen Blutlache unter ihrem Kopf gelaufen. Nudger war sich sicher, daß ihr der Hinterkopf eingeschlagen worden war, aber er wollte ihren Kopf nicht hochheben, um sich darüber zu vergewissern. Seine Fantasie wirkte sich auch so schon gewalttätig genug auf seinen Magen aus, ohne daß er dabei noch die Realität ins Spiel bringen mußte.

Er wußte, daß er als nächstes Hammersmith anrufen sollte. Das wäre korrekt und legal, auch wenn es vielleicht wie der erste Schritt in Treibsand wäre. Aber vielleicht sollte er auch aus der Wohnung verschwinden, die Polizei mit einem anonymen Anruf verständigen und sich damit soweit wie möglich aus der Sache heraushalten. Das wäre der sichere Weg, der Nudger-Weg.

Doch er mußte sich ja nicht sofort entscheiden. Er konnte sich erst in der Wohnung umsehen und versuchen, etwas in Erfahrung zu bringen. Es war eine gute Gelegenheit für einen Ermittler, zu ermitteln. Als er so dachte, war ihm klar, daß er abhauen und den anonymen Anruf machen würde – zumindest einem Teil von ihm war das bereits klar. Nun starrte er auf Mirabelles Füße. Einer ihrer paillettenbesetzten offenen Schuhe fehlte. Er schaute sich um und sah ihn in der Nähe der gegenüberliegenden Wand auf dem Boden liegen, wo er bei ihrem Kampf mit dem Angreifer hingeflogen sein mußte.

Nudger glaubte nicht, daß es ein großer Kampf gewesen war. Ein Zierkissen war vom Sofa geworfen worden, und einer der weißen Ledersessel lag umgekippt an einem kleinen Glastisch. Auf dem Boden neben dem Tisch lag ein aufgesprungener leerer Lederaktenkoffer. Mirabelle, die zierliche Schönheit, hatte es nicht mehr lange gemacht, nachdem der Überfall einmal begonnen hatte. Außer unter der Leiche war nirgends Blut zu sehen. Nudger stellte sich das so vor, daß sie im Zimmer herumgerannt war, um ihrem Angreifer zu entkommen, und daß der sie, als er sie erwischt hatte, schnell an der Stelle getötet hatte, an der sie hingefallen war. Nudger war froh, daß sie wahrscheinlich nicht gelitten hatte. Er war sich nicht sicher, warum; er hatte die Frau nicht gekannt, und sie hatte mit Abschaum wie King Chambers geschlafen.

Er hörte ein leises Geräusch, und ihm war, als krabbelte ihm eine Kolonie Ameisen über den Nacken. Er rieb sich mit der Hand über den Nacken, um das unheimliche Gefühl zu ersticken, und ging dabei rückwärts zur Tür.

Das Geräusch wiederholte sich.

Ein leises Stöhnen. Ein schmerzerfülltes, hilfloses Stöhnen.

Nudger fühlte sich nun weniger bedroht und ging vorsichtig ein paar Schritte nach vorn. Wieder hörte er das Geräusch. Er schlich zu einem Türbogen, der zu einem kurzen Flur führte, und lauschte. Als das Stöhnen wieder zu hören war, war er sich sicher, daß es aus dem Zimmer zu seiner Linken kam.

Die Tür des Zimmers stand offen. Er wünschte, er hätte keine Angst vor Schußwaffen und hätte eine dabei, als er in den Flur ging und in das Zimmer hineinschaute.

Es war ein großes Bad, das fast ganz aus pinkfarbenen

und grauen Kacheln bestand. Die sanitären Einrichtungen waren aus grauem Marmor, die Armaturen aus Gold. Alles war in helles Neonlicht getaucht. Auf dem Boden lag ein zerrissener weißer Duschvorhang mit einem grau und dunkelbraunen Muster.

Nein, nicht braun, sondern von einem so dunklen Rot, daß es braun aussah. Die Farbe stammte von dem Blut, das über den Vorhang verschmiert war. Nudger schaute in den Spiegel des Arzneischränkchens und sah King Chambers nackt in der Badewanne liegen. Chambers war mit derselben Farbe beschmiert wie der Duschvorhang. Er hatte ein Bein über den Wannenrand gelegt, als hätte er hinaussteigen wollen, aber nicht genügend Kraft aufbringen können. Das Bein war so blutverschmiert wie sein restlicher Körper. Er schlug die Augen halb auf und sah Nudger im Spiegel.

»Mann, Sie haben vielleicht Mumm. Damit gehen Sie bestimmt einigen Leuten gewaltig auf die Eier«, sagte er bewundernd. Ohne dabei den Kopf zu bewegen, schaute er kurz nach unten. »Ich frage mich, ob meine immer noch dran sind.«

Nudger trat einen Schritt nach vorn. Er sah, daß der Boden der Wanne mit einer Brühe aus Blut und Wasser bedeckt war. Frisches Blut sickerte aus den Schnittwunden auf Chambers' Körper. Er verstand jetzt, weshalb Chambers nicht die Kraft besessen hatte, aus der Wanne zu steigen.

»Ich war gerade unter der Dusche, als das Schwein auf mich losging«, flüsterte er.

Nudger sagte: »Mirabelle liegt im anderen Zimmer auf dem Boden.«

Chambers zuckte fast unmerklich die Achseln, als ginge ihn das nichts an. In der grauen Badewanne wirkte er so fahl wie ausgebleichte Gebeine. »Es war ein riesengroßer Kerl. Ein Irrer.« Er röchelte. »Der muß von diesem betrügerischen Schwein Rand engagiert worden sein. Er hat ständig gesagt, daß Luannes Vater sich jetzt rächt, und dabei hat er mich mit dem Messer bearbeitet.«

»Was meinen Sie damit, daß Rand Sie betrogen hat?« Chambers lächelte tatsächlich. »Sie sind mir ja ein schöner Detektiv. Rand hatte mit einem mittelamerikanischen Kartell einen großen Drogendeal eingefädelt. Der Deal ist geplatzt, weil Luanne Mist gebaut hat. Die Ware wurde an der Grenze aufgehalten. Einige Leute sind dabei ganz schön auf die Nase gefallen.«

Nudger sah ein tragbares Telefon auf dem Wassertank der Toilette liegen. Er holte es sich, wählte die Notrufnummer, nannte Mirabelles Adresse und sagte, ein Mann sei schwer verletzt. Als die Frau in der Vermittlung seinen Namen wissen wollte, gab er sich als King Chambers aus.

»Es ist zu spät für den Notarzt«, sagte Chambers.

»Vielleicht. Erzählen Sie mir mehr von diesem geplatzten Drogendeal.«

»Ich liege schon sehr lange hier und höre zu, wie mein Blut den Abfluß hinunterrinnt.«

Das Telefon klingelte. Nudger wußte, wer dran war. Er hob den Hörer ab und wiederholte seine Angaben noch einmal für die Frau aus der Notrufvermittlung, die zurückgerufen hatte, um zu überprüfen, ob es sich auch wirklich um einen richtigen Notruf handelte. Nudger sagte ihr, daß er sich nicht vom Fleck rühren würde. Er hatte sich ja schließlich als King Chambers ausgegeben, und der echte Chambers würde sich tatsächlich nicht vom Fleck rühren.

Nudger legte den Hörer auf und stellte das Telefon wieder auf den glatten grauen Deckel des Wassertanks. »Der Drogendeal«, erinnerte er Chambers.

»Der ist doch jetzt völlig egal. Das ist viel zu kompliziert, um es zu erzählen, und ich habe nicht die Kraft, noch lange zu reden.«

»Sie haben gesagt, der Mann, der Ihnen das angetan hat, sei riesengroß gewesen. Wie sah er denn sonst noch aus?«

»Brutal. Wahnsinnig brutal.« Chambers' Stimme wurde immer leiser. Wegen seiner Leichenblässe und seines knochigen Gesichts sah er so aus, als ob er bereits tot wäre.

»Haben Sie ihn je zuvor gesehen?«

»Nein, nie. Er war kräftig gebaut, aber nicht fett. Schütteres rotes Haar. Arme so dick wie Telefonmasten.«

Nudger wollte es kaum glauben. Die Ameisen waren wieder in seinem Nacken, diesmal unter der Haut. »Hatte er irgendwelche Tätowierungen?«

»Ja. Auf den Armen. Eine könnte ein Anker gewesen sein. Die anderen konnte ich nicht erkennen. Ich war zu sehr damit beschäftigt, zu versuchen, ihm das Messer abzunehmen. Irgend so ein verdammtes Jagdmesser. Er hat mich zweimal unter den Rippen erwischt, ehe ich überhaupt gemerkt habe, was da abgeht. Das Schwein hat mich so tief geschnitten.«

Plötzlich klang er wie ein Kind, das gleich darum bitten wird, daß ihm jemand auf die Wunde pustete und heile heile Gänschen machte. Doch dann kehrte die Hoffnungslosigkeit wieder in seinen Blick zurück, als ihm einfiel, daß er über die Kindheit und das Heilen längst hinaus war.

Nudger wußte, daß er bald von hier verschwinden mußte. »Was war mit Aaron?«

»Was soll mit ihm sein?«

»Haben Sie ihn umgebracht?«

Chambers schwieg und schloß die Augen. Er war nicht der Typ, der das Bedürfnis nach einer Sterbebeichte verspüren würde. Aber vielleicht war eine Badewanne dafür auch nicht der richtige Ort.

»Chambers?«

»Sind Sie katholisch, Nudger? Haben Sie einen Schlüssel für den Himmel?«

»Nein. Wieso?«

Nudger starrte Chambers an. Verschwunden war das kaum wahrnehmbare Heben und Senken seines Brustkorbs, verschwunden war das verzweifelte Röcheln seines Atems. Nudger hörte jetzt nur noch das Sickern des mit Wasser verdünnten Blutes, das den Abfluß hinunterrann. Es verursachte ein gleichmäßiges, tickendes Geräusch wie verstreichende Zeit.

Dann hörte er in der Ferne Sirenen.

Er ging rückwärts aus dem Bad und lief durchs Wohnzimmer, ohne dabei Mirabelle anzusehen. Als er die Wohnung verließ, wischte er mit dem Hemdzipfel über den Türknauf, um seine Fingerabdrücke zu verwischen, und wurde sich dabei bewußt, daß er sich an Beweisen in einem Mordfall zu schaffen machte. Plötzlich war es für ihn doppelt wichtig geworden, daß er aus dem Haus kam, ohne dabei gesehen zu werden. Nun wünschte er, er hätte sich einfach an die Regeln gehalten und Hammersmith angerufen und dann die Komplikationen, vielleicht sogar den Verdacht ertragen, denen Springer ihn sicher ausgesetzt hätte.

Der Fahrstuhl schien ewig zu brauchen, bis er im Foyer ankam. Nudger mußte immerzu schlucken, und ihm war, als müsse er sich gleich übergeben.

Der Lärm der Sirenen war ohrenbetäubend, als er durchs Foyer ging und die Haustür aufschob. Er zwang sich, langsamer zu gehen, sich normal zu bewegen. Obwohl er niemand sah, war ihm, als ruhten tausend Augen auf ihm, als er das schwarze Eisentor aufschob, an den gleichgültigen steinernen Wolfshunden vorbeischlenderte und über die Straße zu seinem Granada ging, der wie ein verrosteter sicherer Hafen in der Sonne stand.

Beim ersten Versuch sprang der Motor nicht an.

Aber beim zweiten Versuch. Nudger hätte um ein Haar den Zündschlüssel abgebrochen, als er ihn umdrehte, um das verdammte Ding zum Laufen zu kriegen, damit es ihn von hier wegbrachte.

Der Motor ratterte und stotterte, als er ihm zuviel Benzin zuführte. Dann, als Nudger schon kurz vor einem Herzinfarkt stand, knatterte er wieder gleichmäßiger und starb nicht ab.

Die Sirenen gellten wie höhnische Todesfeen in seinen Ohren, als er zur Kreuzung fuhr und um die Ecke bog.

Er war erst wenige Querstraßen weit gefahren, als er an den Rand fahren mußte, um einen Notarztwagen und zwei Streifenwagen vorbeizulassen, die aus der entgegengesetzten Richtung an ihm vorbeirasten.

Statt sich wieder in den Verkehr einzufädeln, blieb Nudger bei laufendem Motor im Granada sitzen und schwitzte in der heißen Sonne, die durch die Fenster hereinbrannte. Was sein Beruf nicht alles mit sich brachte, dachte er. Er war immer bemüht, nicht in solche Fälle verwickelt zu werden, weil er wußte, daß es dann nicht viel anders wäre als damals, als er bei der Polizei gewesen war. Auch wenn es möglich war, über andere Menschen viel zu wissen, konnte man doch nie genug wissen. Er hätte eigentlich schon vor langer Zeit dahinterkommen müssen. Norva hatte erwähnt, daß Lusannes leiblicher Vater zur Marine gegangen war.

Bobber Beane hatte einen Marineanker auf dem Arm tätowiert. Bobber, Norvas Cousin. Aber vielleicht war das in einem Kaff wie Possum Run gar nicht so ungewöhnlich.

Nudger war sich sicher, daß Bobber Mirabelle und Chambers, und wahrscheinlich auch Aaron, ermordet hatte und daß er Luanne Rands leiblicher Vater war.

33. Kapitel

Nudger glaubte nun, alles zu verstehen. Luanne hatte einen großen Drogendeal verdorben, weil sie möglicherweise den falschen Leuten zuviel erzählt hatte. Deshalb hatte Chambers Aaron befohlen, dafür zu sorgen, daß sie das mit ihrem Leben bezahlte. Wahrscheinlich hatte Chambers das als reine Geschäftsentscheidung betrachtet, die die künftige Ergebenheit seines Angestellten gewährleisten sollte. Norva hatte Dale Rand erschießen wollen, und das machte sie zu einem idealen Sündenbock für den Mord an Luanne. Chambers hatte ja nicht wissen können, daß sie Luannes Mutter war. Als er es erfahren hatte, war ihm klar geworden, daß Norva für diesen Mord nicht verurteilt werden und der Fall offenbleiben würde, und hatte es deshalb für klüger gehalten, Aaron für immer zum Schweigen zu bringen. Nach Aarons Tod hatte Chambers wahrscheinlich geglaubt, er hätte die Situation unter Kontrolle, als auf einmal Bobber Beane auftauchte. Er hatte von Anfang an gewußt, daß Norva ihre eigene Tochter nicht umgebracht hatte, und er war es auch gewesen, der Norva ursprünglich den Wink gegeben hatte, daß Luanne in St. Louis mit den falschen Leuten zu tun hatte. Wenn er das gewußt hatte, hatte er wahrscheinlich auch von dem geplatzten Drogendeal gewußt und vermutet, daß King Chambers Luannes Mörder war. Deshalb hatte Bobber Chambers einen Besuch abgestattet, um Rache zu üben, und hatte dabei zuerst bei Mirabelle, dann bei Chambers die Beherrschung verloren.

Möglich, daß Norva Beane, Nudgers einzige Klientin im Augenblick, nicht wußte, was Bobber getan hatte, möglich, daß sie sich keines anderen Verbrechens schuldig gemacht hatte, als auf Dale Rand zu schießen.

Nudger beschloß, zu Rand zu fahren und ihm darzulegen, was er wußte, damit Rand klar werden würde, daß Norva Luanne nicht ermordet hatte.

Vielleicht könnte Rand die Polizei ja irgendwie dazu bringen, daß sie in der Fahndung nach ihr nachließ. Dann könnte Nudger sie aufspüren, oder sie könnte zu ihm kommen, und er könnte sie mit Gideon Schiller zusammenbringen. Der gewiefte Anwalt könnte sie überreden, sich der Polizei zu stellen und, wenn sie etwas von dem wußte, was Bobber getan hatte, gegen ihn auszusagen, wenn er geschnappt wurde. Nudger wußte, daß ihr jetzt nichts anderes übrigblieb, als einen Kuhhandel abzuschließen, damit im Gegenzug für ihre Mithilfe die Anklage gegen sie fallengelassen wurde. Sie hatte eine Chance, straflos davonzukommen. Sie war seine Klientin und steckte tief in der Scheiße, und er mußte ihr den Weg zu einem Rettungsring weisen.

Er fuhr mit dem Granada durch einen McDonald's und aß auf der Fahrt nach Ladue einen Big Mac und Pommes frites zum Mittagessen. Da seinem Magen das Essen nicht behagte und er ihn das auch wissen ließ, mampfte er als Nachtisch noch zwei Antacidtabletten.

Ein schwarzroter Monarch-Schmetterling flatterte um die Sträucher, als Nudger zur Veranda der Luxusvilla ging, die mehr kostete, als er wahrscheinlich in seinem ganzen Leben verdient hatte. Der Schmetterling verfing sich in den dornigen Zweigen eines Strauches und schlug heftig rhythmisch mit den Flügeln. Nudger hatte gelesen, daß Monarch-Schmetterlinge jedes Jahr zu Tausenden an irgendeinen abgelegenen Ort in Mexiko zogen. Dieser hier hatte sich auf feindliches Gebiet verirrt, falls er tatsächlich auf dem Weg nach Süden war.

Nudger wußte nicht, in welcher Jahreszeit die grazilen und wunderschönen Insekten zu ihrem Flug nach Mexiko aufbrachen.

Er beobachtete, wie der Schmetterling sich losriß, doch er schien nicht mehr mit derselben eleganten Leichtigkeit zu fliegen.

Sydney Rand kam auf sein Klopfen an die Tür und sah so wunderschön und grazil aus wie der verletzte Monarch-Schmetterling, nur blasser. Sie trug einen pinkfarbenen Hausmantel und flauschige pinkfarbene Pantoffeln. Auch ihre Augen waren pinkfarben. Und leicht glasig. Die Ginfahne erklärte, warum.

Sie sah Nudger aus dem dämmrigen Innern des großen Hauses an und sagte: »Sie arbeiten für dieses gräßliche Weib.«

»Ja. Ist Ihr Mann zu Hause, Mrs. Rand?«

»Imüro.«

»Wie bitte?«

»Imüro, in der Innenstadt. Er ischt immer imüro. Und bisch zum Tag der Arbeit wird er jeden beschissenen Tag imüro schein, dasch hat er mir geschagt.«

Sie war offensichtlich stark betrunken, und Nudger wußte, daß er ihren Zustand nicht ausnutzen sollte, aber er witterte hier eine Gelegenheit. »Warum gerade bis zum Tag der Arbeit?«

Sie trat einen Schritt zurück und betrachtete ihn prüfend. »Dasdwischen Schie nicht?«

Lächelnd schüttelte er den Kopf.

Sie lächelte zurück. Zumindest mit einer Seite ihres Gesichts. »Na, ich auch nicht. Er hat irgendein großes Geschäft laufen. Schein Tag-der-Arbeit-Ding hat er es genannt. Geschäft. Er lebt ganz für scheinen Beruf in scheinemüro.«

»Er lebt nicht für Sie?« Nudger, der Agitator.

»Ha! Nicht für mich. Und auch nicht für Luanne, Mister . . .«

»Nudger.«

»Er lebt nicht für Luanne oder für mich oder sonst jemanden. Er lebt nur für sich selbst. Dale ist durch und durch ein Egoist. Es ist das Geld. Er lebt nur für den beschissenen allmächtigen Dollar und dann für den nächsten Dollar.« Jetzt war sie wütend und lallte nicht mehr.

»Mrs. Rand, ich bemühe mich sogar noch mehr als die Polizei, herauszufinden, wer Luanne ermordet hat. Ich bin sicher, daß Norva Beane es nicht getan hat, aber ich brauche mehr Beweise. Darf ich hereinkommen und mich in Luannes Zimmer umsehen?«

»Sie meinen, um ihre Sachen zu durchsuchen?«

»Nein, natürlich nicht. Ich möchte mich nur umsehen, damit ich mir ein besseres Bild davon machen kann, was für ein Mädchen Luanne war.«

»Sie war ein verdammt prima Mädchen. Zugegeben, etwas verwirrt. Aber prima. Das beste.« Sie verzog einen Moment lang das Gesicht, als würde sie gleich zu weinen anfangen, aber sie riß sich zusammen und hatte sich wieder in der Gewalt.

Nudger ließ sein altbekanntes reizendes Lächeln aufblitzen und zwängte sich an ihr vorbei ins Haus. Sie machte zwar keine Anstalten, ihn aufzuhalten, aber sie wäre beinahe hingefallen, als er ihre Hüfte streifte. Warum auch nicht? Ihre Adoptivtochter war tot, und auf ihren Mann war geschossen worden. Hier war sie im Land von June Cleaver und lebte in einer gräßlichen, unheimlichen Seifenoper.

»Sie haben doch nichts dagegen, oder?« fragte Nudger, als er bereits in dem kühlenden Haus stand, als hätte er dort Wurzeln geschlagen.

Langsam blinzelte sie zweimal und machte dann die

Tür zu, um die Hitze auszusperren. »Nein. Warum sollte ich etwas dagegen haben? Ich hab doch nichts zu verbergen. Ich nicht.« Sie torkelte in ihren überdimensionalen Pantoffeln durchs Wohnzimmer und wäre dabei beinahe zweimal gestolpert. Sie lehnte sich an eine Mahagonikredenz in der Ecke und goß sich aus einer fast leeren Ginflasche einen Drink ein. Als sei sie sich plötzlich ihrer Rolle als Gastgeberin bewußt geworden, hielt sie Nudger die Flasche hin und zog dabei fragend die Augenbrauen hoch. Als er den Kopf schüttelte, trank sie das Glas mit drei Schlucken leer, goß sich dann den Rest der Flasche ein und nahm aus einem silbernen Kühler einige Eiswürfel, die sie in das Glas warf. »Wo das herkommt, gibt's noch mehr«, sagte sie. Nudger wußte nicht, ob sie dabei das Eis oder den Gin meinte.

»Ist Luannes Zimmer oben?« fragte er.

»Ja. Oben an der Treppe reschts.« Sie wollte von der Kredenz weggehen, schaffte aber nur wenige Schritte und blieb dann stehen. Einige Sekunden lang schwankte sie gefährlich, dann fing sie sich wieder und stützte sich auf die Rückenlehne eines zierlichen grauen Stuhls mit verschnörkelten hölzernen Armlehnen. »Gehen Schie nur und schehen Schie schisch um«, lallte sie, ohne ihn anzusehen. Nudger bedankte sich und ging die breite, geschwungene Treppe hinauf.

In Wirklichkeit hatte er gar nicht vorgehabt, sich Luannes Zimmer anzusehen, aber da er nun einmal im Haus war, konnte er ruhig einen kurzen Blick hineinwerfen. Für den Fall, daß Sydney ihn ausfragte, wenn er wieder nach unten kam. Vorausgesetzt, daß sie bei Bewußtsein war. Sie strengte sich mächtig an, in die vorübergehende Zuflucht der Flasche zu kriechen. Eine Falle, wie so viele Zufluchten; man kam leichter hinein als wieder heraus.

Es war ein typisches Jungmädchenzimmer; die normale Seite von Luanne hatte hier gewohnt, nicht die Userin und Dealerin oder das mutmaßliche Inzestopfer. Alles schien blau, weiß und flauschig zu sein. Auf dem Bett lag eine geblümte, flaumweiche Decke, und auf dem Fensterbrett waren Kuscheltiere aufgereiht wie hilflose Beobachter einer unvermeidlichen Tragödie. An einer Wand hing ein Tom-Cruise-Poster, an einer anderen eine Gitarre. Ein schielender Teddybär saß zwischen den Parfümflakons und dem Spiegel der Frisierkommode und hielt ein Schild in den Pfoten, auf dem stand: *»Sag einfach Yo!«*

Nudger beschloß, *Yo*, er werde sich das Zimmer näher ansehen, nun da er schon mal so weit gekommen war. Diese Gelegenheit würde vielleicht nicht wieder kommen.

In Luannes Kommodenschubladen befand sich nichts Ungewöhnliches außer einem Päckchen Zigarettenpapier, mit dem man Joints drehen konnte. Und selbst das war heutzutage nichts Ungewöhnliches mehr. In einer Ecke lag ein Haufen Klamotten, zusammengeknüllte pinkfarbene Socken, Slips und ein Paar Jeans, als hätte sie sich erst vor wenigen Minuten hastig umgezogen, um wegzugehen. Sydney mußte bewußt sein, daß sie nun zum letzten Mal hinter Luanne herräumen mußte, und hatte sich noch nicht dazu überwinden können. Nudger verspürte ein überwältigendes Mitleid mit ihr und Schuldgefühle über das, was er da gerade tat.

Dennoch . . .

Er verließ Luannes Zimmer und schaute kurz in die übrigen Räume im ersten Stock. Er fand nicht, was er suchte, nämlich Dale Rands Büro oder Arbeitszimmer. Er ging wieder hinunter und sah, daß Sydney noch immer schlaff auf dem zierlichen Stuhl hing und schlief.

Das Ginglas, das sie schräg in der Hand hielt, war leer, und der verschüttete Gin hatte den Schoß des pinkfarbenen Hausmantels dunkel gefärbt. Ein Eiswürfel schmolz im dichten Flaum einer ihrer überdimensionalen Pantoffeln. Nudger blieb reglos stehen und hörte sie leise schnarchen. Er wußte, daß er jetzt gehen sollte. Das war das einzig Anständige, was er tun konnte.

Dennoch ...

Nudger mußte sich nur wenige Minuten lang vorsichtig im Haus umsehen, um Rands Arbeitszimmer zu finden. Es war ein großer Raum mit dunkler Holzverschalung, rotbraunen Vorhängen und einem rotbraunen Teppichboden. In der Mitte des Zimmers stand ein großer Mahagonischreibtisch. Daneben befand sich ein Tisch, auf dem ein Computer und ein Drucker standen. Die Schreibtischplatte war leer, abgesehen von einem Faxgerät mit einem eingebauten Telefon, einer Messinglampe mit einem schwarzen Schirm und einem glänzenden grauen Taschenrechner mit einer erschreckenden Anzahl von Tasten.

Die schweren Vorhänge machten das Zimmer düster. Nudger knipste die Lampe an und machte sich an eine Durchsuchung der Schreibtischschubladen.

Das meiste, was er fand, verstand er nicht.

Informationen über Aktien und offene Investmentfonds, mysteriöse Kursdiagramme und Charts. In einer der großen untersten Schubladen stand eine Rotationskartei mit Hunderten von Namen und Telefonnummern. Nudger kannte keinen davon. Er schaute unter W nach. Kein Horace Walling. Unter der Rotationskartei lag etwa ein Dutzend Blätter Papier, die in der Schublade ganz nach hinten geschoben worden waren. Er zog sie heraus und betrachtete sie genauer. Zuerst dachte er, es handle sich dabei um Ausführungsanzeigen von Ak-

tienkäufen oder -verkäufen; er hatte von seinem eigenen Börsenmakler so ähnliche Papiere erhalten, als er
kürzlich zu einem Mann der Börse geworden war.
Dann sah er, daß die Formulare Quittungen für soge-
nannte »Puts« waren, ein Ausdruck, der Nudger fremd
war. Sie stammten alle aus dem vergangenen Monat. Er
sah die Summen, um die es dabei ging. Er blätterte die
Formulare durch, und ohne dabei den Taschenrechner
auf dem Schreibtisch zu benutzen, rechnete er sich aus,
daß sie sich auf mehr als dreihunderttausend Dollar be-
liefen.

Rand hatte anscheinend vor, damit irgendwie groß
abzusahnen. Geld, das er wahrscheinlich brauchte, um
seine Drogenschulden zu bezahlen oder das zu finanzieren, was Sydney das Tag-der-Arbeit-Ding genannt
hatte.

Nudger schaltete den Computer ein und versuchte,
das Ding richtig zum Laufen zu bringen, indem er mal
diese und mal jene Taste drückte und sich dabei alle
Mühe gab, die kryptischen Anweisungen auf dem
leuchtenden Monitor zu befolgen. Es war, als hätte sich
Frankensteins Monster irgendwie in den IBM-Haupt-
sitz verirrt. Nudger verstand so gut wie nichts von
Computern, gerade genug, um zu dem Schluß zu kommen, daß man irgendeine Art Paßwort brauchte, um in
das Gehirn des Dings einzudringen, und er kannte dieses Wort nicht. Und er kannte sich mit diesem brum-
menden, flackernden Gegenstand des Fortschritts vor
seiner Nase auch nicht besonders gut aus. Er schaltete
das Ding aus, ehe er sich noch einen Virus holte.

Anschließend notierte er auf der Rückseite einer seiner Visitenkarten die Namen der Aktien auf den For-
mularen aus der Schreibtischschublade. Auch seine
eigenen Aktien, Synpac und Fortune Fashions, waren

dabei. Nun hatte er doppelten Grund, Näheres darüber herauszufinden.

Er legte alles wieder an seinen Platz und ging dann leise ins Wohnzimmer zurück.

Sydney hatte sich nicht gerührt. Aber sie schnarchte nun lauter, und ihr Glas war auf den Teppich gefallen. Der Eiswürfel auf ihrem flauschigen Pantoffel war nun völlig geschmolzen und hatte auf den pinkfarbenen Fasern tauartige Tropfen hinterlassen. Sie würde noch stundenlang den tiefen, traumlosen Schlummer einer Alkoholikerin schlafen.

Nudger blieb einen Moment stehen und betrachtete sie, eine Frau, die sich schlaff und reuelos in den Alkohol geflüchtet hatte; eine Flucht, die nur vorübergehend sein konnte und für die sie schließlich einen schrecklichen Preis zahlen müßte. Er kannte Sydney Rand zwar nicht gut, aber er wußte, daß sie nicht verdient hatte, was sie bereits mitgemacht hatte und was sie als nächstes mitmachen würde. Niemand hatte das verdient.

Aus irgendeinem verrückten, feierlichen Impuls heraus küßte er sie sanft auf die Stirn, ehe er ging. Ihr Mann hatte bestimmt nichts dagegen.

34. Kapitel

Nudger rief Hammersmith an und erzählte ihm von seinem Gespräch mit Sydney Rand, aber nicht von seiner Durchsuchung von Dale Rands Schreibtisch. »Mit diesem ›Tag-der-Arbeit-Ding‹ könnte ein großer Drogendeal gemeint sein, der am Feiertagswochenende über die Bühne gehen soll«, sagte er.

Hammersmith sah das auch so. »Das könnte etwas mit dem Mord an Chambers zu tun haben.«

»Vielleicht, aber ich bezweifle das.«

»Dein Freund Bobber Beane könnte vielleicht tief in der Drogenszene stecken.«

»Vielleicht als User oder auch als kleiner Dealer. Aber Bobber machte mir nicht den Eindruck, als sei er besonders clever oder ehrgeizig. Er ist kein großer Planer. Er ist eher der große, tollpatschige Provinzler, der sich so durchs Leben wurstelt, Lotterielose kauft und sich auf die Jagdsaison freut.« Beim Reden fiel Nudger auf, daß er selbst auch kein großer Planer war. Aber immerhin hatte er mit seinen Aktien in die Zukunft investiert, und vielleicht würde er bald eine Abmagerungskur machen und ein neuer, eleganter Nudger werden.

»Du hast aber nur einen flüchtigen Eindruck von ihm bekommen, Nudge. Der kann täuschen.«

»Bei Bobber wohl kaum. Er ist nicht der Typ, der mit dem Kopf denkt.«

Dann rückte Hammersmith abrupt mit seinen eigenen Neuigkeiten heraus. »Dale Rand ist verschwunden.«

»Unmöglich. Ich habe dir doch gesagt, daß ich heute mit Sydney gesprochen habe. Sie hat gesagt, er sei in seinem Büro.«

»Er kam um vier nach Hause, ist in sein Arbeitszimmer gegangen, um noch etwas zu erledigen, und scheint von dort entführt worden zu sein.

Sydney sagt, sie habe ein Nickerchen gemacht, aber dann aus dem Arbeitszimmer kampfesähnliche Geräusche gehört, und als sie hinging, um nachzusehen, was da los ist, war Dale Rand verschwunden. Sein Computer war immer noch eingeschaltet, eine Lampe war auf den Boden geworfen worden, und die Terrassentür stand weit offen. Sie hat die Polizei angerufen.«

Nudger lehnte sich zurück und versuchte, diese Information zu verarbeiten.

»Was sagst du dazu, Nudge?«

»Ich weiß nicht.«

»Messinger sagt dazu, daß deine Klientin Norva sich durch das baumbestandene Gebiet und die Sträucher hinter dem Haus geschlichen und Rand mit vorgehaltener Waffe entfürt hat.«

»Das klingt aber nicht gerade wahrscheinlich.«

»Aber es klingt auch nicht gerade unwahrscheinlich«, sagte Hammersmith und legte auf.

Nudger und Claudia saßen wenige Häuser von Nudgers Büro entfernt in einer Nische in Shoney's Restaurant. Nudger lud Claudia oft hierher zum Abendessen ein. An diesem Abend nahmen sie den Salatteller, der das billigste Gericht auf der Karte war. Sie nahmen immer den Salatteller. Das verstand sich von selbst.

Nudger fragte: »Weißt du, was ein Put ist?«

Claudia kaute ihren Bissen kalter Nudeln zu Ende und fragte: »Meinst du beim Golf?«

»Nein, das ist ein Putt. Ein Put ist, wenn man sich das Recht erkauft, zu einem bestimmten Zeitpunkt zu einem bestimmten Kurs zu verkaufen. Wenn der Kurs der Aktie stark steigt, verliert man den relativ kleinen Betrag, den man für den Put bezahlt hat, aber das ist nicht weiter schlimm, weil man an der Aktie selbst mehr verdient. Und wenn die Aktie fällt, ermöglicht einem der Put, sie zu dem höheren, alten Kurs zu verkaufen, ohne daß man dabei allzuviel Geld verdient. Deshalb kaufen sich manche Leute Puts als Absicherung für den Fall, daß die Aktie drastisch fällt.«

»Wer hat dir das gesagt?«

»Benny Flint.«

Sie trank einen Schluck Eistee und schaute ihn über den Rand des Glases hinweg fragend an.

»Das ist mein Börsenmakler. Ich habe ihn vor ein paar Tagen schon mal erwähnt.«

»Ach ja.«

Nudger erzählte ihr, daß er in Dale Rands Schreibtisch Quittungen für Puts gefunden hatte.

Sie sagte: »Vielleicht will Rand sich absichern für den Fall, daß die Kurse fallen.«

»Aber er hat ein Vermögen in Puts angelegt.«

»Vielleicht hat er ein sogar noch größeres Vermögen in Aktien angelegt.«

»Könnte sein. Aber so reich ist niemand. Außerdem sagt Benny, die Aktien seien alle sehr solide und sollen sogar noch viel mehr steigen. Zwei davon besitze ich selbst. Synpac und Fortune Fashions.«

»Lenkrakten und Federboas?«

»Genau.«

Sie strich sich Butter auf ein Brötchen. »Verkauf deine Aktien, Nudger.«

»Aber es besteht kein Anlaß dazu. Meine Aktien haben ein niedriges Kurs-Gewinn-Verhältnis, die Firmen haben ein gutes Management, und die mittel- und langfristigen Prognosen sind recht positiv.«

»Steig aus dem Markt aus, solange du noch kannst.«

»Das ist ein schlechter Rat.«

»Fast jeder Rat scheint ein schlechter Rat zu sein, sonst wäre es ja kein Rat.«

»Außerdem weißt du gar nichts über den Handel mit Wertpapieren.«

»Ich weiß aber immerhin eines: Niemand verdient an der Börse Geld, dessen Makler Benny heißt.«

»Du bist doch Englischlehrerin. Da solltest du andere Menschen nicht so in Schubladen stecken.«

Die Kellnerin schenkte ihnen Eistee nach und blieb dann kurz am Tisch stehen, um zu fragen, ob alles in Ordnung sei. Nudger hätte ihr darauf zwar einiges sagen können, doch er nickte nur.

Als die Kellnerin gegangen war, sagte er: »Daß Rand so viel Geld in Puts gesteckt hat, scheint mir eine höchst riskante Spekulation zu sein, es sei denn, er hätte illegale Insiderinformationen gehabt.«

»Es ist aber auch denkbar, daß er heimlich mit dem Geld seiner Kunden spekuliert. Vielleicht hat er einige unerwartete Verluste erlitten und versucht nun mit aller Gewalt, sich wieder zu sanieren. Du hast gesagt, er scheine verschwunden zu sein. Vielleicht hat er nur dafür gesorgt, daß es so aussah, als sei er entführt worden, und ist in Wahrheit aus freien Stücken abgehauen und hat dabei alles mitgenommen, was er aus seinen dubiosen Geschäften retten konnte.«

Auf die Idee war Nudger noch gar nicht gekommen. Das eröffnete eine ganze Reihe neuer Möglichkeiten. »Wenn Rand heimlich mit dem Geld seiner Klienten spekuliert hat, hat vielleicht einer seiner Kunden davon erfahren und ihn entführt.«

»Das wäre möglich. Aber viel wahrscheinlicher wäre es, daß er ihn anzeigen würde, um zu versu-

chen, sich sein Geld durch einen Prozeß zurückzuholen.«

Das kam Nudger plausibel vor. Er gab Süßstoff in seinen Eistee, rührte um und nahm einen Schluck. Genau
richtig. Kühl an einem heißen Abend. »Benny hat gesagt, einige der Formulare in Rands Schreibtisch seien
Ausführungsanzeigen für Leerverkäufe. Die sind so was
Ähnliches wie Puts.«

»Nein, sind sie nicht«, sagte Claudia. »Bei einem
Leerverkauf verkauft man Aktien, die man noch nicht
besitzt, in der Erwartung, daß der Kurs bis zu einem bestimmten Datum gefallen sein wird. Wenn der Kurs
fällt, kauft man die Aktien zu dem billigeren Kurs, und
die Differenz ist der Profit, den man einstecken kann. Es
gibt zwei Methoden, an der Börse Geld zu verdienen:
Indem man bei einem niedrigen Kurs kauft und bei
einem hohen verkauft, in eben dieser Reihenfolge. Oder
indem man bei einem hohen Kurs verkauft und bei
einem niedrigen kauft, in eben dieser Reihenfolge.«

Nudger war verblüfft. »Woher weißt du das alles?«

»Ich wiederhole nur, was mein Vater mir gesagt hat,
ehe er das Vermögen der Familie an der Börse verloren
hat. Deshalb tut es mir ja auch so weh, dir dabei zuzuse-
hen.«

»Die Geschichte wiederholt sich nicht immer. Außerdem bin ich nicht dein Vater. Und ich besitze kein
Vermögen, das ich verlieren könnte.«

»Das besaß mein Vater in Wirklichkeit auch nicht. Es
war bloß eine Redewendung.«

Nudger griff über den Tisch und tätschelte ihr lächelnd die Hand. »Ich bin aber immer noch nicht dein
Vater.«

Claudia schob ihren Teller neben seinen und schickte
sich an, mit der Gabel ein klumpiges weißes Zeug auf

einen freien Platz auf seinem Teller zu schieben. »Möchtest du ein paar gekochte Auberginen?«

Nudger beäugte das Zeug angeekelt. Es sah aus wie Austern, mit denen irgend etwas Schreckliches angestellt worden war. »Nein danke. Ich habe genug gegessen. Ich habe nämlich keinen Hunger mehr.«

»Das hat dich doch noch nie gehindert, wenn dir etwas geschmeckt hat. Jetzt, da du ein Sklave des Kommerzes geworden bist, bist du weniger impulsiv. Aber vielleicht ist das eines der Dinge, die man aufgeben muß, um reich zu werden.«

»Ich rechne nicht damit, an der Börse reich zu werden«, sagte er, »bloß damit, dann zur soliden Mittelschicht zu gehören.«

Sie starrte ihn an. »Na, mach schon. Iß was davon«, sagte sie und schob die Hälfte des hellen Zeugs auf seinen Teller. »Es wird dich schlauer machen. Das ist Hirnfutter.«

»Wer hat dir denn das gesagt?«

»Meine Großmutter.«

»Auberginen sind aber nicht sehr schlau.«

»Sie müssen ja nicht schlau sein, damit du schlau davon wirst. Außerdem sind sie nur dann Hirnfutter, wenn sie gekocht sind.«

»Wenn wir von hier weggehen«, sagte Nudger und aß gehorsam die geschmacklosen, schleimigen Auberginen, um sich mit Claudia gut zu stellen, »Warum gehen wir dann nicht zu dir? Wir könnten, ähm... unsere Sorgen eine Weile vergessen.«

Sie schob mit der Gabel die andere Hälfte ihrer Auberginen auf seinen Teller und sagte: »Du solltest besser den Rest davon essen.«

Das machte er auch. So schlau war er schon.

35. Kapitel

Doch all seine Schläue half ihm nicht, über ihre Schwelle zu kommen. Als er nach Hause fuhr, nachdem er Claudia *draußen* vor ihrer Wohnung abgesetzt hatte, dachte Nudger über das nach, was sie im Restaurant gesagt hatte. Es hatte vernünftig geklungen, was vielleicht das einzig Ärgerliche an ihr war. Möglicherweise ging sowohl der Aktienmarkt als auch sein Leben über sein Begriffsvermögen. Er war sich seiner prekären Lage mehr als bewußt. Er arbeitete für eine Frau, die wegen Mordverdachts von der Polizei gesucht wurde und nun, zum Teil seinetwegen, möglicherweise in die Entführung des Adoptivvaters ihrer toten Tochter verwickelt war. Oder in noch schlimmere Dinge. Ganz zu schweigen von Bobbers Mord an King Chambers und Mirabelle. Nudger kam zu dem Schluß, Vorsicht sei besser als Arbeitslosigkeit; er hatte keine andere Wahl, als der Polizei alles zu sagen, was er wußte.

Aber nicht Massinger. Oder diesem feindseligen kleinen Wiesel Springer.

Er würde mit Hammersmith reden und dann früh ins Bett gehen und mit einem reineren Gewissen gut schlafen.

Mit den Gedanken immer noch bei Claudias Küssen, fuhr er durch die dampfenden, dunkler werdenden Straßen zu seinem eigenen, vertrauteren, aber weniger aufregenden Bett.

Sowie er in seiner Wohnung war, ging er zum Telefon und setzte sich hin, um sofort den Third District anzurufen, ehe er es sich anders überlegte. Sein Magen drückte, und er bekam allmählich Kopfschmerzen. Er hoffte, das läge nicht an den Auberginen, die Claudia ihn praktisch zu essen gezwungen hatte. Vielleicht würde er sich besser fühlen, wenn er mit Hammersmith gesprochen und sich erleichtert hatte. Er wußte, daß eine Beichte mitunter ein Sexersatz war. Er fragte sich, ob er diese Erkenntnis den Auberginen zu verdanken hatte.

Er hatte das Telefon noch nicht richtig berührt, als es auch schon klingelte und ihn erschreckte. Während er sich wieder faßte, ließ er es noch zweimal klingeln, nahm dann den Hörer ab und meldete sich.

»Mr. Nudger. Ich hab schon den ganzen Abend versucht, Sie zu erreichen.«

Norva! Nudger bemühte sich, in einem völlig neutralen Ton zu reden. »Ich war zum Abendessen aus, Norva. Und dann hatte ich noch ein paar andere Dinge zu tun. Wo sind Sie?« »Das kann ich nicht recht sagen.«

»Wissen Sie es denn nicht?«

»Ich weiß es schon, aber ich darf es andere nicht wissen lassen. Zu deren eigenem Schutz will ich nicht, daß sie es wissen. Ich meine, wenn die Polizei Sie fragt, wo ich bin, wären Sie doch wegen Ihres Berufsethos gezwungen, es ihr zu verraten. Das is so, weil Sie ein guter und ehrenwerter Mensch sind. Das is mir klar, und ich hab auch vollstes Verständnis dafür.«

»Ich will Ihnen nur helfen, Norva.«

»Das können Sie auch. Deshalb ruf ich ja an, damit Sie mir erzählen, was Sie alles erfahren haben, seit wir das letzte Mal miteinander gesprochen haben.«

O Mann! Sie war seine Klientin, und er war ein guter und ehrenwerter Mensch, der an sein Berufsethos gebunden war. Oder genauer gesagt, der hilflos darin verheddert war.

Also erzählte Nudger ihr von Luannes Verbindung

zum Drogenmilieu, einer Verbindung, die sie teilweise wegen Dale Rand gehabt hatte. Und er berichtete ihr, daß er die tote Mirabelle und den fast toten King Chambers gefunden hatte und daß Chambers ihm erzählt hatte, daß Luanne schuld daran gewesen sei, daß ein großer Drogendeal geplatzt war. Und dann erzählte er ihr von Chambers Sterben. Sie schwieg eine Weile und sagte dann: »Verdammte Scheiße, Mr. Nudger. Entschuldigen Sie meine Ausdrucksweise.«

Er sagte: »Wenn ein Drogendeal vermasselt wird, muß die verantwortliche Person dafür zahlen, Norva. Nur so bleiben diese Schweine im Geschäft. Chambers hat Luanne von Aaron umbringen lassen. Anschließend ist er auf Nummer Sicher gegangen und hat Aaron umgelegt, damit kein Mensch je etwas davon erfährt. Aber jetzt ist Chambers tot. Sie sind beide tot, Norva.«

»Das alles hab ich mir auch schon selbst zusammengereimt, Mr. Nudger, seit Sie für mich im Sumpf gewühlt haben und ich gesehen hab, was die Sache is.«

»Und warum stellen Sie sich dann nicht der Polizei?«

»Das kommt gar nicht in Frage, Mr. Nudger.«

»Sind Sie mit Bobber zusammen?«

»Wieso fragen Sie?«

»Ehe er starb, hat Chambers den Mann beschrieben, der in die Wohnung seiner Freundin eingedrungen war, sie umgebracht hat und dann mit dem Messer auf ihn losgegangen war. Es muß Bobber gewesen sein.«

»I Iah! Sie machen wohl Witze, Mr. Nudger? Bobber is kein Killer.«

»Chambers hat gesagt, der Mann hätte rotes Haar gehabt und auf dem Arm die Tätowierung eines Marineemblems.«

»Auf welchem Arm?«

»Das hat Chambers nicht gesagt.« Nudger kramte in

seinem Gedächtnis, doch ihm wollte nicht einfallen, auf welchem Arm Bobber das Emblem eintätowiert hatte.

»Ich bin mir sicher, daß das nich Bobber gewesen is. Hier laufen eine Menge ehemaliger Marinesoldaten herum. Wann sind diese Leute denn umgebracht worden?«

»Heute am frühen Morgen.«

»Da haben wir's! Ich war seit gestern abend mit Bobber zusammen. Er war den ganzen Morgen hier, direkt vor meinen Augen. Er hat in seinen Jockey-Unterhosen und demselben T-Shirt, das er immer anhat, im Bett gelegen.«

Nudger wollte sich das lieber nicht so genau vorstellen. »Norva, ist Bobber Luannes leiblicher Vater?«

»Er würde niemandem mit Absicht weh tun, geschweige denn jemanden umbringen. Er schaut viel brutaler aus, als er in Wirklichkeit is.«

»Norva –«

Mit einem Klicken, das sich anhörte, als fiele ein Revolverhahn auf eine leere Kammer, hatte sie aufgelegt.

Nudger stand auf und ging in die Küche. Er holte eine kalte Dose Budweiser aus dem Kühlschrank und hielt sie sich an die Stirn, als wäre sie ein Eiswürfelbeutel, und drehte sie ab und zu um, wenn seine Körperhitze das Aluminium zu erwärmen begann.

Als seine Kopfschmerzen etwas abgeklungen waren, öffnete er die Dose und setzte sich an den Küchentisch, um das Bier zu trinken und ein paar Minuten nachzudenken, ehe er Hammersmith anrief. Was war, wenn Bobber tatsächlich mit Norva zusammen gewesen war, als Mirabelle und Chambers ermordet worden waren?

Das würde die Sache wieder völlig verwirren, gerade nun, da Nudger meinte, sie allmählich klar erkannt zu haben.

Er trank ein zweites Bier und stellte fest, daß seine Kopfschmerzen ganz verschwunden waren. Er fühlte sich ruhiger und war plötzlich hundemüde. Er dachte sich, am nächsten Morgen sei es noch früh genug, um Hammersmith anzurufen.

Er vergewisserte sich, daß alle Türen abgesperrt waren, drehte die Klimaanlage voll auf, zog sich bis auf die Unterwäsche aus, legte sich aufs Bett und schaltete in dem kleinen Schlafzimmerfernseher das Baseballspiel ein. Da die Cardinals an der Westküste gegen die Dodgers spielten, hatte das Spiel erst spät angefangen und war erst im vierten Inning. Nudger sah den ersten Schlagmann der Dodgers zum Mal gehen.

Beim ersten Ball wurden Nudger die Lider schwer. Als es drei zu zwei stand, konnte er die Szene auf dem winzigen, flimmernden Bildschirm am Fußende des Bettes kaum noch erkennen.

Beim nächsten Wurf schlug der Schlagmann den Ball in einem hohen Bogen zum Zwischenfeldspieler und kam gerade noch sicher aufs erste Mal, aber da war Nudger bereits eingeschlafen.

Als er die Augen aufschlug, war der Bildschirm leer, die Vorhänge waren aufgezogen, und das Zimmer war in einen strahlenden gelben Sonnenschein getaucht, der eine drückende Hitze mit sich brachte.

Und Norva Beane saß auf einem Stuhl am Fußende des Bettes und betrachtete ihn prüfend.

Sie trug ein zerknittertes graues Hemd, das wie ein Herrenhemd aussah, dessen Ärmel über den Ellbogen abgeschnitten worden waren. Das Hemd steckte in Levi's, die so verknittert waren, als trage sie sie schon seit langem. Das Leben auf der Flucht hatte seine Nachteile. Sie wirkte zwar erschöpft, aber in ihren Augen glommen noch immer Funken.

Sie sagte: »Sie sehen aus, als hätten Sie die letzte Nacht nicht allzuviel geschlafen, Mr. Nudger.«

Er schluckte den bitteren Geschmack in seinem Mund hinunter und räusperte sich. »Sie sehen aus, als hätten Sie die letzte Woche nicht allzuviel geschlafen.«

»Dem is auch so.«

Er setzte sich auf und lehnte sich mit dem Rücken an das Kopfbrett. Er war froh, daß er völlig emotionslos aufgewacht war, und fragte sich plötzlich, wie lange Norva wohl schon dasaß und ihn beobachtete. »Warum sind Sie hier, Norva?«

»Weil ich, nachdem wir telefoniert haben, den Rest der Nacht mit Nachdenken verbracht habe und zu dem Schluß gekommen bin, daß es ganz entschieden an der Zeit is, Ihnen die ganze Geschichte zu erzählen, die ganze Wahrheit und nichts als die Wahrheit.«

»Das wird aber auch Zeit«, sagte Nudger. Er wäre gern aufgestanden, um ein Paar Hosen anzuziehen, sich das Gesicht zu waschen, die Zähne zu putzen und eine Tasse schwarzen Kaffee zu trinken. Doch er wollte nichts tun, was Norva dabei unterbrechen könnte, ihm die Wahrheit zu sagen oder wieder einmal so etwas Ähnliches. In dem grellen Sonnenlicht sah sie seltsam unschuldig aus, hübsch, aber abgehärmt, eine abgenutzte Puppe aus irgend jemandes Sammlung, die zum Leben erweckt worden war.

»Nachdem ich auf Dale Rand geschossen hab, bin ich untergetaucht«, sagte sie. Sie fuhr sich mit dem Handrücken rasch und leicht über die Stirn, als wolle sie eine verirrte Haarsträhne zurückstreichen. »Ich bin jetzt froh, daß Sie meinen Schuß abgelenkt und mich daran gehindert haben, ihn zu erschießen, Mr. Nudger.«

»Darüber sind wir alle froh, Norva.«

»Ich bin untergetaucht, weil ich des Mordes an meiner eigenen Tochter verdächtigt werde. Sie und ich, wir wissen beide, daß ich der armen Luanne kein Härchen gekrümmt hätte.«

Er nickte.

Ihr Adamsapfel hüpfte in ihrem goldgebräunten Hals auf und ab; Nudger fand, daß irgend etwas daran wunderschön war. Sie sagte: »Ich hab mich dem Mädchen gegenüber nicht anständig verhalten, und dafür werde ich mit Sicherheit in der Hölle braten.«

»Sie haben das Beste getan, was Sie damals tun konnten«, sagte er. »Die Hölle ist, wenn Menschen die Dinge nicht loslassen können und sich den Rest ihres Lebens mit Selbstvorwürfen quälen.«

»Sie war mein kleines Mädchen, und ich hätte sie vor ihrem Schicksal bewahren können. Das können Sie mir nicht ausreden.«

»Sie hatten ja nicht wissen können, daß sie von jemandem wie Dale Rand adoptiert werden würde. Sie hätte ebensogut in einer glücklichen Familie landen können.«

»Vielleicht. Aber die Welt ist voller Vielleichts.« Sie starrte einen Augenblick auf den Boden, hob dann den Kopf und schaute Nudger in die Augen. Wieder hüpfte der Adamsapfel in ihrem straffen Hals auf und ab. »Ich hab' Ihnen nich' ganz die Wahrheit gesagt, als ich gesagt hab', daß ich gestern nacht mit Bobber zusammen war. Er war die ganze Nacht weg, und ich hab' ihn erst gestern gegen Mittag wiedergesehen.«

Aha! »Dann hätte er ja genügend Zeit gehabt, Mirabelle und Chambers zu ermorden.«

Sie ließ den Kopf kreisen, als trüge sie ein zu enges Halsband, und schaute elend drein. »Mehr noch. Er hat sie tatsächlich umgebracht, Mr. Nudger. Das hat er mir selbst gesagt, weil er geglaubt hat, ich würde stolz auf ihn sein. Er wollte der Frau nichts tun, aber sie hat sich gewehrt, und da mußte er sie schnell unschädlich machen, damit sie Chambers nicht aufweckte. Bobber hat nämlich geglaubt, Chambers wär im Schlafzimmer und nicht unter der Dusche. Wenn er nicht unter der Dusche gestanden hätt, hätt er gehört, wie Bobber und die Frau miteinander gekämpft haben, und wär rausgelaufen und hätt Bobber erschossen.«

»Der unglückliche Zufall regiert die Welt, Norva.«

»Wem sagen Sie das? Jedenfalls hatten Sie recht, und Bobber hat die beiden Leute umgebracht. Nicht, daß Chambers es nicht verdient hätte. Und ich kann Bobber auch kaum einen Vorwurf machen. Sie hatten nämlich mit noch was anderem recht, Mr. Nudger. Bobber ist Luannes leiblicher Vater. Kurz nachdem er erfahren hatte, daß ich schwanger war, ist er auf und davon und zur Marine gegangen, und ich habe ihn jahrelang nicht mehr gesehen. Erst wieder, als er vor ein paar Monaten nach Possum Run zurückgekommen is und mir erzählt hat, was mit unserer kleinen Tochter passiert is.«

Über die Sonne mußten Wolken gezogen sein. Das Licht im Schlafzimmer wurde einen Augenblick lang düster und dann langsam wieder so strahlend wie zuvor. Nudger schwante allmählich etwas. »Warum erzählen Sie mir das alles, Norva?«

»Weil Bobber nicht so ist, wie ich gedacht hatte. Er is ganz anders als der Junge, den ich in Erinnerung gehabt hab'.«

»Inwiefern?«

»Na ja, er is' jetzt von diesen Dämonen besessen, und die bringen ihn dazu, schlimme Dinge zu tun.«

Wie beispielsweise Morde, dachte Nudger. Er sagte:

»Und was ist mit Dale Rand? Hat Bobber auch ihm etwas angetan?«

»Wir haben Dale Rand entführt. Es war kinderleicht; Bobber hat ihm bloß das Messer gezeigt, und Rand ist sofort mit uns mitgegangen. Rand ist ein echter Feigling. Was mich nich sonderlich überrascht hat.«

Nudger drehte sich um und setzte sich auf die Bettkante. »Und wo ist Rand jetzt?«

Sie kaute erst auf ihrer Unterlippe, dann auf ihrer Backe.

»Norva?«

»Das ist ja das Problem, Mr. Nudger. Ich kann es Ihnen nicht sagen.«

Er hatte keine Lust, ihre semantischen Spielchen mitzuspielen. »Heißt das, daß Sie es nicht wissen?«

»Ja. Rand is aus dem alten Wohnwagen abgehauen, in dem wir ihn gefangengehalten haben. Es war alles nur Bobbers Schuld.«

»Die Entführung? Oder daß Rand abgehauen ist?«

»Die Entführung war ganz allein meine Idee, auch wenn Bobber darüber sehr begeistert war. Er hat nämlich gedacht, daß es ein Lösegeld geben würde.«

Nudger dachte dabei wieder an den leeren Aktenkoffer auf dem Boden in Mirabelles Wohnung. War sie erst gezwungen worden, zu verraten, wo Drogengelder versteckt waren, und erst später umgebracht worden? »Hat Bobber aus Mirabelles Wohnung Geld mitgehen lassen?«

»Etwas. Er hat mir nicht gesagt, wieviel. Aber es war nicht genug.«

»Was meinen Sie damit?«

»Bobber hat immer mehr auf Rand gehört, den wir in dieser kleinen Kammer da gefesselt hatten. Dieser Rand kann gut reden, und ziemlich bald hat Bobber angefangen, mir zu sagen, daß Rand schließlich niemand wirklich etwas getan hätt und daß er Luanne doch alles in allem ziemlich gut behandelt hätt. Ich meine, Bobber war selber mal von diesen Dämonen besessen, deshalb würde er es auch keinem anderen übel nehmen, daß er sich mit Rauschgift eingelassen hat.«

»Und wie ging es weiter?«

»Bobber wollte nicht glauben, was Sie mir sonst noch erzählt hatten. Nich, nachdem er Rands Lügen gehört hat. Und das hab ich Bobber auch gesagt, bloß wollt er nich auf mich hören. Ich und Bobber hatten einen Mordskrach, und danach hat Rand noch mehr auf ihn eingeredet. Ich bin ins andere Zimmer gegangen und hab gehört, wie er Bobber einen Haufen Geld angeboten hatte, wenn Bobber ihm dabei helfen würde, zu fliehen.« Norva senkte den Kopf und preßte die Handflächen an die Schläfen, als hätte sie schreckliche Kopfschmerzen. »Bobber hat ihm gesagt, er soll die Klappe halten, aber Rand hat ihm immer mehr Geld versprochen. Dann kam Bobber herausgerannt und hat mich beim Lauschen erwischt und mir in die Rippen geboxt. So was laß ich mir von keinem Mann gefallen, und das hab' ich ihm auch klargemacht.«

»Und was hat er dann getan?«

»Er is nach draußen und hat zu saufen angefangen. Ich hab mich hingelegt und bin eingeschlafen, und als ich wieder aufgewacht bin, war Rand nicht mehr da. Bobber hat gesagt, er hätt sich bestimmt selbst aus den Fesseln befreit und sich rausgeschlichen, während ich geschlafen hab und Bobber bewußtlos betrunken war, aber ich weiß, daß das nich stimmt. Rand hat Bobber schließlich genug Geld angeboten, und deshalb hat Bobber ihn freigelassen. Als ich das zu Bobber gesagt hab, haben wir uns wieder gestritten, und er hat den Arm gehoben, als ob er mich schlagen will, hat es aber nich getan. Er ist bloß in seinen Pick-up gestiegen und davongebraust, und seitdem hab ich ihn nich mehr gesehen.«

»Sind Sie sicher, daß Rand abgehauen is?«

»Ja. Und wenn nich, wär er wahrscheinlich verreckt. Der Wohnwagen hat keine Klimaanlage. In der Kammer, in der er war, war es so heiß wie in einem Backofen, und ich glaub, er war schon krank, als wir ihn aus seinem Haus entführt haben. Wir sind durch die Terrassentür in sein Arbeitszimmer und haben ihn gezwungen, durch eben diese Tür mit uns rauszukommen und durch den Garten zu einem Auto zu gehen, das wir eine Querstraße weiter geparkt hatten. Wir haben gewußt, daß die Bullen die Vorderseite des Hauses bewachen, aber wir haben ihn trotzdem entführen können. Wir hätten ihn auch gleich da umlegen können, was wieder einmal beweist, wie supergescheit die Bullen sind. Wir Leute vom Land können durch Gärten und Bäume gehen, ohne daß ein Stadtbulle auch nur ahnt, daß wir dort sind. Bobber fand das zum Schießen.«

»Krank?«

»Häh?«

»Was haben Sie damit gemeint, Norva, als Sie sagten, Rand sei schon krank gewesen, als Sie ihn entführt haben?«

»Wir mußten warten, bis er zu Ende telefoniert hatte, ehe wir rein sind und ihn uns geschnappt haben, und ich hab gehört, wie er mit seinem Doktor geredet hat.«

»Sind Sie sicher?«

»Ja. Er hat ihn Doktor Walling genannt. Sie haben über irgendeinen Virus geredet.«

Nudger blieb einen Augenblick lang reglos sitzen und starrte auf das Muster aus Sonne und Schatten auf dem

Teppichboden, auf die Stäubchen, die in der heißen, drückenden Luft umherwirbelten.

Dann sagte er: »Norva, am besten wäre es, wenn wir Dale Rand finden könnten.«

»Wie Sie meinen.«

»Warten Sie im Wohnzimmer, bis ich mich angezogen habe, und dann fahren wir hinaus und schauen mal, ob seine Frau weiß, wo er steckt.«

»Wir könnten sie auch einfach nur anrufen.«

»Nein. Wenn Rand zufällig dort sein sollte, könnte er fliehen. Er hat wahrscheinlich immer noch Angst, und wenn er Bobber Geld versprochen hat, wird er nicht zur Polizei gehen.«

»Da haben Sie wohl recht.« Sie stand auf, streckte die Arme über den Kopf und schenkte ihm dann ein Lächeln, als hätte er sie irgendwie beruhigt. »Ich hab nicht den Wunsch, Sie nackt zu sehen, Mr. Nudger.« Sie ging aus dem Schlafzimmer und zog die Tür hinter sich zu.

Nudger rief Hammersmith an und warf sich ein paar Klamotten über.

Auf der Fahrt zu Rands Haus saß Norva ruhig und gelassen neben ihm, während er eine halbe Rolle Antacidtabletten verschlang.

Sein Magen nahm kaum Notiz davon.

36. Kapitel

Als Nudger das Auto in Rands Einfahrt lenkte, sah er eine stämmige Gestalt, die sich über die Sträucher beugte, die den beschatteten Beton säumten. Ihn überkam eine Woge der Erleichterung; wenn ein Gärtner die Sträucher schnitt, war hier wohl alles wieder zu einem halbwegs normalen Zustand zurückgekehrt. Oder, wenn schon nicht zu einem normalen, dann doch wenigstens zu einem erträglicheren. Routine konnte mitunter ein Schutz gegen Trauer sein.

Er parkte das Auto neben dem Haus und stieg aus. Norva stieg auf der Beifahrerseite aus. Es war noch nicht unerträglich heiß, und das rasenbewachsene, gut gepflegte Anwesen lag so still da wie ein Friedhof. Ein Eichhörnchen hüpfte schnell über den Rasen und kletterte einen Ahornbaum hinauf. Ein Vogel, den Nudger nicht sehen konnte, keckerte, um seinen Anspruch auf sein Territorium durchzusetzen. Wahrscheinlich hörte ihm außer Nudger niemand zu.

»Mr. Nudger!«

Norvas leiser, aber verängstigter Ton ließ Nudger, der bereits den Fuß auf die unterste Stufe der Veranda gesetzt hatte, herumfahren. Sie hatte sich von ihm abgewandt und starrte die Einfahrt hinunter.

Nudger sah, daß der Mann, den er für einen Gärtner gehalten hatte, keine Latzhosen, sondern einen dunklen Geschäftsanzug trug und nun auf allen vieren war. Er erbrach Blut und zitterte bei jedem quälenden, langandauernden Würgen am ganzen Körper. Nudger lief die Einfahrt hinunter auf ihn zu. Norva hielt sich einen Schritt hinter ihm, als wolle sie sich weder den Mann näher ansehen noch das, was seine Anwesenheit bedeuten könnte.

Als sie halb bei ihm waren, drehte er sich um, und Nudger konnte sein Gesicht sehen. Obwohl es blutüberströmt war, erkannte er Al Martinelli. Nudger kniete sich neben ihn hin. Ein Auge war zugeschwollen, und seine Nase schien gebrochen zu sein. Doch das waren noch die geringsten seiner Probleme. Seine vormals weiße Hemdbrust war rot vor Blut, und der Stoff war mit einer Messerklinge zerfetzt worden. Einen widerlichen Augenblick lang war Nudger wieder in Mirabelles Wohnung und sah zu, wie King Chambers' Leben wie ablaufendes Badewasser dahinschwand. Der Anblick von Blut war eine schreckliche Erinnerung an die Sterblichkeit.

»Was ist passiert?« fragte Nudger, dem sich beim Anblick und Gestank von Blut und Galle der Magen umdrehte.

Martinelli röchelte und verdrehte die Augen. Ein zäher Mann, der jede Vortäuschung von Zähigkeit aufgegeben hatte.

»Wir holen Ihnen Hilfe.«

Der verletzte Mann röchelte wieder. Dabei tropfte Blut aus seinem Mundwinkel, rann ihm das Kinn hinunter und spritzte auf die betonierte Einfahrt. Diesmal deutete er aufs Haus. Dann fiel er auf die Seite und schien den Boden zu umfassen, als umarmte er seinen Schatten, und rollte sich in der Embryonalstellung zusammen. Sein Atem ging schnell und unstet, sein Blick war nach innen gerichtet. Als er schwach eine Hand hob und wieder auf das Haus deutete, funkelte ein Goldring in der Sonne. Sekundenlang trat ein anklagender, wütender Ausdruck in seine Augen, dann kehrte wieder der leere, starre Blick zurück. Die Blutung hatte so weit nachgelassen, daß er murmeln konnte: »Drinnen . . . im Haus.«

»Halten Sie durch, wir rufen einen Notarzt.«

»Scheiß drauf . . . Gehen Sie bloß . . .«

Als er verstummte, fielen ihm die Augen zu, und sein Atem wurde wieder gleichmäßig. Durch seine Bewußtlosigkeit schien er auf dem schmalen Grat zwischen Leben und Tod eine heikle Balance erlangt zu haben.

Nudger stand auf und eilte durch die strahlende Hitze auf das Haus zu.

Norva bemühte sich keuchend, mit ihm Schritt zu halten. »Der Mann da wird sterben, Mr. Nudger.«

Er schwieg. Sein Magen nagte an dem Angstkloß in seinen Eingeweiden. Er hatte schreckliche Angst vor dem, was er im Haus vielleicht vorfinden könnte, aber er wußte, daß er nachsehen mußte.

»Mr. Nudger – «

»Sie bleiben besser hier draußen, Norva.«

»Nein, Sir!«

Nudger hätte vielleicht mit ihr diskutiert, aber genau in diesem Moment ging die Tür auf, und Dale Rand kam aus dem Haus gestürzt. Er hatte einen braunen Lederaktenkoffer in der Hand und eilte mit gesenktem Kopf auf den gemieteten blauen Cadillac zu, in dem Nudger ihn schon einmal gesehen hatte. Plötzlich sah er auf, entdeckte Nudger und Norva und schaute sie seltsam teilnahmslos an, wie ein vielbeschäftigter Mann, der keine Zeit hatte, sich mit Untergebenen abzugeben, und ging ohne zu zögern weiter auf den Wagen zu. Martinelli schien er gar nicht zu bemerken.

Nudger trat ein paar schnelle Schritte zur Seite und packte ihn am Arm. »Rand, warten Sie!«

Etwas krachte Nudger seitlich an den Kopf, und dann lag er auch schon am Boden. Mit dem rechten Knie war

er auf den harten Beton geknallt, aber mit dem Oberkörper lag er auf dem Rasen. Er rollte sich auf den Rükken und hörte sich stöhnen.

Als die Welt aufgehört hatte, sich zu drehen, wurde
ihm klar, daß Rand ihm mit dem Aktenkoffer einen
Schlag versetzt hatte.

Rund um Nudger lagen Gegenstände auf dem Boden.
Jemand fluchte. Rand. Er hatte sich gebückt und sam-
melte Hundertdollarscheine und Zettel ein. Geld und
Beweise.

Norva ging dicht an ihn heran, als wollte sie ihn pak-
ken, doch er schubste sie weg und sammelte weiter Zettel und Scheine vom Boden auf.

Er war derart in Eile, daß ihm eine ganze Reihe
Scheine wieder aus der Hand fiel und verstreut zu Boden segelte. Er schrie: »Scheiße!« und knallte den Ak-
tenkofferdeckel zu, als habe er keine Zeit mehr, das
Hingefallene wieder aufzuheben.

Nudger packte Rand mit einer Hand am Hosensaum,
dann am Knöchel. Packte ihn auch mit der anderen
Hand. Er würde nicht zulassen, daß Rand abhaute.

Rand war anderer Meinung. Er schleuderte den Aktenkoffer wieder an Nudgers Kopf, aber der Winkel war
so ungünstig, daß der Koffer Nudger nur an der Schulter streifte. Es tat zwar weh, aber Nudger ließ Rands
Knöchel nicht los. Rand machte drei torkelnde Schritte
und schleifte Nudger mit einer aus Panik erwachsenden
Kraft hinter sich her. Nudger biß die Zähne zusammen
und hielt ihn noch fester gepackt. Rand ächzte vor An-
strengung, und wieder krachte der Aktenkoffer an
Nudgers Schulter. Als Rand mit dem Aktenkoffer zu
einem neuen Schlag ausholte, sprang der Deckel wieder
auf, und als er mit dem Koffer auf Nudger einhieb, wobei er Nudger diesmal gänzlich verfehlte, segelten

weiße, pinkfarbene und grüne Zettel in einem großen, anmutigen Bogen durch die Luft. Rand schluchzte, schleuderte den Aktenkoffer in die Sträucher und griff dann in sein Jackett.

»Mr. Nudger, er hat einen Revolver!«

Norva war aufgesprungen und schrie.

Rand warf einen kurzen Blick auf sie, als er einen häßlichen, kurzläufigen Revolver aus dem Gürtel zog. Dann beugte er den Oberkörper so weit wie möglich nach hinten und richtete den Revolver auf Nudger.

O Gott! Nudger ließ Rands Knöchel augenblicklich los und krabbelte von ihm weg, um ihm Platz zur Flucht zu geben. *Flieh!* schrie Nudger ihm im stillen zu. *Flieh dein Leben lang!*

Der Revolver folgte Nudger. Rand starrte ihn verwirrt und angewidert an, verzog den Mund und zielte mit weitaufgerissenen Augen unverwandt den Lauf entlang.

»Nicht!« schrie Nudger.

Der Schuß gellte in seinen Ohren, und er kniff die Augen fest zusammen. Er spürte, wie sich etwas Feuchtes und Warmes unter ihm ausbreitete. Als der Schuß verhallt war, herrschte Stille. Nichts regte sich.

Nudger schlug langsam die Augen auf. Auf seinem Bauch und auf dem rechten Arm sah er Blut.

Noch mehr Blut sah er auf Dale Rand, der neben ihm lag. Sie lagen beinahe Nase an Nase. Nudger starrte Rand an, der mit seinen erloschenen, verwirrten Augen nur zurückzustarren schien.

»Versuch ja nich, von hier abzuhauen!« brüllte Norva.

Nudger reckte den Hals und sah Bobber mit einer Pistole in der Tür stehen. Dann rannte er die Veranda hinunter und an Nudger und Rand vorbei. Norva brüllte ihm noch etwas zu, sprang ihm dann auf den Rücken und schlug ihm die Arme um den Hals wie eine liebende Frau, die nicht zulassen konnte, daß er aus ihrem Leben verschwand. Bobber wirbelte mehrmals herum und schubste sie so heftig weg, daß sie einige endlose Sekunden lang durch die Luft flog. Sie landete auf der Einfahrt, und Nudger hörte, wie ihr Kopf auf den Beton prallte.

Bobber, dessen Brustkorb sich rasch hob und senkte und dem der Schweiß das Gesicht hinunterrann und auf seinen Jeans und seinem tief ausgeschnittenen, ärmellosen roten T-Shirt Flecken verursachte, schlenderte zu ihr hinüber und trat ihr in die Rippen. Er holte mit dem Fuß aus, um erneut zuzutreten, schien es sich dann jedoch anders überlegt zu haben und riß die Waffe aus seinem Gürtel. Es war eine halbautomatische Pistole. Mit der freien Hand bewegte er den Mechanismus , um eine Patrone in die Kammer zu schieben. Irgend etwas daran kam Nudger unpassend vor, aber er kam im Moment nicht darauf, was das sein mochte. Bobber zielte mit der Pistole auf Norva. Sie befand sich nun dort, wo Nudger sich wenige Minuten zuvor befunden hatte, unter dem runden, dunklen Auge des Todes.

Nudger nahm Rands Revolver in die Hand und schoß Bobber ins Bein.

Bobber brüllte auf, knallte hart auf den Boden und schlug dabei um sich, als stünde er unter einer Spannung von tausend Volt. Er ruderte wild mit den Armen und dem unverletzten Bein, und es gelang ihm, in eine niedrige Hocke zu kommen, dann aber fiel er wieder auf den Rücken; das ging alles so abrupt vor sich, daß es aussah wie ein verrückter Breakdance-Schritt. Dann gab er seine Versuche, aufzustehen, auf. Er blieb auf dem Rükken liegen und hielt dabei mit beiden Händen seinen hochgehobenen Oberschenkel umfaßt, als wollte er verhindern, daß das Bein abfiel. Seine Pistole war ihm aus der Hand geflogen und lag nur etwa eineinhalb Meter von ihm entfernt im Gras, doch er schien nicht daran interessiert zu sein, sie sich zurückzuholen. Er blieb reglos liegen und versuchte, den Blutstrahl zu stoppen, der zwischen seinen auf das Bein gepreßten Fingern hindurchdrang und sich wie schwarze Schlangen seine Arme hinunterwand.

Nudger setzte sich erst mühsam auf und stand dann ebenso mühsam auf. Er wußte, daß er besser die Pistole an sich nehmen sollte, ehe Bobber seine Schmerzen unter Kontrolle hatte und sie ihm wieder einfiel. Aus den Augenwinkeln sah er Sydney Rand auf der Veranda stehen. Ihr Blick war auf etwas hinter ihm gerichtet.

Nudger drehte sich um und sah Hammersmith mit einem halben Dutzend Streifenpolizisten im Schlepptau die Einfahrt hinaufstürzen. Zwei Streifenpolizisten kümmerten sich um Bobber. Zwei Zivilpolizisten standen weiter unten an der Einfahrt über Martinelli gebeugt.

Hammersmith glitt zu Nudger hinüber mit jener eigenartigen Anmut dicker Menschen, als schwebe er in einem Traum. Er packte Nudger am Ellbogen, um ihn zu stützen. Nudger schob die helfende Hand weg, machte ein paar unsichere Schritte und lehnte sich dann an den von der Sonne erhitzten Kotflügel von Rands gemietetem Caddy. Er konnte noch immer die Schüsse hören und das in der Luft hängende Kordit riechen, konnte noch immer das schwere Rucken des Revolvers in seiner Hand spüren, als wäre er etwas Lebendiges, das plötzlich erwachte. Er hatte auf einen Menschen geschossen. Ins Bein – aber er hatte auf einen Menschen geschossen. Er war sich sicher, daß Bobber überleben würde. Es sei denn, die Kugel hätte eine Hauptschlagader durchtrennt. Zwei Sirenen heulten dissonant wie ein verrückter Chor bei der Probe, und dann hielten zwei Rettungswagen und ein weiterer Streifenwagen am Fuß der Einfahrt und parkten kreuz und quer, so daß sie die Straße blockierten.

Hammersmith war ihm zum Caddy gefolgt und sah ihn teilnahmsvoll an. Sein breites, fettgepolstertes Gesicht sah alt aus, und seine blaßblauen Augen schauten besorgt und mitfühlend drein. »Bist du angeschossen worden, Nudge?«

»Ich glaube nicht.«

»Bist du sonst irgendwie verletzt?«

»Nicht schlimm.«

Hammersmith' Miene veränderte sich. Jetzt war er wieder der ungerührte Polizist. »Und was hat das Ganze da zu bedeuten? Warum liegen hier überall Leute auf dem Boden rum? Ist das eine Probe für den letzten Akt von Hamlet?«

»Häh?«

»Ist das etwa deine Vorstellung von einem Jux?«

Der Gestank der Schüsse, das Blut um ihn herum und der schwindelerregend steile Abfall seines hohen Adrenalinspiegels ließen Nudger würgen. Zitternd sank er auf die Knie. Er senkte den Kopf, als wollte er beten, und erbrach sich, wobei er wieder daran dachte, wie Martinellis schmerzverzerrter Mund Blut aus einer inneren Verletzung ausgestoßen hatte, wie einer dieser Wasserspeier an mittelalterlichen Burgen.

Er spürte, wie Hammersmith ihm so sacht die Hand auf die Schulter legte, als wäre ein sanfter Vogel dort gelandet.

»Nein«, sagte Hammersmith. »Ich glaube, es ist wohl kein Jux.«

37. Kapitel

Hammersmith saß Nudger in dessen Büro gegenüber. Trotz der starken Hitze draußen war es dank der kalten Luft aus der Klimaanlage im Büro mehr als kühl genug, aber Hammersmith, der auf dem Stuhl vor Nudgers Schreibtisch saß, hatte dennoch sein Jackett ausgezogen. Als Nudger den gelassenen, dicken Lieutenant betrachtete, war er sich sicher, den einzigen dicken Menschen der Stadt vor sich zu haben, der keine Schweißflecken unter den Achseln hatte.

Nachdem Hammersmith eine zellophanumwickelte Zigarre aus seiner Hemdtasche geholt hatte und sich mit ihr geistesabwesend ein paarmal aufs Knie geklopft hatte, als wolle er seine Reflexe überprüfen, sagte er: »Martinelli hat mit dem Staatsanwalt einen Kuhhandel abgeschlossen. Er wird über alles auspacken. Es war alles in etwa so, wie du dir das schon gedacht hattest, Nudge. Eine große Ladung Drogen wurde vor ein paar Monaten abgefangen, weil Luanne Rand im Bett dem Falschen etwas davon geflüstert hatte. Und wie dieses Milieu nun mal ist, mußte jemand mit einem Menschenleben zahlen. Martinelli hatte diese Aufgabe King Chambers überlassen. Da Dale Rand mit Martinellis Geld an dem Geschäft beteiligt gewesen war, hat Chambers beschlossen, das Opfer könne entweder Luanne oder Rand sein. Da es ihm ziemlich Wurscht war, überließ er Rand die Wahl. In beiden Fällen wäre der Überlebende nicht in der Lage gewesen, weitere Fehler zu machen oder illoyale Handlungen zu begehen. Rand brauchte nicht lange, um zu dem Entschluß zu kommen, daß er leben wollte, selbst unter der Voraussetzung, daß er ohnehin sterben würde, wenn es ihm nicht gelänge, das verlorengegangene Geld für die Drogen zurückzuerstatten.«

Statt Befriedigung darüber, daß er recht gehabt hatte, verspürte Nudger eine kochende Wut auf Rand, in die sich eine tiefe Trauer mischte. Aus Inzest war Mord geworden. Welche Chance hatte Luanne je im Leben gehabt? »Ein feiner Entschluß.«

»Die Drogenbranche bringt die Leute dazu, solche Entscheidungen zu treffen, Nudge. Die Verlockung des Reichtums ist selbst eine Droge. Sie setzt die Menschlichkeit und den Verstand außer Kraft. Und dann geht es nur noch ums Überleben.« Er klopfte sich mit der eingewickelten Zigarre besonders fest aufs Knie. »Also hat der famose Dale Rand Luanne ermordet, um seine eigene Haut zu retten.«

Nudger überlegte, was Luanne wohl in den letzten Augenblicken ihres Lebens gedacht haben mochte, als ihr klar gewesen war, was gleich geschehen würde. War sie überrascht gewesen?

Wahrscheinlich nicht. Das war ja die Krux der Tragödie.

Hammersmith sagte: »Als Bobber mit Rand zu Rands Haus gefahren ist, um das Geld zu holen, das Rand ihm im Wohnwagen versprochen hatte, trafen die beiden in der Einfahrt auf Martinelli, der sich Sorgen um das Geld machte, das Rand ihm für den fehlgeschlagenen Drogendeal schuldete, und zum Haus gekommen war, um mit Rand zu reden. Und da standen nun Martinelli und Bobber da, beide mit einem Anspruch auf Rands Geld und Zukunft, jeder auf seine Art gefährlich. Und Rand konnte nur einen der beiden bezahlen. Also hat er geblufft, ist ins Haus gegangen und hatte die beiden draußen warten lassen. Dann hat Bobber Martinelli hartnäkkig wegen Luannes Tod befragt und ist dabei tätlich geworden. Martinelli ist herausgerutscht, daß Rand Luanne ermordet hatte. Bobbers eigene Tochter. Bobber wußte, wer den Mord angeordnet hatte, und er ist in Rage geraten und hat Martinelli zusammengeschlagen. Doch das war nur ein Appetizer. Als er mit Martinelli fertig war, lief er ins Haus, um sich Rand vorzuknöpfen.

»Und dann sind Norva und ich aufgetaucht«, sagte Nudger.

»In etwa«, sagte Hammersmith. »Es gab einen Riesenkrach zwischen Rand, Bobber und Sydney, dann hat sich Rand losgerissen und ist mit dem Geld und den belastenden Unterlagen über den Aktienbetrug, mit dem er sich das restliche Geld für seine Schulden besorgen wollte, hinausgerannt. Und dann haben du und Norva versucht, ihn in der Einfahrt aufzuhalten.«

Nudger fragte: »Hat Martinelli dir von dem Aktienbetrug erzählt?«

Hammersmith schüttelte den Kopf. »Nein, das war Sydney.«

Nudger war verblüfft. »Sie wußte davon?«

»Auf ihre Art schon. So wie sie wußte und dabei zugleich auch nicht wußte, was ihr Mann mit Luanne trieb.«

Nudger hatte Verständnis dafür, daß sie das nicht hatte wahrhaben wollen, und machte ihr keinen Vorwurf daraus, sondern verspürte wieder eine kochende ohnmächtige Wut über das, was Rand Luanne und seiner Frau angetan hatte.

Hammersmith sagte: »Um seine überwältigenden Drogenschulden bei Martinelli bezahlen zu können, hat Rand Horace Walling, einen seiner Anlagekunden und einen User, den er mit Drogen versorgt hat, überredet, Compu-Data dazu zu benutzen, einen Computervirus in die Software von Kearn-Wisdom Brokerage einzuschleusen, ein Programm, das durch die Computervernetzung rasch auch die Computer anderer Börsenmaklerfirmen und diverser institutioneller Anleger von offenen Investmentfonds und Rentenfonds infizieren würde. Das Programm sollte am Freitag vor dem Tag der Arbeit automatische Verkaufsaufträge auslösen und dafür sorgen, daß ausgewählte Aktien in den Keller fielen. Rand, der Leerverkäufe getätigt und Puts gekauft hatte, wollte am nächsten Börsentag seine Optionen ausüben und Riesengewinne einstreichen, mit denen er nicht nur King Chambers hätte bezahlen, sondern auch seine Sicherheit und Solvenz hätte wiedererlangen können.«

Nudger lehnte sich zurück und spürte den kühlen Luftzug aus der Klimaanlage im Fenster wie eine eiskalte menschliche Berührung an seinem Hals. »Und Sydney hat tatsächlich darüber Bescheid gewußt?«

»Über das meiste schon, Nudge.«

»Dann hat sie sich ja prima dummgestellt.«

»Die Frau ist nicht dumm, Nudge. Sie trinkt zwar zuviel und kann nicht immer klar denken, aber doof ist sie nicht. Sie konnte sich nicht vorstellen, ihren Reichtum und ihre gesellschaftliche Stellung zu verlieren, und hat deshalb beschlossen, nichts dagegen zu unternehmen.«

»Der Alkohol kann die Leute zu so etwas bringen«, sagte Nudger. »Er veranlaßt sie, alles hinzunehmen, was um sie herum geschieht, und sich um nichts mehr zu scheren.«

»So war es jedenfalls bei Sydney, bis sie gehört hat, wie Bobber Rand mit der Wahrheit über Luannes Geburt und Tod konfrontiert, und gehört hat, wie Rand zugab, sie ermordet zu haben.«

»Woraufhin Bobber ausgerastet ist.«

»Bis Rand ihn bearbeitet hat. Rand war reich und konnte sehr überzeugend sein, eine starke Kombination. Bobber, Luannes leiblicher Vater, hat sich wieder abgeregt und war mit Rands Angebot einverstanden, der sich mit einer sechsstelligen Bestechung sein Schweigen erkaufen wollte. Bobber dachte sich, er könne das ruhig tun, da das Mädchen ja tot war und ohnehin nicht wieder lebendig werden würde. Das war der endgültige Verrat an Luanne.«

»Eine sechsstellige Summe, egal wie hoch oder niedrig, ist eine Menge Geld«, sagte der chronisch arme Nudger.

»Rand muß gemeint haben, es sei zuviel. Nachdem er den Großteil des Geldes, zusammen mit allem Wertvollen, das er sich aus seinem Schreibtisch schnappen konnte, in den Aktenkoffer gesteckt hat, während Bobber zusah, ist er zu seinem Auto gelaufen, um damit abzuhauen. Und dann haben du und Norva ihn aufgehalten.«

»Und Bobber hat ihn erschossen.«

Hammersmith lächelte, aber ohne einen Hauch von Humor. »Nein, Nudge. Sydney hat ihren Mann erschossen.«

Nudger fühlte sich mit einem Mal ganz leer. Er schwieg lange und dachte dabei über die Rands nach, dachte an die vergangenen Jahre zurück.

Schließlich sagte er: »Familien.«

Hammersmith wickelte seine Zigarre aus und stand auf, um zu gehen.

»Und Tod«, sagte er und betätigte sein Feuerzeug.

38. Kapitel

Nudger sah zu, wie ein Salatblatt von seiner Gabel fiel. Es landete zwar auf dem Rand seines Tellers, spritzte dabei jedoch Vinaigrette-Flecken auf seinen Schoß, so daß er aussah, als hätte er auf der Toilette nicht aufgepaßt.

Er und Claudia aßen in Shoney's Restaurant einen Salatteller. Er hatte ihr alles erzählt und dabei bei ihr dasselbe Mitleid für Sydney Rand geweckt, das auch er empfand. Bobber war ein Mörder und hatte verdient, was er bekommen würde. Norva war eine tragische Gestalt, aber sie war eine Cause célèbre und würde zweifellos straffrei ausgehen und wieder in die Ozarks zurückkehren. Sydney hatte sicher eine Verurteilung und eine langjährige Freiheitsstrafe zu erwarten.

»Warum ißt du deinen Salat nicht?« fragte Nudger. Er nahm wieder einen Bissen; diesmal war er vorsichtiger und spießte ein handliches Tomatenstück auf.

Sie schaute aus dem Fenster auf den Regen, der auf die Manchester Avenue fiel und in der heißen Sommerluft dampfte. »Mir ist der Appetit vergangen.« Einen Augenblick später drehte sie sich wieder um und sah ihm in die Augen. »Was ist mit dem Computervirus passiert?«

»Der wurde deaktiviert, ehe er die automatischen Verkaufsaufträge auslösen konnte. Die Aktien werden nach dem Tag der Arbeit nun nicht in den Keller fallen. Und Horace Walling ist verhaftet worden.«

Sie spielte mit einem panierten Klumpen, der Fisch oder vielleicht auch Huhn gewesen sein konnte.

»Zumindest solltest du jetzt ahnen, welche Risiken du an der Börse eingehst. Wenn du den Fall nicht rechtzeitig geklärt hättest, hättest du Geld eingebüßt, wenn die Kurse gefallen wären.« Nudger nahm einen Schluck Eistee und wich ihrem Blick aus. »Ich bin aus dem Markt ausgestiegen«, sagte er leise.

»Wie bitte?« Er wußte, daß das eine heuchlerische Frage war. Sie hatte sehr wohl gehört, was er gesagt hatte.

»Ich bin aus dem Markt ausgestiegen«, wiederholte er lauter. »Benny Flit hat mich angerufen und mir gesagt, daß die Bundesbank in Deutschland die Zinssätze erhöht hat.«

»Weißt du denn überhaupt, was die Bundesbank ist?«

»Klar weiß ich das. Das ist diese große deutsche Bank. Und die hat was mit den Zinssätzen hier in Amerika zu tun. Und das hängt irgendwie mit dem Aktienmarkt zusammen. Benny hat mir geraten, alles so schnell wie möglich abzustoßen.«

Sie schaute ihn eine Weile mitleidig an und sagte dann: »Woher hättest du das denn wissen sollen? Du bist schließlich ein Aktien- und kein Zinssatzexperte.«

Er schwieg angesichts ihres Sarkasmus.

»Wieviel hast du denn an deinen Investitionen verdient?«

Sie wollte darauf herumreiten. Es ihm unter die Nase reiben. »Ich habe zwar einen Verlust erlitten, aber ich hätte noch viel mehr verlieren können.«

»Das kann man von allen Verlusten sagen. Bei Marie Antoinette hätte man mit den Fingern und Zehen beginnen können. Bei Jimmy Carter –«

»Also hattest du recht gehabt«, fiel er ihr ins Wort, um sie zum Schweigen zu bringen. Manchmal gelang ihm das durch eine vollständige Kapitulation. Aber ihre leicht angewiderte Miene änderte sich nicht. »Jedenfalls mit dem Aktienmarkt.« Er wurde nun allmählich wütend und dachte nicht an völlige Kapitulation. »Aber du hattest unrecht, als du behauptetest, mein Makler sei nicht kompetent oder hätte meine Interessen nicht im Auge. Er hat mich angerufen und mir geraten, die Aktien zu verkaufen, ehe ich alles verlieren würde.«

»Okay«, sagte sie. Anscheinend spürte sie, daß sie zu weit gegangen war. »Du hattest recht mit dem Fall Rand, und das ist das wichtigste. Das ist schließlich dein Beruf, und du leistest darin gute Arbeit.«

Er fühlte sich wieder besser. Nahm einen Schluck gesüßten Tee.

Jetzt stocherte sie mit der Gabel in ihrem Salat herum und schickte sich an, einen Bissen zu essen.

»Nudger«, sagte sie. »Hat Benny Flit dir das mit den Maklergebühren erklärt?«

JOHN LUTZ, geboren 1939 in Dallas (Texas), in seinem früheren Leben auch mal Polizist, hat seine ständigen Magenschmerzen an den Privatdetektiv Alo (Aloysius) Nudger weitervererbt. Kein Wunder, denn wenn's zur Sache geht, zieht Alo Nudger den Kopf ein und schickt sich ins Unvermeidliche. Seine Abreibungen bekommt er so regelmäßig verpaßt wie den miserablen Kaffee von Freund Danny, und beides mag er gleich wenig. In St. Louis wird eben nicht nur ein berühmter Blues gespielt, da laufen auch allerhand schmutzige Geschichten. Und Alo Nudger, als Mittvierziger schon ein bißchen kurzatmig, rennt mit. Gemütlich wird's dann erst, wenn er bei seiner Freundin Claudia angekommen ist. So treu wie Alo Nudger ist sonst keiner.

Im Heyne Verlag erschienen: *Nachtanschluß, New Orleans Blues, Todesstrafe, Jake Dancers Schulden, Das letzte Foto, Tödliche Steine, Vor Ankauf wird gewarnt, Weiblich, ledig, jung sucht*

HAFFMANS' ENTERTAINER

*Die rasante, amüsante, wohlfeile, heiße Reihe
mit Krimis, Komik, Kino, Abenteuer, SF, Erotik und
jeder Art von Unterhaltung. Elegante gebundene Bücher
zum Preis von Taschenbüchern.*

THOMAS ADCOCK
Hell's Kitchen

JULIAN BARNES
Flauberts Papagei
Vor meiner Zeit

GEORGE BAXT
Mordfall für Alfred Hitchcock
Mordfall für Tallulah Bankhead

W. ARNOLD BREUER
Interview mit einer Toten

EDMUND CRISPIN
Der wandernde
Spielzeugladen

PHILIP K. DICK
Autofab
Blade Runner

AARON ELKINS
Fluch!

KINKY FRIEDMAN
Lone Star
Wenn die Katze weg ist ...

ROBERT GERNHARDT
Die Falle

MAX GOLDT
Quitten für die Menschen
zwischen Emden und Zittau
Die Radiotrinkerin

ECKHARD HENSCHEID
Über die Wibblinger

HEN HERMANNS
Maximum Trouble

DAN KAVANAGH
Schieber-City

MONTY PYTHON
Der Sinn des Lebens

EUGEN NETER
Paarungen für eine Hand

ELLIOT PAUL
Mickey Finn

DAVID M. PIERCE
Rosen lieben Sonne

**GERHARD POLT/
HANNS CHRISTIAN MÜLLER/
HANS WELL**
Tschurangrati

HARRY ROWOHLT
Pooh's Corner

WALTER SATTERTHWAIT
Wand aus Glas

FRANK SCHULZ
Kolks blonde Bräute